仙《せん》侠《きょう》五《ご》花《か》剣《けん》

原著　海上剣痴
編訳　八木原一恵

目次

◈登場人物紹介◈

剣仙《けんせん》
公孫大娘《こうそんたいじょう》
五花剣を作った剣仙
黄衫客《こうさんかく》
紅線《こうせん》
虬髯公《きゅうぜんこう》
聶陰娘《じょういんじょう》
空空児《くうくうじ》
師弟
師弟
師弟
師弟
師弟
白素雲《はくそうん》
曹州府城武県の村娘
白い桃花剣を使う
文雲龍《ぶんうんりゅう》
蘇州府呉県の人
黒い薊花剣を使う
雷一鳴《らいいちめい》
雷家堡の村主
黄色い葵花剣を使う
薛飛霞《せつひか》
彩霞坊の妓女
赤い榴花剣を使う
五花剣《ごかけん》の持ち主
友情
仇
仇
雲万峰《うんばんほう》
雷一鳴の親友
義憤
秦応龍《しんおうりゅう》
臥虎営総兵官
仇
親族
甄衛《しんえい》
城武県の長官
秦檜《しんかい》
宋朝の宰相
恩師
花珊珊《かさんさん》
山陰県の捕吏の娘
倭刀・飛刀を使う
燕子飛《えんしひ》
臨安の人
青い芙蓉剣を使う

仙侠五花剣

第一章　白素雲、桃花剣を授けられる

山東《さんとう》の南西、曹州《そうしゅう》にある截雲山《せつうんざん》は、周囲三百里（一里は五百メートル強）あまり、三十六の高い峰が連なる巨大な山である。

夕方近い申《さる》の刻、その小さな峰のひとつの山あいで、叫び声があがった。

見れば、盗賊たちが娘をさらったところのようである。

賊はおよそ二、三百人おり、頭目は鍋底のように真っ黒い顔をした身の丈九尺の男だ。黒い革鎧に、黒綾の戦裙《せんくん》、黒い虎柄の靴、頭には黒の官帽《かんぼう》、両手に二振りの幅広の潑風刀《はっぷうとう》を持ち、のしのしと進んでいく。

捕らえられているのは、梨の花のような顔、ほっそりとした腰、二十歳前後の花のような娘である。娘は、泣きながら、山賊たちに押されて、山肌にそって曲がりくねる道をたどり、瓦葺きあり草葺きありの、百あまりの建物が並ぶ山塞へと連れられていった。

時は宋《そう》朝。高宗《こうそう》は南に都を移し、よこしまな宰相の秦檜《しんかい》が、朝廷の大臣の大半を勢力下に収め、権力をかさに着て人々を害し、天下には不公平なことばかりがまかり通っていた。

さらに山道にそって二度まわりこむと、大きな砦があった。九部屋が並ぶ立派な建物で、中庭をはさんで七度門をくぐるほど奥が深く、山の斜面に沿って一つ奥に進むごとに高くなるように建てられている。

黒い顔の盗賊は、一番奥の建物へと娘を連れこんだ。

部屋の中央には、八尺ほどの男が座っていた。顔は淡い黄色、盛り上がった二つの眉。目は蜂のように凶悪で、頬骨は高く耳はくぼんでおり、口は広く鼻は低く、頬の下に半寸に満たないほどの短い髭をのばしている。秋葵《おくら》の花のような色の短い服の上に杏黄の丸襟の上着をはおり、頭には将軍がかぶる大頭巾を着けて二本の雉の羽を長くのばし、腰には三尺の剣をつけ、豹皮の靴を履き、どうやら盗賊の首領のようである。

首領は娘を近くまで来させ、大声で問い詰めた。

「若いのに大胆な奴め、名を言え、どこから来た、どこへ行くつもりだった？　正直に言えば、命拾いするかもしれんぞ」

女はしくしくとすすり泣くばかりで声もない。首領は冷たく笑う。

「言わずともわかっておるわ。

きさまの来た道は一本道で臥虎営《がこえい》にしか通じていないからな。

砦の秦大人《しんたいじん》のところから逃げてきたに違いあるまい。きさまは年も若く、見目もなかなかだから山に置いてやってもよいところだ。だが、秦大人とは知り合いでな。呉《ご》頭目が、せっかく捕らえてきてくれたが、また呉頭目に、きさまを臥虎営に送らせて、大人の御処分をうかがわなければならぬ」

娘は、これを聞くと、柳眉を逆立て、杏の瞳を見開いて、涙ながらにののしった。

「盗人ちくしょう！　役人とぐるだったとは。悪い奴らばかりだわ。こうなれば！　父さん、母さん！」

言いながら一歩踏み込み、盗賊の首領の腰の剣を勢いのまま引き抜き、決死の一撃のかまえをとった。首領は大声で笑い、怒鳴りつける。

「このアマが、いい加減にしろ。ものども、やっちまえ！」

たちまち数知れない手下たちが、手に手に得物を持って押し寄せる。顔の黒い盗賊も一緒だ。娘はひるんだが、すでに心は決まっている。盗賊の首領をぐっとにらみつけ、剣を持つ手に力をこめた。かすかに、手が震えている。

盗賊たちは、笑いを浮かべながら娘を取りまく。今にも襲いかかるかと見えた。

そのときだ。

「早まらないで！　加勢する」

声が響き、ひとすじの剣光《けんこう》が大広間をまっすぐに前へ走る。

剣光とともに紅色の服の女が宙を切って飛ぶ。

黒い顔の盗賊は驚きを隠さなかったが、すぐに溌風刀で、頭から真っ二つにしようと切りかかる。

現れた女は、ただひと声。

「やめよ！」

剣光が、くるりとまわったかと思うと、たちまち黒い頭が地面に落ち、鮮血がほとばしっている。

盗人たちは仲間が殺されたのを見て、わめきながら女を取り囲んだ。盗賊の首領も剣を抜き、大声でわめく。

「どこのじゃじゃ馬だか知らないが、ただで済むと思うなよ。兄弟を殺されて仇も討たぬでは、我が郝天彪《かくてんひょう》の威名に傷がつく」

紅色の服の女は言う。

「多くの者を傷つけては、天の徳を汚す。だが、おまえは許さぬ！」

女が地を蹴って盗賊たちの輪から飛び出す。手をのばし二本指を立てて剣光を数度指さすと、光が郝天彪の頭上にせまった。

郝天彪はあちこちで盗みを重ねてきた悪党で、場数を踏んでいる。冷え冷えとした気味の悪い白い光を見ると危険を感じ、さっと膝をかがめて勢いをつけ、潜蛟出洞《せんこうしゅつどう》の勢《せい》で外にむかって飛び出した。

だが、剣は目がついているかのように、びゅっとひとまわりして追ってくる。天彪は驚き、みなの中に逃げ込もうとしたが、間に合わない。

「ここまでか！」

大声をあげて、すばやく剣を振りあげ、五花蓋頂《ごかがいちょう》の勢で頭を守った。

耳の後ろでうなりが聞こえ、女の剣を受けた人々が地面に倒れていく。

天彪の剣が二つに折れて、血だまりの中に落ちる。郝天彪もまた、盗賊として悪事を重ねた半生を終えた。

盗人たちは、身も凍る思いで顔を土気色にし、得物を投げ捨てて命乞いをした。

女が再び、指を二本立てて剣光を指さした。剣が盗人たちの頭の上にまっすぐにおりてくる。

「お、お助けを！」

盗人たちはいっせいに叫び、地にひれ伏す。

女が剣光を幾度か指さし、盗賊たちの頭の上でちらつかせる。盗賊たちは必死に憐れみをこい、地に頭をすりつける。

女に助けられた娘も、必死に求めた。

「仙人様、お怒りをおしずめ下さい。罪は首領にあります。黒い顔と黄色い上着の二人の首領は、すでに罰を受けました。この人たちはお許し下さい。わたしめ一人のために、たくさんの命を奪わないで下さい」

もともと殺し尽くすつもりもなく、娘の命乞いもあって、手が少しゆるむ。

「盗賊となって、どれほど罪を犯してきたやら。世の人々のためには、斬ってしまうべきだろうが、この娘に免じて、しばらく命だけは取らないでやろう。以後、すみやかに心を入れ替え、二度と悪いことをしてはならぬ。もし再び悪事に手を染めたら、後悔することになろう」

そう言って、手でひと招きすると、びゅっと風のような音を立てて、剣が空をくるりとまわって飛び戻ってきた。ただ、恐ろしいことに、剣光がひらめいて飛んだ時、数百人いた盗賊たちは、あるいは髪、あるいは鬚、あるいは眉を失い、誰一人としてもとのままの姿ではなかった。盗賊たちは戦々恐々となって跪き、身を起こそうとしない。

「罰だ。これに懲りたら、二度と一生強盗などしないことだ。すぐに死体を片付け、山のあちこちにいる盗賊どもすべてに伝えよ。それぞれここを離れて、まともな道に戻れ。二度とここにとどまってはならない。言いつけに従わなければ、すぐに斬る、決して許さぬ」

集まっていた者たちは、これを聞くと、天からの恩赦を受けたかのように、地に頭をすりつけて礼を述べた。そしてそれぞれ起き上がると、ばたばたと、郝天彪と呉頭目の死体を運び去って埋めたり、さっさと話をつけに出て行ったりした。ほどなく、截雲山に集まっていた五百人あまりの盗賊たちは、きれいさっぱり姿を消した。

天はすでに暮れかかっている。

広間の中には、赤い服の女と、捕らわれていた娘だけが残っている。

女が、机の上に残されていた蝋燭に火打ち石で火をともす。

見れば、面は梨の花、腰は柳、肉付きも均整が取れている、愛らしい健康そうな娘である。ただ惜しむらくは、いささか両眉が立っていて、三分の殺気を帯びている。年は二十前後、背は低くなく高くなく、袖口の細くなった黒い服の上に薄い藍色の短い上着を着て、下は浅黄色の褲子《ズボン》の上に藍色の裙子《スカート》、三寸ほどの足には足先の反った紅の刺繍靴。

女が話しかけようとするより早く、娘が両膝をついて跪き、地に頭をつけて、助けてくれた恩を感謝した。

「仙人様はどちらにお住まいで、御道号は何とおっしゃるのですか？　後日、必ずお礼を」

赤い服の女はかすかにほほえみ、両手で助け起こした。

「名乗るほどの者ではありません。ましてや礼など必要ありません。それよりも、そなたはどこからきて、なぜ盗賊どもに山に連れて行かれるようなはめに？」

娘は、涙を含んで答える。

「わたしめは姓を白《はく》、名を素雲《そうん》と申し、曹州府城武県《そうしゅうふじょうぶけん》（山東省菏沢市）に住んでおりました。父は名を受采《じゅさい》と申し、田を耕しながら先祖伝来の連環弩箭《れんかんどせん》で、ときに山中の鳥や獣を捕っておりました。母は青《せい》氏と申します。わたしめには弟がおり、名を如玉《じょぎょく》と申し、年は十歳でした。家族仲良く暮らしていたところに、災いがふりかかったのです。

ここからおよそ東、十里の遠くに臥虎山《がこさん》という高い山があります。山容は百里あまりにわたり、東の境界は済寧《さいねい》、南は武定《ぶてい》、西と北は海、また、東省《とうしょう》の重要な街道の喉元にあたります。

近頃は金《きん》の兵士が侵入してくるため、水陸ともに警戒をしていて、この山に新たに官軍が駐屯するようになりました。その統兵官《とうへいかん》こそは姓を秦《しん》、名を虬《きゅう》、応龍《おうりゅう》と号する、現在の首相の秦檜《しんかい》の堂弟《どうてい》（父方のいとこ）です。まだ三十いかないのですが、九股の托天叉《たくてんさ》（刺股）を使いこなし、万夫不当の強さです。しかし、酒や女に目がないため、放蕩の歩く災い、花花太歳《かかたいさい》と混号《あだな》されています。

あの野郎がこの山に兵を置くようになってからは、金人ににらみをきかせると称して、実際には宋の民をいじめています。最近はきれいな女を陥れ、時にはつかまえて砦に連れこみ、身を汚そうとするため、貞淑で気性のしっかりした女は死んでも従うまいとして、何人命を落としたかわかりません。

今日の昼過ぎ、その秦応龍がどこかで酒を飲んだ帰りに、たまたま我が家の前を通りかかりました。丁度そのとき、弟が門を開けて街の様子を見たため、あやつが家の中をのぞき見ました。

わたしめのことが目に入ると、あやつは酔いにまかせて門を入ってきて、じろじろとながめ、結婚を申し込もうと思って見に来たのだなどとぬかしたのです。

父が許すはずもなく、少々口論となると、あやつは部下に命じて、長官に従わず調査の邪魔をしたなどといいがかりをつけて、父を捕らえて砦に連れて行こうとしました。さらに家捜しをして、狩りに使う鈎槍《かぎやり》だの弩箭《ゆみや》だのを見つけると、武器を隠していたと言って、いっそう罪を重くしたのです。

一家全員が臥虎営に連行される途中で、弟は怖がって泣きわめき、とうとう秦応龍に平手で打たれて死にました。

わたしめと父母は砦に連れて行かれる時、死を覚悟していました。ところが、秦応龍は砦に戻ると酒のせいで何度も吐き、わたしめたちは、秦応龍の酔いがさめて処罰されるまで、しばらく砦で待つことになりました。

わたしめと両親は、見張り役が砦の兵士たちと部屋で賭け事をしている隙に逃げ出しました。しかし、半里も行かないうちに、後ろにもうもうと土煙があがり、追っ手に追いつかれたのです。父はわたしめに先に逃げるように命じ、自分は母とともに道をはばむと言いました。ほどなく、「脱走者をつかまえろ！」と口々に叫びながら、大軍が怒涛のように押し寄せ、とうとう追いつかれました。

わたしめは、道ばたのいばらの茂みに隠れて、幸いにも逃げおおせました。ですが、母が兵士に取り返されてしまいました。父は必死で助けようとしましたが、敵の数が多くて相手をしきれず、連れ去られました。

腸《はらわた》をちぎられる思いでした。進むことも退くこともできませんでしたが、兵たちが遠くに行ってしまったので出てみました。

一人でどこへ逃げたらいいのかと思案していると、またしても黒い顔の賊に出くわしました。

捕らえられ、山上に連れて行かれて盗賊の首領に会ったところ、思いもよらぬことに、秦の陣営と通じていたとは。黒い顔の盗賊に砦へと連れて行かれることになった、まさにそのとき、幸いにも仙人様に救っていただきました」

話し終えると、雨のように涙をこぼした。紅い服の女が言う。

「なるほど。ひとりぼっちの女の身でいかにする。お上に訴え出るか？」

素雲は言った。

「ここは都から遠く、まして秦応龍は役人、しかも今の首相の堂弟です。訴えて何になります。つかまらないとわかっているからこそ無法がまかり通っているのです。正直に申し上げますと、父母がどうなったかを知りたいのです。両親とともに家に帰ることができたら、どんなに嬉しいでしょう。逆に、両親に万一のことがあったのであれば、覚悟はできております。そのときは、秦応龍が砦を出る時をねらい、先祖伝来の弩箭をたずさえて出、不倶戴天の仇を討たずにおくものですか。事を成した後、両親のなきがらを厚く弔い、すみやかに髪を剃って山に入り、浮き世を離れます。事を成しとげられなかった時は死あるのみ」

赤い服の女が言う。

「そなたの話では連珠弩箭を使うというが、どんな技を用いる、仇を討てると思っているのか？」

「弩箭の使い方は父のを見ておよそわかっています。他に使えそうなものは知りませんし」

「そなた、何歳だ？　許婚はあるか？」

素雲は頬を真っ赤に染めて、

「十九歳です。許婚はまだ……」

赤い服の女は、素雲の顔立ちや姿を注意深く見つめた。何か言いたそうではあるが、言い出しかねているという様子だ。

素雲は女の両目が自分にじっと注がれているのに気づいた。だが、何も言わない。

そういえば、先ほど、名前をたずねたのに、名乗るほどの者ではないと言っていたのを思い出した。相手は、名乗るのにはばかりのある身なのだろう。

いろいろたずねたいこともあるが、ただ、こう言った。

「すでに夜も更けましたが、仙人様はどちらでお休みになりますか？」

「名乗っていなかったな。私は紅線《こうせん》。察しているように、弱きを助けるために天界から来たのだ。

截雲山を通りかかったところで、そなたが賊に連れて行かれるのを見て、何があったのかと後をつけていた。

今夜はもう遅い。部屋はあるだろうから、ここに泊まることにして、明日また話そう」

「あれだけの技をお持ちでしたから、おそらくはと思っておりましたが、剣仙《けんせん》様でいらしたのですね。そうとは知らずご無礼を致しました」

素雲は、晴れ晴れとした表情で、再度地面に跪いて、きちんとしたしぐさで四度拝礼した。

「そんなことはしないでいい」と、紅線はあわてて助け起こした。そして二人はさらに一更あまり（二時間ぐらい）も話しこんだ。

「おなかがすいたなら、厨房もあるだろうから、何か作るといいのではないか？」

紅線に言われて、

「そう致します」

素雲が明かりをつけて厨房を探りに行くと、米も肉も一食に足りるどころか、一、二年もちそうなほどある。大きな茶碗にご飯を盛り、豚腿肉の燻製の小皿、鶏肉の塩漬けの小皿、また別に竹の子と野菜を二皿、お盆を探し、きれいに並べて広間に捧げていった。

紅線はそれを見て、

「せっかくの心づかいだけれど、人界の火で煮炊きしたものを食べなくなって久しい。すまないけれど、自分だけで食べておくれ」

素雲も無理には勧めず、少しばかり食べたが、心配事があって食が進まない。しばらくして盆を片付け、紅線に「どうかお休み下さい」と勧めたが、紅線はやはり、

「山では座《ざ》しているのが習慣になっていた。そなただけ部屋でお休み。そう仕えてくれなくていい」

しかし素雲は離れようとせず、紅線のそばに座った。紅線は素雲がいうことを聞かないので、

しばらく座したのち、素雲とともに部屋にあがった。しばらく横になると、すでに空はかなり明るい。素雲は起き上がると、顔も髪もそのまま、目に涙をためて紅線の前に跪いた。

「早く下山して父母の消息を確かめたいと思います」

紅線はなだめて、思いとどまらせようと、

「そう悲しむでない。ひとまず山でしばらく待ちなさい。見てきてやろう」

素雲はこれを受け入れてすぐに拝礼した。紅線はなぐさめ、

「では参る」

たちまち剣遁《けんとん》の法を使い、ひとすじの冷たい光となって臥虎営にむかった。

素雲は驚き、不思議に思い、ありがたく、またこれまでのことを思うと、悲しくもあり、いても立ってもいられない気持ちで待った。

半刻もたたずに紅線は戻って、素雲に告げた。

「およそわかった。

そなたの父は、捕らえられて砦に連れて行かれる時、袖の中に弩箭を隠していたようだ。それで秦虬めを射ようとして、手下たちに棒で殴り殺されていた。そなたの母も、賊をののしり柱に頭をぶつけて後を追った。二人のなきがらは、ふもとに埋められている」

これを聞いた素雲は大声で泣き、歯ぎしりをして言った。

「この白素雲が、仇をとらずにおくものか。とらなければ、黄泉の国で父母兄弟に合わせる顔

がない」

紅線は懸命になだめたが、素雲は泣きやまず、とうとう涙は枯れ、声もつぶれた。紅線はひそかに推しはかる。

(何という激しい孝心の持ち主なのであろう、これなら徒弟にしたとしても、後日過ちを犯すことはあるまい。とはいえ華奢でか弱い者がどうやって剣を学ぶ?)

眉間にしわをよせて、

(そうか、換骨金丹《かんこつきんたん》を与えよう。凡骨《ぼんこつ》を取りかえてから技を教え、仇を討たせても遅くはない)

そう決めると、ふところの虎の皮の袋から一粒の竜眼《りゅうがん》ほどの大きさの丹薬《たんやく》を取り出した。きらきらと金に輝いており、よい香りがする。

紅線は丹薬を白素雲に手わたして言う。

「深い仇を討ちたいのであろう。であれば、命を大事にしなければならない。体を壊しては元も子もない。まずは、この丹薬を飲みなさい。そして筋骨が改まる間、いく日かゆっくり休むのだ。いずれ仙剣を授け、仇を討てるようにしてやろう、どうだ?」

願ってもみないことであった。白素雲はいそいで紅線にたずねる。

「本当ですか?」

「だますつもりはない」

白素雲は、ただちに泣くのをやめ、身をひるがえして八度拝礼し、改めて恩師と呼んだ。

丹薬を押しいただいて口に運ぶと、よい香りが頭のてっぺんへとつきぬけ、へその下の丹田《たんでん》へとめぐった。しばらくすると、手足がしびれて力が入らなくなり、ふらふらした。

紅線が言う。

「この丹薬を飲むと体が熱を持つ。すぐに部屋に入って休みなさい。もう悲しんではならない」

「恩師様のお言いつけどおりに致します」

もがくようにして、なんとか部屋に行くと、ばったりと倒れこんで眠りについた。

夜半になって目がさめると、火のついた炭のように体がほてっており、寝返りを打つと骨や関節がカチカチと音を立てた。

三日三晩、頭がはっきりせず、飲むことも食べることも思いつきもしなかった。

四日目の朝、紅線が部屋をおとずれた。

「様子はどうだ？」

素雲は枕の上に臥したまま、体調のあれこれを訴えた。紅線が言う。

「そなたが飲んだのは換骨丹という薬だ。飲めば全身三百六十の骨がことごとく、すみやかに換わる。やがて葉のように身が軽くなり、思うさま飛んだり跳ねたりもできよう。ただし、七日は床につき、半月は動いてはならない。半月、安静にして待ちなさい。その後、技を伝えるから、腕を磨いてから仇をとるのだ、あせってはならない」

素雲が「わかりました」と何度も言うと、紅線は暑さ寒さに気をつけるようになどと繰り返し言いふくめ、部屋を出て行った。

素雲はまるまる七昼夜、床に臥し、手足をのばすこともできなかった。

八日目の朝、ゆっくりと少しばかり動けそうになったので、起きて広間に行くと、紅線が待っていた。紅線は素雲に、何か食べて、すんだら戻って部屋で休むように言った。

そんなことがまた八日あって、すでに半月が過ぎた。

素雲は気分がすっきりとし、先々よいことがありそうに思えた。

父母を亡くしたのに喪服もなかったので、山砦にあった中から二錠の白銀をとり、白っぽい無地の上下と道服、女道士のつける冠、豹の皮の靴底の小さな道士靴を買った。

女道士の身なりを調えて、誓いを立てる。

「仇討ちをすませたら、必ずお師匠様に従って道を修め、仙人をめざします」

それを見て紅線はとても喜んだ。


ある日、しんとした早朝。

身を起こした素雲は紅線に命じられて、高い山の頂に机を置いて香をたいた。紅線が一振りの宝剣を取り出して供える。まず、紅線が先に西にむかって四度拝み、それから素雲が命じられて跪き、誓いを述べる。

「弟子白素雲、今ここに紅線様を師匠とあおぎ、道術を学び、仇を討ち、大道を広く行う志でございます。これより悪事をなしたり、みだりに殺生をしたりするようなことがあれば、五雷に撃たれましょう」

誓いを終え、後片付けをすると、紅線は素雲に剣を授けた。

「この剣は、桃花剣《とうかけん》という。

しばらく前に、天界の太元境《たいげんきょう》に十人の剣仙が集まり、世の乱れを愁い、弟子を取って剣を伝え、いささか義侠の行いをしようということになったのだ。

そのとき、公孫大娘《こうそんたいじょう》殿は霜鍔丸《そうがくがん》を煉っていらして、そのできあがりまでにはまだかかるけれども、その前に煉ったという五振りの宝剣を出し、われらのうちの五人に託した」

白素雲は、剣を押しいただいた。

白い輝きを放つ剣で、長さは三尺、幅は一寸あまり、薄さは一分に満たないほど。そして、金属でできているとは思えないほど軽い。だが、おそるおそる振ってみると、十分な重さが感じられる。

「すばらしい剣であろう。この桃花剣は、その公孫大娘殿の五花剣《ごかけん》のうちの一振りだ。

首をかしげるのももっともだ。その剣は、並の剣とは異なる。

公孫大娘殿が、花のしずくに、日精《じっせい》、月魄《げっぱく》、電火《でんか》、霜花《そうか》と雷霆《らいてい》の正気《せいき》を合わせて煉りあげた

「ものなのだ」

「花のしずく、ですか？」

「それぞれの花が散る時に、最初に落ちた一枚の花びらは、粛殺の気、すなわち万物を枯らす秋の気を含んでいる。それだけを採り、煉りに煉り、千度も煉りあげてようやくできあがるというものだ。

それゆえに、剣は鋭く、髪を乗せて吹けば切れ、血に濡れても痕を残さず、鉄も泥のように切ることができ、石を粉にすることもできる。

まさに、仙剣の名に恥じることのない逸物だ」

「そんなものを、わたしめに……」

白素雲は、重ねて感謝を述べる。

紅線は、まず、剣の抜き方、戻し方、動かし方を教えはじめた。

素雲はひとつひとつ覚えていく。

「およそ剣術を学ぶ者は、まず、心が正しくなくてはならない。心が正しくなければ過ちを生む。第二に、極めようとする強い意志が必要だ。成しとげて奥義に達する者は少ない。第三に、落ち着きを身につけることが肝要だ。力や感情のほしいままに命を奪ってはならない。この三つがそなわっていれば大成できるであろう。

だが、剣の道は度胸と見識を君とし、勇気と力を補佐とし、拳と脚を段階とする。もし度胸と見識がなければ、事にあたってあわてるであろうし、もし勇気と力がなければ、場に臨んでおびえるであろうし、拳と脚がなっていなければ、風を生んで舞い動くことができない。

そなたはすでに換骨金丹を服用して筋骨は換わっているし、精神も迷いを抜けているであろうから、度胸と見識、勇気と力はそなわっていることになるから心配ない。ただ拳と脚については、心して修練を重ねなさい。すぐに上達するだろう。苦しいだろうが、それに耐えて教えを受けるのです」

「お教えのままにつとめ、立派に徳を修めます」

「話はこのぐらいにして、拳と脚を少しばかり教えます。剣術とは異なりますが、これも大事なものです。

第一の要点は、頭を上手に使って手をすばやく動かすこと、第二の要点は、脚はゆったりと動かすこと、第三の要点は、進退をわきまえること。このどれが欠けても敵に勝つことは難しいでしょう。

さらに、拳の教えには内面と外面があります。内面は静をもって動を制す、ことごとく呼吸です。呼吸法はどれも一朝一夕には身につきません。たとえ外面的に精通したとしても、内面がともなっていなければ浮いたものになってしまって学んでも無駄です。わかりますね？」

素雲が言う。

「父の話を聞いたことがあります、近年の拳法は張三丰《ちょうさんぽう》を師としていると。他にやり方があるのでしたら、是非お教え下さい」

「張三丰は本朝の武当山《ぶとうさん》の丹士《たんし》で、朝廷から詔によって呼びだされた時、道をはばまれ、夜、夢で神人に拳法を教わり、翌日、単身で山をおりて百あまりの賊を武器なしで倒したと伝えられ、そこから拳法がはじまったといいます。しかしそれは近年のこと。そのころ私は一線天《いっせんてん》で修行を積んでおり、彼の拳や脚の使い方を知りません。このことでさえ下界に遊びに行った仙人が山に戻って伝えたことにすぎず、およそのことしか知りません。少林寺の修身法でさえ、私の幼い頃はまだありませんでした。

そなたに、まだ伝えたことのない秘法を授けます。心を尽くして学べば、人の世で一派を成すに足りるでしょう」

ついに上着を脱ぎ、山頂のひらけたところで拳の型をとり、よく見て覚えて練習するように素雲に命じた。

第二章　深夜の邂逅

紅線は、山頂の空き地でひととおりの拳法を素雲に見せ、覚えさせた。

　この拳は名前を落花風《らっかふう》といい、胡蝶穿花《こちょうせんか》から残風掃葉《ざんふうそうよう》まで全部で二十四手の、捕らえる、押さえこむ、囲い込んで蹴る、鉤で飛ぶといった方法で、こう来ると思えばああ動き、予測できない変化を繰り出す、紅線が幼い時に学んだものであった。

　はじめた時は、まだ動きがわかったが、やがて散った花びらが舞い踊るように、高く低く、上がったと思えば落ち、進むと思えば逆に退き、退くと思えば逆に進み、人の目には花が咲き乱れると見え、細かく見定められなくなった。

　素雲は、見終えると、ひとつひとつ心に刻んだ。

　紅線は拳を打ち終えると、各拳の最も重要な点をこまごまと素雲に教えこんだ。胡蝶穿花とは、蜜蜂抱蕊とは、狂風払柳とは、急雨摧蕉とは。これが飛燕出林、これが寒鴉繞樹、低く伏すのは落下流水、高く逃げるのが飛絮撲簾、ちょっとゆれるのが風擺蓮花、上下に少し動かすのが露凝仙掌、激しいひと蹴りは春雷驚筝、重い一撃は晴雪圧枝、ゆるやかに進むのが斜月移花、すばやい一歩が残風掃葉。この拳ははじめの動きが要点、この拳は中の動きがなっていなくてはだめ、この拳は後の動きが肝心。はじめから終わりまで、口で説明し絵を描き、ことこまかに述べた。

素雲は納得し、理解し、しっかりと覚えこみ、忘れないようにした。師弟二人は日が西に傾くまで、山をおりようとも思わなかった。


この日から、毎朝、白素雲は必ず山頂で拳法を練習し、午後は剣を学び、夜はさらに呼吸法を学んだ。ひと月あまりで、ようやく落花拳を最初から最後まで打てるようになったが、ひどく疲れた。さらに一カ月あまりたつと、だんだん上達していった。また、すでに木の梢に飛びあがったり飛びおりたりもできるようになった。

紅線は、彼女が堅い志で成しとげるのを見て、心の中で喜んだ。


素雲は両親を亡くしてすでに百日と指を折った。仇を討てていないのがひどくつらかった。ある日、紅線に別れを告げて下山したいと願った。紅線があわてて止める。

「そなたの拳術は見るところがありますが、多くの軍勢の中に行って一人で賊を倒すには、飛んでいって跡を絶ち、行くも来るも自在でなければ。それに剣術はまだ表面をなでている程度で、秦応龍の敵ではありません。仇を討つどころか、自分の身を守ることさえできないでしょう。ここは耐えて学び、時期が来るのを静かに待ちなさい。軽はずみに動いてはなりません」

素雲は涙ながらに答える。

「力不足はわかっているのですが、仇を討ちたいという思いが心を離れません。いったいいつになったらお許しいただけるのか、どうかお教え下さい」

「ことわざにも、『大丈夫は三年以上かけても仇を討つ』という。苦しいかもしれないが、三年、五年どころか、一年、半年さえ我慢できないか。

事をなすために、今度は身を軽くして高いところを飛び越える軽身の術を授けます。会得すれば、空を飛んで音一つ立てずに屋根瓦の上におりられるようになる。そうしたらまず、秦の陣営に動静を探りにお行き。もし手を下すことができそうなら、誰にも気づかれないように、真っ暗な夜に秦応龍を殺すのです。一つには国のために邪な者を誅し、二つには民に害なす者を除き、三つには不倶戴天の仇に報復する妙案でしょう。

もし砦に兵士が多いとか、守りを固めているとかで、見つかってしまった場合は、すみやかに手を下せそうにないなら、ただちに山に戻り、再び計画を練りましょう。もしかすると私が助けることになるかもしれませんが、どうなるかはわかりません。術が未熟なのですから、あわててはなりません。そなたが仇を討てずに命を落とすようなことがあれば、師匠となって教えた私も悲しいし、そなたには他に兄弟もないから、死んだ父母にも合わせる顔がないでしょう。この先仇を討つ者はなく、恨みが晴らされることもなくなります。そこをよく考えなさい」

素雲は、涙をぽたぽた落としながら聞き、何度も繰り返した。

「お師匠様のお教え、肝に銘じます」

それからは、気持ちを落ち着ける定心丸《ていしんがん》を飲んだように、早く仇を討ちたいとはやる心を抑えて、一心に苦しい修練を重ねた。


光陰矢の如し。月日は飛ぶように流れ、見るまに夏は去り秋がおとずれ、すでに八月中旬の陽気である。秋風は骨にしみいり、夜露は肌に冷たい。

山頂は平地と比べるまでもなく、すでに残暑もすっかり消えて、肌寒さを感じさせた。夜ともなれば虫の声がやかましく、雁の鳴き声が心を脅かす。

そんな荒れ果てたもの悲しいさまには、そうそう耐えられるものではない。素雲は家族といた頃のことを思い出し、気候も相まって、今の境遇が悲惨で目も当てられなくなり、たびたび天をあおいで大声をあげて泣き、紅線になぐさめられた。

ある夜、修行を終えた後、素雲は独り、部屋に入った。紅線は広間で座している。

横にはなったが、気がめいって眠ることができない。寝返りを打ち、眠れぬまま三更（午後十一時頃）が過ぎた。見れば、鉤のような残月が窓から斜めにさしている。力なく起きて座り、窓を押しあけて月の色をながめていると、清らかな光に心が洗われるようだった。そして、ふと思いついた。

（弟子になって技を学びはじめて半年がたったけれど、まだ夜中に山頂に登って度胸を試したことがないわ。真っ暗な夜に秦の砦に行かなくてはいけないのだもの、度胸試しをしておきましょう。幸い、今晩は、月が昼のように明るいから、山に登る練習をするのにぴったりだし）

白素雲は、はおった道服を脱ぎ、黒の上着を着、下は褲子《ズボン》だけで裙子《スカート》はつけず、足を小さな靴でしっかりと包み、道冠ははずして黒髪を髷に結い、手には桃花宝剣を持った。

部屋を出て、庭の真ん中まで来ると、屋根の上に身を躍らせた。かすかに音をたててしまい、師匠を驚かさなかったかと思ったが、屋根瓦の上を走り、むかいあった建物の後ろにひと跳びすればすでに山道。風のようにひゅうひゅうひゅうといく跳びかで、早くも山頂の、いつも拳や剣の練習をしているあたりについた。いくらか息が荒くなったので、足を止め、気を落ち着かせる。

そのとき、まだ夜は明けておらず、星は冷たく光り、霜がおりていた。あたりは月光に包まれ、山じゅうに風が吹きつけ、しんしんとした深秋の気がただよっている。

素雲が宝剣をつかんで制し、練習しようかと思った時、ふいに西の方の大木の梢が動いたかと思うと、はっきりしない人影のようなものが東にむかって飛んでいった。驚いて思う。

（この山に、わたしとお師匠様の他に、人がいるなんて。しかも、深夜にこんなところに来るなんてことがあるかしら？）

あわてて両手で目をこすり、大木をていねいに見た。梢はいつもの位置にあり、ゆれてもいない。そこでひとりごとを言った。

「気が小さくて見間違えたのね。きっと風が枝をゆらして枯れ葉が落ちたので人がいると思ったんだわ」

勇気を出して剣を起こし、いくつかの手を続けて練習した。舞うように剣を動かして練習にのめりこんでいると、ひとすじの光が斜めからさし、体の脇を猛然と通り過ぎていった。素雲はすばやく見とがめて、さっとよけた。美しいのどを軽く開き、

「変ね」

手に剣を取って、光のむかったところへ風のように急ぎ、あっという間に三里あまり進む。すると大きな木が道をはばんでいたので、ひゅっとひととび、木の枝に飛びあがり、あたりを見まわしたが、何の跡もない。木の後ろを見れば切り立った崖。下は谷だ。広さは二十丈あまり、底が見えないほど深く、さらさらと水の音がし、截雲山を左から右へと、飾り帯のように取りまいている。山の残る一方にはひとすじの大きな道がある。素雲は怖じ気づいた。

(この山がこんな地形だったなんて。前の時、もしお師匠様に救われていなかったら、羽でもなければ逃げられないところだった。

それにしても、さっきの光は何だったのかしら。天に飛んだとしか思えない、不思議だわ)

しばらく思案していると、山のあちこちからチュンチュンという鳥の声が聞こえはじめ、東の空が白んできた。

白素雲は一歩一歩山頂に戻り、また、ひととびで屋根に上がり、部屋で眠った。

白素雲

目がさめると巳《み》の刻（朝九時から十一時頃）のようで、顔を洗って髪をすいたが、すでに遅すぎたので修練に行かずに広間にむかい、紅線に挨拶した。

広間では、紅線が黄色い道服を着た道士と碁を打っているところだった。道士は堂々としていて、顔つきも態度もすぐれており、片手で三すじの長い鬚《あごひげ》をしごき、片手に白い碁石をつまみ、次の手を考えていた。

素雲はその人が誰かわからず、どうしたものかと足を止めた。紅線が見とがめて手招きする。

「こちらに来て黄衫《こうさん》師伯《しはく》にご挨拶なさい」

素雲にもようやく、黄衫客《こうさんかく》が来たのだとわかった。師匠が常々話に出していた人に失礼はできない。あわてて前に進みでて、両膝をついて跪き、深く礼をとって叫んだ。

「師伯」

黄衫客は立ちあがって言う。

「苦しゅうない」

素雲は起き上がり、紅線のかたわらにはべり、立ったまま二人が碁を打ち終わるまで見ていた。紅線がわずか半目負けた、好敵手のようだ。

しばらくして碁盤を片付けると、黄衫客と紅線はいくらか言葉をかわした。素雲にははっきり聞き取れなかったが、いくつかの言葉が耳に残った。

「この二人は一人が雷一鳴《らいいちめい》、一人が雲万峰《うんばんほう》、お目にかかる日もあろうから、心おかれよ」

また、こうも言っていた。

「いずれ再び、この山で会おう」

紅線がうなずくと、黄衫客が言う。

「では行かねば」

紅線も引き止めず、素雲と広間の前に出て、黄衫客がひと飛びして、ひとすじの光を起こして空を裂いて去るのを見送った。

素雲はしばらく呆然としていたが、心のうちで思う。

（この光は昨夜、山頂で見たのを思いおこさせる。でも片方は闇夜、片方は真昼、夜見た時ははっきりしなかった。今のうちにお師匠様にたずねて、はっきりさせておこう）

素雲が口を開かないうちに、紅線の言葉があった。

「昨夜は山頂で剣の練習をしていたようだが、黄衫師伯と私もいたのに気がついたか？」

素雲は驚き、

「お師匠様に申し上げます。昨夜は眠れず、夜に出かけて度胸を試そうと思って山頂で剣の練習をしておりました。ふいにひとすじの光が後ろの山にむかったのを見て追いかけましたが及ばず、奇妙に思っていましたが、それが先ほどの黄衫師伯だったのでしょうか。しかしお師匠様までいらしたとは、まったくわかりませんでした。いったい、いつから？」

紅線は笑って、

「そなたは昨夜、部屋を出て屋根の上を走ったであろう。そのとき私は広間に座していて、屋根瓦の音に悪党でも来たかと、追って外に出たのだ。そなたとわかって、夜目《よめ》がきくか試してやろうと思い、声はかけなかった。山頂について、木々の間に身を隠していたが、そなたは気がつかないようであったな。枝先がゆれるのに気がついても人がいるとは疑いもせず、私を見つけることもなかった」

素雲はうなずいた。

「そういうことでしたか。黄衫師伯は昨夜、どこからいらして、今はどちらにむかわれたのですか？」

「師伯と私は太元境から別々に下界に降り、山東で道の教えを授ける弟子を探しているのだ。今は、雷家堡《らいかほ》という、そなたの仇のいる臥虎営《がこえい》から遠くないところにおられる。

昨夜は月が白く明るく照らしていたので、たまたま遊びに出かけ、山に登って剣を舞わせていたそなたに会った。そなたを試そうとして体の脇をすりぬけたところ、気づいて飛ぶように追ってきたとか。剣遁の術を使って前の山に戻り、私のところに来たのだ。そなたのことを将来有望だとほめておられた。夜が明けるまで碁で時をつぶして、雷家堡に帰っていかれた。そのうち弟子をとって山に修行をさせに来るであろう。

さて、そなたについてだが、昨夜、剣を舞わすのを見たところ、精神面は十分、手技も熟練しており、高く飛ぶのもよし、守りもよし、だが少しばかり度胸に欠けるようだ。数日待ち、新月のころに秦の砦を探りに行くがよい。手を下せそうであれば深い恨みを晴らし、もし無理であったなら山に戻りなさい。今日明日はまだ月光があるから、絶対にむかってはならない」

素雲は大喜びし、

「仇をとることができたなら、すべてお師匠様のお力です。しかし、闇夜に一人で事を行うのは心細くてなりません、なにとぞ、お師匠様もおでましになって、弟子をお助け下さいませ」

紅線はかすかに笑った。

「秦応龍がどんなに悪事を行ったといっても、殺すのはよいことではない。大道を成そうとするならば困難を乗り越えなければなりません。手助けをしないのは、これはそなたが成しとげるべきことだからです。すべて一人で成しとげて、孝行で義侠に厚いと名をあげるがいい。昔の人の言葉にもある、『天仙と成りたいならば千三百善を積め、地仙と成りたいならば三百善を積め』。

そなたが今、国のために奸臣を誅し、民のために悪人を除き、父母兄弟のために仇をとれば大いに功をあげることができるであろう。だが、私が助けたのでは美談に傷がつく。だから私は行く必要はない。一緒でなくても安心してむかいなさい」

素雲は、あえて何度も願わず、「お師匠様、おおせのままに」と、繰り返した。

紅線は、さらに言う。

「秦の砦にむかい、もし手を下すことができなくても、あせってはならない。すぐにまた機会はおとずれるであろう。隙に乗じることができても、失敗した時は、ただちに南西にむかって逃げなさい。不測の事態に備えて、黄衫師伯にそっと助けを頼んでおいてもらってあるから、怖がることはない」

素雲はこれを聞き終えると、感激のあまり涙を流し、感謝の言葉も述べられないほどであった。

早く仇を討ちたい一心で、昼に学んだことを夜でもできるように練習すること数夜、知らず知らずのうちに度胸もついていた。

やがて月は細くなり、だんだんに光をなくしていった。新月まで三日の二十七夜を選び、素雲は山をおりて砦を探りにむかうことにした。

紅線に許しを求め、その夜になると、道冠をはずして頭を黒い布で包み、黒い短い上着を身につけ、下は黒くてぴったりした褲子《ズボン》、足には柔らかい布の靴、背にはきりりと細帯をしめ、桃花宝剣を挿した。腰には小さな豹皮の袋、中には連珠弩箭。

支度が調うと、広間の前に来て、珠のような涙を浮かべて、いずまいを正して紅線を四度拝んだ。

「弟子はこれより敵を討ちにむかいます。すべてはお教えいただいたすばらしい技のおかげです。どうか成功をお祈り下さい。しくじりましても、この小さな命、黄泉の泉のもとで、両親兄弟とともにお師匠様のご恩に感謝致します。今生でお仕えできなくても、きっと来世でご恩にお報い致します」

これを聞くと紅線は悲しんで、

「古より、『孝は天をも動かす』という。無事に帰ってきなさい。感情にまかせて深入りせず、さっと行って、さっと戻りなさい。気がかりはそこです」

素雲はなごりを惜しみながら立ちあがり、涙をぬぐってふりむいた。

「参ります。お師匠様、どうかお元気で」

蓮鈎《れんこう》をひとひねり、飛ぶように山を下り、まっすぐ臥虎営にむかった。

第三章　初めての戦い

白素雲《はくそうん》は拝礼して師匠と別れ、截雲山《せつうんざん》を下り、仇を討つため臥虎営《がこえい》にむかった。時は、まさに二更（午後九時頃）をすぎ、あたりはしんと静まりかえり、はやる気持ちに止まる足はない。秦《しん》の砦につくと、星の光のもと、あたりを見まわした。砦は山に沿って築かれていて、川に沿って堀が作られ、東西十里以上にわたって連綿と連なっている。夜なので旗の立っている門はみな閉まっていて灯火も見えない。

素雲は軽はずみをせず、まず大営のあたりを観察して、道を確かめた。前門には番兵がいそうだ。見つかれば騒ぎになるに違いない。そこで、後ろの塀から進み、近道をして、後営まで入りこむことにした。

吊り橋をすぎ、小さな足でひとととび、平歩青雲の勢を使って屋根の上に飛びあがる。カラッという音がした。足をすべらせて、あやうく、頭から地面につっこむところだった。もともと砦は人家とは異なり、元帥の寝室および中軍の本営、そして兵器置き場・客間が瓦葺きである他は、大半が泥の壁に草葺きというありさまだ。

次に飛び移ったのは、小さなあばら屋。

と、足元が柔らかくしなり、体勢がくずれる。

どうやら、竹の垂木の上に葦のむしろを乗せておおってあるだけだったようだ。

ある程度の軽身の術を身につけてはいたが、そこまで気をつけていたわけでもないし、葦のむしろの上に降り立てるわけがない。あっと思った時には下に落ちかけていた。

手足を素早く動かし、なんとか一回転、ころころと軒先までころがり、竹の垂木を使って、ゆっくりと地面に飛びおりた。

（なるほど、お師匠様が言っていたように飛行の術をもっと修練して空中に立つことができれば、瓦を落とすこともないし、失敗がないわ。でもこれで帰っては合わせる顔がない）

そう思うと、気を落ち着けて、今度はもう少ししっかりしていそうな建物を探した。

そのとき、拍子木と銅鑼の音が聞こえた。

夜回りの兵士が、時をふれてまわっている。

素雲は、あわてて脇により、ひと抱え以上ある木の後ろに隠れてやり過ごす。

銅鑼の音が四回響く。四更（午前一時頃）だ。

あせりは感じたが、もう失敗は許されない。東の空が明るんで砦に人が増えたら事は難しいと判断し、ついに、木の後ろから飛燕出林の勢を使って、木のかたわらの小さな藁葺きの家に飛びあがった。

だが、少し出るのが早すぎた。

夜回りの兵士が、まだ近くにいた。

銅鑼をたたいていた方はがさつで、手にした銅鑼をドンドンとたたくばかりで他を気にしていない。だが、拍子木をたたいていた方は気がきいている。

素雲が飛びあがった時、彼は大きな木からそう遠くないところを歩いていて、後ろでシュッという音がしたのに気づいてふりむいた。そのとき、大きな木の左側のほうの小枝が風もないのにゆれていたのを見とがめ、木の上に誰かいるのではないかといぶかしんだ。

彼は、竹の拍子木をカチカチとたたきながら駆け戻り、木の上をあおいで、見定めようとした。銅鑼をたたいていた方も、連れの姿が見えなくなったので、銅鑼をたたきながら大きな木のところに来た。

素雲は仰天した。大変だ。だが、幸い月も星もなく、低いところから上を見てもはっきりするわけがない。まして素雲は全身に黒い衣服をつけて、暗いところに身を隠していたのだから、わかるわけがない。

拍子木をたたいていた兵士はしばらくあちこちを探していたが、何も見つけられず、銅鑼をたたいている方に話しかけた。銅鑼の兵士は、逆に、相方の見間違いだといやな顔をした。

「つまらないことに驚いて何だ、叫び声をあげなくてよかったわい。もし大声でもあげて元帥に知られでもしたら、何もないのにでたらめの知らせを出した罪で、おまえは足をたたき折られ、おれまで棒で打たれるところだった。さっさと終えちまうにかぎる」

拍子木をたたいていた方は悲しそうな顔をして、何も言い返さず、銅鑼をたたく方とともに東にむかって去っていった。

素雲は、ほっとした。あらためてよくよく気をつけ、普段の練習の成果を屋根の上で十分に発揮し、水滴が跳ねるように次々と飛んで、二十あまり藁葺きの家を過ぎた。

前面にある黒々としたあたりに、瓦屋根の建物が高く大きくそびえているようだ。中軍の本営と思われた。秦応龍の寝室の位置がわからず、足が止まる。

突然、耳の脇を風が吹きすぎた。風音の中に悲鳴がまじっている。前方の南西の角から聞こえてくるようだ。むごたらしい。素雲は、はっとした。

（こんな深夜に本営から、しかも女の泣き声がするなんて。きっとまたあいつがどこかからつかまえてきたのでしょう。こんな声を聞いてしまっては、放っておけない。助けないと）

蓮鈎をつかみ、まっすぐ南西にむかった。

その部屋は中軍本営の後ろにあり、秦応龍の住まいの別室で、瓦葺きである。

到着した素雲は、華奢な体で瓦の上に立ち、ほっそりした手をのばして、そっと二枚の瓦をはがし、下を見た。

中は前後の二間《ふたま》に分かれており、後ろの間には、花梨《かりん》材の大きな寝台が並べられ、銀の鈎《かぎ》につるされたうす絹のとばりが低く垂らされている。寝台の外には兵器を立てかけておく台があり、左右にずらりと槍や刀がびっしり置かれていて、見る者の度胆を抜く。

前の間には、花梨材の四角い台が置かれ、その脇に二脚の椅子、台の上には二本の蝋燭がともされ、たくさんの酒と料理がまだ、ほかほかと湯気をたてている。

椅子のところには十八、九才の娘が立っていた。髪は乱れ粗末な服を着ている。天性の美貌であるのに、両目は泣きすぎて胡桃《くるみ》のように腫れあがっている。

そこにはたくさんの賊どもがいて、大声をあげてののしっていた。

首座に座っている男は三十才前後、冷酷そうな白い顔には殺気があり、左手で酒杯を持ちあげ、右手で女を後ろに引きよせている。

素雲は、はっとした。

まぎれもない。不倶戴天の仇の秦応龍だ。またしてもここで女に悪さをしようとしているとは！

仇を目の前にして、目を怒らせ、屋根の上で歯噛みをし、飛びおりようとした。

そのときだ。

秦応龍がのばした手に女があらがい、両手に渾身の力をこめて押した。秦応龍の左手の杯が転がり落ち、ガシャンと音を立てて、こなごなに砕けた。

たちまち激しいののしり声が響く。

「このアマが、何をしやがる！」

女の頭に平手を打ち下ろした。手がこめかみにあたり、血がほとばしる。女は地面に倒れ、死んだように動かない。

素雲は、火に油を注がれ、いそいで豹皮の袋に手をのばして連珠弩箭を取り出した。相手を見定めながら、手の中で弓に矢をつがえる。

瓦をはずしたところから、ひょうっとばかりに、秦応龍の顔めがけて射こむ。

うまくいった、と思った瞬間、秦応龍がうつむいた。地面に転がった女の生死を確かめたのだ。

矢は、はずれて、秦応龍の体の脇の床に突き立った。驚いた秦応龍が高く叫ぶ。

「何者だ！」

身を返して後ろの間に急ぎ、兵器台から三尺あまりの長さの刀をとり、屋外に飛び出す。

敵は、すぐそこまで来ている。失敗だ。もうこうなった以上、どちらが上か、戦うしかない。白素雲は、屋根の上で優位をとり、飛行の技を頼めば倒せるだろうと思った。

心を決めると、剣を手にとって叫ぶ。

「秦応龍、天をもおそれぬ悪事もここまでだ。われ白素雲ここにあり、かかってきなさい！」

秦応龍は、屋根の上から、鶯にも似た、澄んだ高い女の声がしたのを聞くと、すぐに庭から跳びあがった。屋根の上で白素雲と顔を合わせる。真っ暗であったため、以前山に捕らえてきて逃げられた相手とわからずにののしった。

「どこのあばずれだ、わざわざ虎の尾を踏みにくるとは命知らずめ！」

剣をふるって白素雲をたたき切ろうとする。素雲も剣を抜いて迎える。二人は屋根の上で十数度刀を合わせた。

秦応龍の腕は確かだったが、素雲の剣法は仙人から教わったもの、さらに換骨丹を服用して筋骨は強く、勇気と力は百倍になっており、応龍と互角であった。勝てはしないけれども、下風に立つでもない。

応龍は、強敵と見て、負けてはならじと両手で素雲の動きをはばみ、下にむかって声高に叫んだ。

「副将はどこだ、さっさとつかまえろ！」

ひと声わめいただけで、まず応龍の酒の世話をしていたその夜の当番兵が気づき、あわてて本営に知らせる。たちまち夜間巡回兵たちが拍子木や銅鑼をひっきりなしに乱れ打ちしたものだから、前後左右の軍にも大営に有事の知らせが届き、たちまち砦じゅうが大忙しの大騒ぎとなった。将校たちのある者は提灯を持ち、ある者はたいまつをかかげ、「つかまえろ！」と声高く叫びながら、次から次へとやってくる。

主将が屋根の上で敵と戦っているとわかると、中の幾人かは武器を持って屋根の上に上がってきた。

素雲は大勢がほぼ決まったと見ると、戦う気もなくし、剣で空を切り、身をひねって、出発前に紅線に言われたことを思い出し、南西にむけて逃げ出した。

応龍は見のがさず、風のように後ろから追ってきた。このときは砦の兵士という兵士も目をさまし、素雲が屋根の上をまっすぐ南西にむかって逃げていくのを見た。一人の牙将（補佐官）が命令を出す。

「前営の動ける者は直ちに屋根に上がり、鳶口や投げ縄で退路をさえぎれ！」

素雲は、幸いよく気をつけていたので、前営の門をすぎてそう進まないうちに、屋根の上に無数の人が立っているのを見つけた。

待ち伏せされている！　だが、他に道はない。

（ここががんばりどころ！）

命をかける覚悟をし、気持ちを奮い立たせ、仙剣を抜いて玉帯囲腰の勢を使って全身を守り、まっすぐに通ろうとした。

兵士たちは鳶口や投げ縄を手にひしめいている。

だが、仙剣をとどめられはしない。剣に触れたとたんに断ち切られ、枯れ草をなぎ倒すような勢いだ。かえって傷を負う者もあり、多くは屋根から地面に転げ落ちた。

これを見ると、もう誰も再度はばもうとはしない。

ひと声叫べば、わっとばかりに兵士たちが引いて道ができる。素雲は大いに喜び、この機に乗じて、飛ぶようにまっすぐ外に出た。

後ろからは、秦応龍が、雷のように怒りをたぎらせ、日頃の腕前を発揮して、激しく足を動かして、ただ一人たけだけしく追ってくる。

もう、弓が届くほどの距離しかない。素雲はひどく驚き、追跡から逃れるにはどうしたらいいかと、美しい眉をよせた。すぐに思いつき、応龍のほうにむきなおり、何も持っていない左手をあげた。

「つかまるか。我が飛剣を受けよ」

応龍は早合点し、

「くそう!」

あわてて足を止めて腰の刀を抜き、五花盖頂の勢を使って隙なく身を守る。

しばらくしても、何かが飛んできた音がない。秦応龍は、ようやく、今のが芝居で、時間かせぎの計略にかかったと気づいた。いそいで再び見た時には、すでに相手は砦の門についており、屋根から飛びおりて逃げさっていた。

「くそう。あばずれ女め、どこへ行く気だ!」

一気に砦の門へと追いかけ、身をひるがえして地面に飛びおりた。

すでに天はわずかに明るみを帯びており、逃れた者の姿がはっきりしてきた。白受采の娘が両親の仇を討ちに来たのだとわかると、ますますもって放っておけない。

砦の入り口には、たくさんの兵士たちがいる。元帥が女を捕らえようと、屋根からおりて出て行くのを見て、高い屋根の上にいた者たちが、呼び子を吹き鳴らす。たちまちたくさんの人馬が、おしあいへしあいしながら砦を出た。

白素雲は、これを見てあわてた。

秦応龍はもともとが徒歩軍の出身である。先ほどは慣れない屋根の上なので、いくらか白素雲に後れを取ったが、平地であれば動きは速い。腰の刀を抜き放ち、猛々しく追ってくる。もはや、素雲と、二、三尺の距離しかない。

素雲は身をねじり、ひらりと残風巻葉の勢で刀をさけた。応龍の刀が空を切る。たたらを踏み、転びそうになった。

素雲が勢いに乗って切りかかる。応龍が戻した刀であわてて迎えうつ。二人はここでもまた、戦っては走り、走っては戦い、二里あまり進んだ。後ろでは将校たちがときの声をあげて威勢をつけ、見る間に包囲しようと近づいてくる。

素雲の額に汗がにじむ。何も思いつかず、もう力も出ない。

そのとき、秦応龍が刀を押さえ、手をのばしてふところをまさぐり、三、四寸の長さのものを取り出した。先がとがっていて、もとのところが太くなっている。竹葉薬鏢《ちくようやくひょう》だ。秦応龍は、竹葉薬鏢を、素雲の顔めがけて放った。見たこともない暗器（隠し武器）をさけきれず、素雲はあわてて仙剣を上にむけてなぎはらった。

チンという音がして火花が散り、竹葉鏢がまっすぐ地面に落ちる。

応龍は怪我を負わせられなかったとわかると、大声をあげながら、また切りかかる。

このとき、砦からすでに三里は離れていた。素雲は天にも地にも逃げ場がなく、足は遅くなり、気持ちもくじけた。道の脇にひとすじの大河が見えたので、仇の手にかかるよりは飛びこんで自害しようとした、まさにそのとき。

忽然と、河のほとりに一人の男が姿を見せた。頭には武生巾を戴き、身には英雄の外套、足には底の薄い動きやすい靴、色黒の顔に二すじの長い眉、目は虎のように勇ましく、年の頃は二十前後、気位が高いのが見てとれる。

男は、素雲が身を投げようとしたのを見とがめ、後ろから無数の官兵たちがせまっているので、あわてて両手で素雲をつかまえて乱暴にゆすり、大きな声で叫んだ。

「娘さん、早まるな。なぜ追われているのか、この雷一鳴《らいいちめい》に話してくれ。助けになれるかもしれない」

素雲は、「雷一鳴」の三文字を聞くと、以前、黄衫客が紅線に話していた名前であったので、高い声で答えた。

「なんと、あなたが雷さまでしたか。どうかこの白素雲の命をお助け下さい」

一鳴は様子を見てとると、

「娘さんが截雲山で修行をしていた白家のお嬢さんか？　俺と雲万峰兄貴は黄衫道長から、きみのことを気をつけて待つように命じられていた。おびえることはない、俺がよこしまなやからを倒して、お嬢さんを連れ帰ろう」

すでに追っ手の兵士たちがせまっている。

一鳴は何も武器を手にしていなかった。素雲から仙剣を借りようかとも思ったが、ふと思いついて、道の脇に生えていた大木に両手をかけた。

力を込めて引き抜くと、そのままの勢いで振りまわして秦応龍に殴りかかる。

秦応龍は、何も持っていなかった相手が、あろうことか大木を引き抜いてむかってきたのに驚く。とてつもない力だ。木は十分に太く、葉がよくしげっており、横なぐりに振りまわされると、防ぐ手立てがない。

秦応龍は、相手ができず、数歩退いた。一鳴はそれを見て、さらになぎはらってくる。

秦応龍は腹を立てて刀で打ちかかる。だが、枝が邪魔をして思うにまかせない。兵を収めて砦に戻ることも考えたが、それもしたくない。

一鳴が木でなぎはらうのを避けながら、秦応龍は、たくみに、さきほど素雲が仙剣で道ばたにたたき落とした竹葉鏢のところへ足を運んでいった。近くまで来ると、転がり込むようにして竹葉鏢を拾いあげ、そのまま、シュッと投げつける。

竹葉鏢は、しげった葉の間を縫って、一鳴の左肩に当たった。

「つっ！」

一鳴の左手から力が抜けて、つかんでいた重い大木が、枝も根もつけたまま応龍にむけて投げ出される。

防ぎようもなかった。周囲三、四尺もある大木が、秦応龍の胸全体にぶつかる。心臓を直撃されて、たちまち血がのぼり、

「やられた！」

大声で叫ぶ秦応龍の口から、鮮血がまっすぐに噴きだす。

後ろにいたたくさんの部下たちがだんだんと追いついてくる。元帥が傷を負ったのを見ると、部下たちは、風のように争って救いにきて、手を貸し手を貸し、みな砦へと戻っていく。もう素雲を追おうとする者はない。

竹葉鏢に当たった一鳴のほうは、ひどく痛がり、顔が青黒くなっていた。素雲は驚き悲しみ、

「恩人さま、どうかお気を確かに。竹葉鏢をぬきとりますので」

一鳴は眉をかたくよせて、

「ささっても血が出ないところをみると、毒が塗ってあったに違いない。経絡が傷ついていたら、血が出ると死ぬ。お嬢さん、行ってくれ。俺は家に戻って治療する」

素雲は首を横にふる。一鳴はさらに言った。

「言うことを聞いてくれずに、万一秦の砦からまた追っ手が来たらどうする。ここで二人とも

いたずらに死ぬことになったら、助けた甲斐がなくなる」

　素雲はしかたなく、身をひるがえして二度拝礼し、命を救ってくれた恩に感謝した。

「雷家堡は、そう遠くないとうかがっています。必ずお送りしますから」

　そう言って、白素雲は、雷一鳴を先に進ませ、自分は後からついて行った。一鳴は素雲の誠実さを見て承知し、痛みをこらえて、一歩一歩、雷家堡にむかった。

第四章　雷一鳴と雲万峰

雷一鳴《らいいちめい》は、山東城武県《さんとうじょうぶ》の出身で、少しばかり田園を持っており、子どもの頃から鎗《やり》や刀、拳や棒といった武芸を喜んで学び、十七歳で武術学校に入り、十八歳で武科挙《ぶかきょ》（武官登用試験）に、雷震の成績で合格した。

人となりは、義侠心に富んでいて、性格はまっすぐで爽やか、凜としていて罪を犯さず、とても人当たりがよい。

父は名を雷声遠といい、博学な学者で、一鳴が心から武芸を好むのを見て、教師を招いて武芸を教えさせた。

一鳴が最も得意なのは弓で、飛ぶ鳥にも百発百中である。また、一対の八角紫金錘という、金色で八角形をした金属の鎚《つち》を上手に使いこなし、一本一本がそれぞれ五十斤あまりもあるものをぐるぐると振りまわせば、万もの金の光が全身を取りまき、光をまとうようであった。

後に父が亡くなり、母の封氏もあいついで亡くなった。まだ結婚していなかった一鳴は、たった独りになってひどく悲しんだ。

雷一鳴

同じ村に同じ年に武科挙に合格した姓を雲《うん》、名を峻《しゅん》、万峰《ばんほう》と号する並外れた技量を持つ人物がいて、不正や不義にいきどおる人となりであった。一鳴と万峰は意気投合して義兄弟の契りを結び、万峰を家に呼んで一緒に住み、朝に夕に六韜や玉鈴など兵法戦略について論じあった。

だが、朝廷では秦檜《しんかい》が権力をもてあそび、金軍が国土を侵していたため、功名をあげる気もなく、従軍して力を尽くそうとも思わず、二人はただ人々をまとめて訓練し、村を守り、あたりの地域一帯を落ち着かせていた。

朝廷が秦応龍の臥虎営に軍を派遣してからというもの、盗みは働く女は犯すと、しない悪事はなく、鶏や犬まで騒ぐほど治安が乱れた。兵士たちはいつも徒党を組み、朝廷の威光をかさに着て善良な人々をだまし、好き勝手をして苦しめた。

一鳴は許せず、軍に訴えたりもしたが、秦応龍らがかばい、処罰されないのを良いことに、手下たちはますます悪さをするのであった。

一鳴と万峰は土地の名士や長老を集めて商議し、あれこれの悪事を書き連ねた正式な上申書を作り、城武県の知県《ちけん》（県の長官）に真実を明らかにしてほしいと訴え出た。だが、その知県は、姓を甄《しん》、名を衛《えい》といい、科挙の合格者で、答案を見て合格を決めてくれた秦檜の弟子同然であり、師匠たち一門を罪に問うわけがなかった。

秦応龍への告訴状は、正式なものの他にも、村人たちから、娘をさらわれただの、妻を奪われただの、妻子に戯れかけられただの、戯れかけられた妻女がいうことを聞かなかったために殺されただの嫌がって自殺しただの、配下がゆすり取った、だました、その他もろもろ、数百ではきかない。甄衛は、これを見ても放置し、いっこうに処理しなかった。

一鳴たちの出した正式な上申書にも音沙汰がない。

気の短い村人は不満を募らせ、何度も、雷一鳴に、組織を率いて秦応龍を殺して欲しいと願った。だが、一鳴は彼らを説得した。

「秦応龍は悪事を重ねているが、朝廷の命令を奉って来ているのだ。平民が将軍を殺すようなことをすれば大罪になる。決してしてはならない」

「では、雷殿は、このまま、いいようにされ続けろというのですか？」

「今は、ただ、身を守るんだ。幸い、俺のこの雷家堡《らいかほ》の二十里あまりのみなとは自警団を作ることができている。みんなで心を合わせて悪党が入れないようにしよう。臥虎営の者がここを通る時には、理由をはっきりさせて、もし悪さをする者があったら、兵士であろうが将軍であろうがつかまえて、役所に突き出して処分をあおぐ。

今度は甄知県も見のがすわけにいかないだろう。そんなことを何度も何度もしていれば、秦応龍だって俺たちの小さな村を軽視しなくなる。

一年半たって、朝廷がやつらを転任させるのを願うしかない。無事にすますことができればいいのだ。ああいう連中と争うなどばかばかしい」

村人たちは雷一鳴の意見を聞き入れた。

この後からは、みなが気をつけるようになり、秦の砦の者が雷家堡に入り、何かしでかせば必ず村人たちにつかまり、銅鑼をたたかれて役所に連れて行かれた。

甄知県は村人たちが送り届けてきたのを見ると、多くの人々の怒りにふれることもできず、やむなく、棒打ちにしてくれ処罰してくれという訴えを聞き取った上で、こう話した。

「秦大人の砦の兵士であることをかさに着ることのないように。本官の管轄外なので砦に送り届けるから、秦大人に軍法にしたがって重く裁いていただくがよい」

たちまち公文書が用意されて訴えられた兵士は砦に送られ、双方の顔を立てて話がまとめられた。

秦応龍の臥虎営には無法者が多く、今日は張三、明日は李四という具合に、しだいに小隊長やら見はりまで多くが捕らえられて県に送られた。

甄知県は閉口した。連れてこられる者が多く、しかも本当に悪さをしているので叱りつけないわけにいかない。それが度重なると、ひそかに手紙をしたためて信頼できる者に秦応龍のもとへ届けさせた。

手紙には、雷家堡の人々がしっかりしていてあなどりがたい力を持っているので、すみやかに兵士たちを掌握して事を起こさせないようにしてほしいと書かれていた。これを読んだ秦応龍は返事する一方、軍の一兵卒にいたるまで、「以後、雷家堡で悪さをして、再度捕まるようなことがあればたちどころに軍法に従って梟首《さらしくび》にする」と命令を徹底させた。

こうして秦応龍が臥虎営に駐留して半年あまり、あちこちは落ち着かなかったが、雷家堡だけは治安がよかった。一鳴は雷家堡を守りはしたが雷家堡だけでは力が弱く、世の中が乱れている折、万一に備えて、日々才能のある者を探し、助け合おうと思っていた。


ある日、黄衫客《こうさんかく》がふらりとやってきて、村人が雷一鳴を並外れた英雄の豪侠のとたたえているのを聞いて、門前をおとずれた。一鳴に問われて黄衫客は姓を黄《こう》、名を珊《さん》と名乗った。

一鳴は、黄衫客が仙人のようで気構えが並ではないのを見てとると、兵法の機微について語りあい、すぐれた知見を敬い慕う気持ちとなり、しばらく雷家堡にとどまってくれるよう、雲万峰とともにねんごろに頼んだ。

黄衫客はすぐに応じて、雷家堡に泊まり、十日あまり住みついた。雷と雲の二人が気性もよく見どころがあるので、ひそかに片方を選んで弟子にしようと考えたが、なかなか考えはまとまらなかった。

やがて月夜に出かけて截雲山《せつうんざん》で紅線《こうせん》に会い、父母兄弟を秦応龍に殺されて仇討ちを望む白素雲《はくそうん》を紅線がすでに弟子にしたことを聞き、そっと手助けをすることにした。夜が明けて雷家堡に戻ると、一鳴と万峰に昨夜のことを語って聞かせ、心に留めておいてもらうことにした。

それからは、月が下弦となったら毎日、人をやって秦の砦の様子を探らせるようになった。

夜中や明け方は一鳴と万峰が順番に雷家堡の前をあちこち見まわった。

素雲が砦を探りにいった晩は、万峰が夜の当番で、朝になって帰って休んだ。早朝に起きた一鳴は、秦の砦に偵察を出すとともに、単身、雷家堡の前を歩きまわった。

すでに赤い太陽が高くのぼっている。そこへふいに素雲が秦応龍に追われてきたため、寸鉄も帯びていなかったのだ。やむを得ず道ばたの大樹を引き抜いて応戦したが、雷一鳴は、秦応龍の竹葉鏢《ちくようひょう》で手ひどい傷を負ってしまった。

去りがたく思った素雲とともに、一鳴は、雷家堡に戻った。

村人や仲間たちは雷一鳴が肩に大怪我をして女とともに帰ったのを見て、心配してあれこれ声をかけた。だが、一鳴は、答えることもできず、あわただしく部屋に入り寝床に倒れこみ、雲万峰と黄衫客を呼んでほしいと告げた。

しばらくして、まず雲万峰が現れた。いぶかしむ雲万峰に、白素雲が軽く会釈する。

「雲さま、初めまして。わたしめは、白素雲でございます」

仔細を聞かされると返事もそこそこに、

「お嬢さんは休んでいて下さい。雷はまったく運がいい。傷を見たところでは、鏢を抜いて傷薬を塗らなければいけないな」

素雲がうなずく。万峰は寝台にかけより、

「どうだ、どんな様子だ」と何度もたずねたが、一鳴は気を失っており、答えがない。どうしたのかとあわてて様子を見ると、顔から血の気が失せている。

肩の上の鏢傷のまわりが青黒く腫れあがっていた。竹葉鏢に毒が塗ってあったに違いない。村に帰る時に無理をしたため、毒がまわって気を失い、息も絶え絶えになってしまったのだ。万峰にはどうしていいかわからない。素雲もかたわらで雨のように涙を流した。

手も足も出なかったそのとき、村人が黄衫客のおとずれを告げた。

二人があわてて出迎え、礼を施す。

素雲が涙ながらに事の次第を語ると、黄衫客は二人をなぐさめ、寝床の前に進み、一鳴を起こさせた。

「寝台の上に横にしておいては傷口からの毒血が頭にのぼる」

黄衫客は道服の袖から手をのばし、ふところをさぐって袋を取り出した。

「一鳴が受けたのは『竹葉鏢』という毒鏢だ。抜いてしまっていなくてよかった。血が出ていたら死んでいただろう」

袋から、一服の薬を取り出す。

脂を練ったような薬を酒でのばして傷のまわりに塗っていく。

「不安がることはない。これは、獺髄膏《たつずいこう》だ。

混元湖を通った時に、巨大な白獺が襲ってきたので、やむなく退治したのだ。

白獺の髄は傷薬の中の最高の聖薬で、琥珀のかけらと煮詰めた軟膏は、どんなにひどい傷でも、たちまち血が止まって皮膚が元どおりになり、あとにしみひとつ残らない。

『酉陽雑俎《ゆうようざっそ》』や『拾遺記』にも記載されている。

呉の王族であった孫和《そんか》があるとき、寵妃であった鄧夫人と酒をともにし、玉でできた如意を持って踊り、誤って夫人の頭に当てて額を傷つけてしまった。医師から白獺の髄と琥珀の粉を塗れば治ると言われて、孫和は、大金でこれを求めた。ただ調合する時に琥珀の量が多すぎたために、かさぶたが取れたあとにしみが残り、黒ずんだ赤が目を引いたことから、後人に獺髄粧として伝えられたという。

薬にするときの量がわかっていなかったためにそうなったが、色が均一になるようにすれば失敗はない。

また、獺の肝は肝臓や胃などの病に抜群によく効く」

黄衫客が薬を傷のまわりに塗ると、腫れがやや収まった。

そこで、ささっている竹葉鏢を少しずつ動かし、少々抜いてはゆるめ、少々抜いてはゆるめして抜いていく。

すっかり抜いたところで、手早く膏《あぶら》を取り出して傷口全体に塗ると、話のとおり、一切出血しなかった。

「痛たたた、死にそうだ！」

雷一鳴が意識を取り戻した。ゆっくりと目を開ける。素雲たちはようやく安心した。

一鳴は、黄衫客をはじめ多くの人が目の前にいるのを見て、

「道長やみなが助けてくれたのか、ありがたい。いったい何の毒が使ってあったのか、ひどいめにあった」

そう言い終わらないうちに眉をぴくりとさせたかと思うと、ふらっと気を失った。

「心配ない。傷口に悪血が残っているのだろう。薬で散らそう」

黄衫客は、大きな壺いっぱいの熱くした酒を持ってこさせ、一杯汲むと、金創起死回生丹《きんそうきしかいせいたん》を取り出して杯の中に入れ、一鳴の口をこじ開けて飲みこませた。残った酒を新しい柔らかい布につけて傷口のまわりをていねいに拭くと、赤黒かった皮膚の色がよくなってくる。その後、寝台に横たえた。

やがて、腹がごろごろ鳴って大量の血を下した。しだいに意識は戻ったが、体は火のようにほてっており、病気のようである。

「大丈夫でしょうか？」

素雲が黄衫客にたずねると、

「なに数日すれば治る、命に別状はない。

師匠が待っているであろうから、そなたは山に帰るといい。日を改めて仇討ちを考えても遅くなかろう」

素雲も紅線のことを思うと飛んで帰る羽がないのが恨めしいほどであったので、

「師伯のおおせのままに」

黄衫客と雲万峰に跪いて頭を下げ、一鳴に感謝の言葉を述べて、截雲山へと戻っていった。

白素雲は、紅線に事の成り行きを話し、なぐさめられ、よく休んで、来月初に、また仇をねらうように命じられた。

一方、雷一鳴は、寝込んだまま、三日というもの食べ物がのどを通らなかった。雲万峰は怒り狂い、ただただ秦応龍を深く恨み、何度も臥虎営に殺しに行こうとしたが、黄衫客は、顔に不吉の相が出ているから、今動くのはよくないと再三忠告した。

そうこうするうちに九月二日となった。一鳴は、しだいに快復した。傷も癒えてきて、薄い粥が少々であれば食べられるようになった。夕食後、万峰と一鳴は部屋で座って話をし、黄衫客は紅線に会いに截雲山にむかった。

二更も過ぎたころ、雷家堡の外で、にわかにときの声があがり、騒がしくなった。

雲万峰が様子を探りに行かせると、秦応龍がどこかから娘をかどわかしてきて、その人馬が村の近くを通っているのだとわかった。

万峰は虎の眉を逆立て、豹のように目を丸く見開き、大声をあげた。

「そうか、そうか。雷弟の病が治っていないから、きさまを倒しに行けないと思っていたが、娘をつかまえてきて村の前を通るとはな。よほど死にたいと見える。俺は、きさまが朝廷の将軍だからといって容赦はしない。娘を助け、きさまを倒して害を除くとともに、雷弟に鏢を当てた恨みをも晴らさせてもらう」

言い終えるや長衣を脱ぎ、飛ぶような勢いで部屋を出て行く。

一鳴が止めようとしたが遅かった。一鳴は、雲万峰に何かあってはと、いそいでみなに伝えた。

「みんな、すぐに雲殿を追って、敵にあたってくれ。ただし、秦の兵を蹴散らすだけで、殺さないようにするんだ」

そして自分も、なんとか身を起こし、紫金錘をつかみ、人々とともに村を出た。

雲万峰は、烈火のような気性である。四、五十斤ある竹節鋼鞭を二本持ち、たった一人で飛ぶように村の門を出た。誰一人としてはばむ者はない。まっすぐに秦応龍の陣の前に進み、大声でわめく。

「恥知らずの穀潰し、民を苦しめる逆賊め、とっとと死にに来い!」

秦応龍はといえば、先日一鳴から受けた胸の傷がまだ癒えていない。戦うつもりではなかったので、武器を持っていなかった。

見れば、雷家堡の門が開き、一丈あまりの背丈の、漆のように真っ黒い顔の男が飛び出してくる。二本の鋼鞭を手に、雷のような大声をあげて打ちかかってきた。

秦応龍の護衛兵百名あまりが、いっせいにときの声をあげて取り囲もうとする。

秦応龍は、出てきた男のすさまじい勢いを見て、あわてて馬に鞭をくれ、護衛兵の中に逃げ込もうとした。

雲万峰の鞭が宙を切る。護衛兵たちが止めようとする。

だが、それより早く、万峰は左手をあげ、もうひと鞭を打ち下ろした。

左手の鞭が秦応龍の馬の後足に当たる。足の骨が砕け、大きくいななく。同時に、秦応龍が地面に投げ出された。

万峰は、しめたとばかりに、双鞭をあげてたたきつける。

秦応龍は、生きた心地がせず、あわてて神龍掉尾の勢を使って跳ね起き、護衛兵から長槍を取ってあらがった。だが、万峰の鋼鞭は、ずしりと重い。バキッと音を立てて、応龍の槍は二つに折れた。持っていた手の親指と人差し指の間が裂けて、血が流れ出る。

雲万峰は勢いに乗って、さらに鞭を振りおろし、秦応龍の左肩を打とうとする。護衛兵たちは主の急とばかりに、刀という刀、槍という槍をいっせいに押しだして助けようとした。

このとき雷家堡の一団も到着して乱戦となった。一鳴は、万峰に間違いがあってはと、声をあげる。

「雲兄貴、村に戻ろう、相談したいことがある」

雲万峰は殺気立っており、両手の鞭を左にあげ右に落とし、二匹の竜が海をかき混ぜるかのように、触れた人馬をひっくり返し、叩き潰して血肉を飛び散らかす。打たれた護衛兵たちは、天に届くような悲鳴をあげながら、それでも秦応龍を守って逃げていく。万峰は許さず、一歩また一歩と後を追う。

「秦賊め、逃げるか！　天の果てまで逃げようが、つかまえてやる！」

雲万峰が叫ぶ。

雷一鳴は、体が本調子ではないので、いそいで後を追って呼びかけた。

「兄貴、聞いてくれ。村に戻るんだ。『窮寇《きゅうこう》は追うことなかれ』と言うだろう。暗い夜でもあるし、今は譲って、明日にしよう」

雲万峰は聞き入れない。

「賢弟も来たのなら都合が良い。さっさと賊を捕らえてしまおう」

「兄貴、あわてないでくれ。俺はまだ具合が悪いんだ。助け合うのは難しい。一緒に村に戻ろう」

「賢弟の具合が悪いなら、先に戻っていてくれ。俺は、今夜こそあいつらを許さない」

雲万峰は、双鞭をゆらし、ふりむきもせずに、どんどん進んでしまう。

雷一鳴は、放っておけず、やむなくみなに手を振った。みなは太鼓をたたき、長槍や短剣をとり、たいまつや提灯を持って、怒涛のように後を追う。

雲万峰は、後ろから助けが来るのに気づいて勇気百倍、双鞭を振るって手当たり次第に敵を倒して進んだ。秦軍の兵士たちは、散々な目にあった上に、後ろから雷家堡の自警団のみながせまる音を聞いて、命からがら逃げていった。ただ十数名が秦応龍から離れずに守っている。

雲万峰が追いかけて近づくと、ますます数が減った。

臥虎営までは、三、四里ほど。見ている雷一鳴は、新手が助けに来るのではないかと気が気ではなく、雲万峰を止めようと、みなに必死で追わせる。

雲万峰は、真っ暗な中を一人で先に進む。双鞭を振り、王樹分枝の勢で、秦応龍を守っている兵士たちをかき分け、右の鞭を秦応龍の肩の上に打ちつける。

「おっと！」

秦応龍が体を傾ける。鞭が左脇をかすめ、胸の古傷にさわって、血がのどへと突き上げた。たちまち口から真っ赤な血を吐く。うまい具合に、雲万峰の顔めがけて吹きかけた。

雲万峰は両手で目をこすったが、すぐには目を開けられない。

この機に乗じて、秦応龍はふところに手をのばし、痛みに耐えつつ、袋から竹葉鏢を取り出し、相手の顔へと、シュッと放った。

竹葉鏢が雲万峰の左のこめかみに当たる。急所に毒鏢だ。さすがの英雄も無事では済まない。あわれ雲万峰、武芸群を抜く豪傑も、あっという間に秦応龍の手にかかった。享年四十二歳であった。

命を落として、雲万峰が道に倒れる。

後から来た雷一鳴と自警団のみなにはまだ、何が起きたのか、わかっていなかった。

雲万峰の姿が消えたかと思うと、秦応龍と、その護衛の十数名だけが前にいた。

雷一鳴は、おかしいと思い、後を追う一方、雲万峰を探させた。悲報はすぐにもたらされた。

「雷殿にご報告致します。大変です！　雲殿が秦賊の鏢を受けて殺され、死体が今も道ばたにあります」

一鳴はこれを聞くと、悲痛な叫び声をあげた。

「なんてことだ！」

くらっと倒れ込む。

「どうかお気を確かに」

みなに助け起こされたが、嗚咽が止まらない。

しばらくして、ようやく元に戻り、涙ながらにののしった。

「秦賊め、義兄を殺されて、生かしておくと思うなよ」

雲万峰のしかばねを回収し、灯火で照らしてみれば、両目を怒りで見開いたまま、気概は生きているかのよう。ただ、鏢の当たった左のこめかみが、どす黒く腫れあがり、致命傷になっていた。

一鳴は、激しく号泣し、すぐに八人を選んで雲万峰を村に運び、中堂に安置するように手配した。

そして秦応龍を捕らえて、明日、納棺すると伝えると、もののわかった人がいて、おそるおそる話しかけた。

「雲殿はすでに亡くなってしまい、生き返ることはありません。秦賊も遠くに行ってしまっていますし、今夜はひとまず村に戻り、明日動いてはいかがでしょう？」

しかたないこととはいえ、一鳴は怒りがこみ上げてきて、我慢できず、言い返した。

「明日になったら、秦軍は知県と気脈を通じてしまう。もうここまで来ているのだ。秦賊がさらった娘だってどうなっていることか。殺されてしまったら証言はできない。知県が秦軍をかばってうやむやにしたら、雲兄貴の仇が取れなくなってしまう。賊がまだ遠くまでは逃げておらず、援軍が来ないうちに、みなで力を合わせて捕らえ、明日役所に報告した方が良い」

これ以上は、誰も何も言わなかった。

一鳴は、雲万峰のしかばねを持ち帰らせると、自ら自警団の太鼓を取って、ドンドンと打ち鳴らした。みなは、いっせいに進みはじめた。

一鳴は太鼓を返し、両手をあげて二本の、一斗ますのように大きな紫金錘を取り、怒りもあらわに真っ先を行く。はやる気持ちで顔を赤くし、とても病人とは思えない。

一里ほど追うと、道が狭くなっており、とても険しくて、たくさんいた自警団のみなは、一度に進めず、隊を分けて進まなくてはならなくなり、時間を食った。

秦応龍のほうは、ずいぶん進み、臥虎営までもう、そう遠くない。

一鳴たちはあきらめずに追う。

「賊め、逃げるな！　雲兄貴の命を返せ！」

後ろから騒ぐ声を聞いて、秦応龍と十数名の護衛兵がふりむくと、思いもよらないことに、提灯が高くかかげられて山野を照らしている。驚いて顔を見合わせる。

「元帥、急がせまっております。服を脱ぎ、軍中にお隠れ下さい。もし追ってきても、夜の闇にまぎれて、見つけられないに違いありません」

そう勧められた秦応龍は、なるほどと、いそいで旗印をおろさせ、道ばたでかぶり物を取り、靴を脱いで草むらに投げ出し、髪を乱し裸足のまま、命からがら逃げ出した。

雷一鳴のほうは、自警団の仲間が帽子を拾ったので、服を換えて逃げたのではないかと疑った。追いかけて近づいてみれば、十数人の中に、一人だけ、髪をあらわにし、両足裸足の者がいる。疑いようがない。そこで、一鳴は二本の錘を高くあげ、一人で相手を追いかけた。

見破られたとわかった秦応龍は、魂魄が抜けてしまうほど驚いた。

(逃げても無駄だ。幸い砦も近い、先に人をやって準備させ、砦に引き入れて数百人で相手をすれば、必ず倒せる。後顧の憂いを絶つとともに、雷家堡の雷一鳴と雲万峰が徒党を組んで暴動を企てたので鎮圧した、と秦太師にお知らせすれば、罪に問われるどころか、功績を認められて出世できるかもしれない、一挙両得というものだ)

計略が決まると、ひそかに兵を送って砦に準備をするように伝えるとともに、残りの十数名を四方に走らせ、連絡を取ったのがわからないようにした。

そして、自身は、後ろをむき、両足でしっかりと立ち、大きな声で呼びかけた。

「雷とやら、追わなくていいぞ。先日、きさまは白素雲を救って、わしの金鏢の味を知ったであろう。今夜は、雲とやらが鏢で命を落としたぞ。さっさと村に戻って命を大事にしろ。金鏢の力を知っているのに、また戦うつもりなら、死んで後悔することになるぞ」

前の方こそ遠くて聞き取りにくかったが、後の方は、はっきり聞こえた。

「くだらん。これ以上つまらないことが言えないように、引っ捕らえてやる」

双錘をあげ、流星追月の勢で秦応龍の腰を打とうとする。応龍はいそいで身をそらし、飛燕帰巣で避けて、数歩後ずさる。

一鳴は怒って、今度は泰山圧頂を使って、双錘を秦応龍の頭に打ち下ろす。恐ろしい手だ。応龍は、あわやのところで、身を地面に伏せ、毒蛇入洞の勢を使った。後ずさりし、後ずさりし、およそ二丈。

一鳴は空を打つと、すぐに右手の錘で独劈華山を使い、応龍の背にむけて打ち下ろした。応龍は身をひるがえし、金剛掠地を使って、両足で地を払い、強く打つと同時に跳ね出す。

一鳴は、相手の機敏な手足の動きを見て、重くて動きの鈍い双錘よりも、手持ちの刀か剣にすればよかったと思ったが、すでに遅い。振りまわしていると、病気がまだ治っていないのもあって、両手の力がなくなってきた。戦いあっているうちに、息も苦しくなる。

見ていた自警団の仲間たちは、一鳴が勝てないかもしれないと気をもんだが、助けに入ろうとは思いもしなかった。秦応龍の手下の兵士たちの方は心得ており、一人がそれぞれ十数人と相手をしながら、みな、いい勝負をしている。これを見て秦応龍は喜び、一鳴と戦っては逃げ、戦っては逃げし、半里ほども引きつけた。

すると、前方で、金《かね》太鼓がいっせいに鳴り響き、ときの声が地を震わせた。臥虎営の旗、臥虎営の提灯をかかげて、たくさんの官軍が助けに来る。

「元帥、どうかお休みを。ご安心下さい。末将《それがし》たちが引っ捕らえて、やつが日頃あなどっていた秦軍の強さを見せつけてやります」

秦応龍はいそいでねぎらった。

「よくぞ来た。すぐに捕らえるのだ。一人も逃がすなよ。砦に戻ったら、重く褒美を取らせる」

「ご命令のままに」

官兵たちは、いっせいに答え、槍や刀を取り、勇をふるって先に行き、敵を倒しては進んだ。雷家堡の二百数十名に対抗するすべはなかった。一鳴はあわてたが、こうなってはと覚悟を決め、気持ちを奮い立たせて叫ぶ。

「きさまらのような民を害する賊兵どもは、今夜すっかり殺してやる。この雷一鳴が恐れたりするものか」

そう言うや、神のように双錘を振るい、落花流水を使って、敵をさんざんに打ちのめした。

山道には砂ぼこりがもうもうとあがり、寝ていた鳥が驚いて飛ぶ。激しい戦いに、双方、多くの死傷者を出した。

このとき、秦応龍は兵士から服を受け取り、用意された馬にまたがり、九股の托天叉を持ち、大軍を前にした時のように重々しく軍前に出て、一鳴と戦った。

初めて手合わせをした時と違い、胸の傷があったが、刺叉を縦横無尽に振るい、勇敢なこと、この上ない。

一鳴は、なんとか二、三十度戦ったが、しだいに力尽き、汗だくになった。

これを見た秦応龍は、双錘をさえぎって、六、七歩外に出ると、ふところから何かを取り出した。形は蒺藜《ハマビシ》に似ていて、四辺に四つの鉄鉤《てつかぎ》がトゲになって突き出している。鉄鉤は鉄線で結ばれており、鉄線には三十二の小さな鉤が互い違いに並んでいる。小さな鉤の四辺にはつながった鉄の糸がついていて、ゆるくもなるし、きつくもなる。鉄の糸には、およそ三、四尺の長さの、平たい鉄鎖がついている。蒺藜抓《しつりそう》という暗器だ。使わない時は折りたたんでふところに入れておけば鉄の網のようだが、使う時は、鉄鎖を引いて放りだせば、四辺のつながった鉄の糸がいっせいに開いて、鉄の鉤が垂れ下がり、敵に引っかかる。

鉤にかけられてしまえば、雲に乗せられて運ばれるも同然、もはや逃げられない。秦応龍は、雷一鳴のすさまじい強さを見て、服と同時にこれを用意させていたのだ。

一鳴は知らずに、秦応龍が錘から間を取って手でふところを探ったのを見て、竹葉鏢を放ってくるのだろうと思った。

「悪賊め、手の内はわかっているぞ！」

双錘で五花蓋頂の勢を使って毒鏢をさえぎろうとする。

だが、ジャラッという音がして、黒い何かが飛んできて、体の上をかすめた。見たことがない道具を見て、あわてて避けようとしたが、避けきれない。たちまち大小の鉤がいっせいに現れ、がっしりと立った英雄をきつく縛り上げてしまった。

「お疲れ様だ」

秦応龍が力を込めて提げ、兵士たちに引き渡す。

「砦に連れて戻れ」

雷家堡のみなは、一鳴が捕らえられたのを見ると、戦う気をなくし、わっと声をあげて、散り散りになり、飛ぶように逃げていった。さらに秦軍が追い打ちをかけたため、わずかしか戻る者はなかった。

秦応龍は伝令を飛ばし、一鳴を虜にして、勝利を得て砦に帰った。

このとき、すでに三更は過ぎていたが、四更はまだであった。砦の門につくと、兵士たちは隊列を整え、かがり火をつけた。

秦応龍は中軍の天幕に座り、雷一鳴を連れてこさせた。蒺藜抓は解き、別の鉄鎖でつないである。

秦応龍は雷一鳴を跪かせた。一鳴は、ののしり続けている。

「民に害をなし国を誤らせる賊につかまるとは！　雷一鳴は、きさまなどに跪いたりしない。きさまの体を切りきざんで天下にわびるはずだったのに、捕らえられるだなど。殺すなら、早く殺せ！　言うことなど何もない。早く雲兄貴に会いに行かせろ！」

秦応龍は冷笑する。

「わからない奴め。きさまと雲万峰は自警団を訓練して、我が軍をはばんできたが、ついにこの日が来たな。すぐに始末してやる！」

秦応龍は腰の剣を抜き、びゅっと音を立てて、一鳴めがけて振りおろす。

第五章　剣仙の慈悲

そのときだ。

上から、ふいに四、五枚の瓦が音を立てて飛んできて、秦応龍《しんおうりゅう》の右肩に当たった。革鎧の上に当たっただけなのに、手がしびれて、秦応龍は剣を取り落とす。

「賊だ！　上に賊がいるぞ！　つかまえろ！」

瓦を飛ばしたのは、他でもない。截雲山《せつうんざん》の侠女、白素雲《はくそうん》である。先月二十八日に截雲山に戻ってから、一日おいて下山して臥虎営《がこえい》を探りに行きたいと願ったのだが、前回から日がたっていないため備えがあるだろうからと紅線《こうせん》の許しが得られなかった。今夜も、仇討ちがかなわず悶々としていたところ、都合良く黄衫客《こうさんかく》がおとずれた。

「一鳴の病は、もう心配ないだろうが、秦応龍の傷のほうはどうだかな。雲万峰が人をやって探らせてはいるようだが……」

それならばと、白素雲が紅線に願い出る。

「弟子に、今夜、秦賊の傷が治らないうちに仇を討たせて下さい。お願い致します」

紅線はなおも返事をしない。黄衫客が言う。

「もっともだ。だが、秦応龍の傷の具合さえ探れないぐらいだから、相当に警戒が厳しいはずだ。十分に気をつける必要がある」

「ありがとうございます。必ず、あやつを捕らえ、思い知らせてやります」

紅線がようやく言う。

「そういうことであれば、機会を見てすみやかに手を下しなさい。早く行って早く帰り、心配させないようにしておくれ」

白素雲は天にも昇る喜びようだ。

「おおせのままに」

二更を過ぎるのを待ち、夜行衣に着がえ、紅線や黄衫客と別れて下山した。


秦の砦に到着すると、三更を知らせる太鼓が鳴った。

砦の門の二つの吊り橋ははずされており、静まりかえっている。後営に近道をしたのに、この吊り橋もすでになかったのだが、素雲は気にせず、身を躍らせ、三丈ほどもある堀を跳び越えた。すでに一度来ているから、ある程度、様子は知れている。壁伝いに先へと急ぎ、しなやかな体で次々と跳ねて、たちまち本営にたどり着いた。見はりが始終行き来していたが、身の軽い素雲が屋根の上にいることに、誰一人気がつかなかった。

本営についた素雲は、秦応龍の寝室を探したが、部屋の数が多くて見つけられない。前回来た時の部屋に寝台はあったが、寝室ではなさそうだった。屋根の上でとまどっていると、金《かね》が鳴らされ号令がかけられて、人の声や馬のいななきがする。

（すでに見破られているのかも、捕らえに来るかも……）

気を静めて、聞き耳を立て、どう動くか改めて考えることにする。

しばらくすると、灯火が見え、部隊が出たようだが、どういうことかわからない。幸い、兵士の話し声が聞き取れた。

「元帥ときたら、傷も治りきっていないのに出歩いて、きれいな娘をさらって、雷家堡《らいかほ》の連中といざこざを起こすなんて。まだ夜の半分も寝ていないぜ。それなのに出陣して助けに行けだなんて、兵士のことをこれっぽっちも考えてないや。砦に来てから、金《きん》軍は一度だって攻めて来ていないのに、この騒ぎだ。もし金軍が攻めてきたら、どんなことになってしまうやら」

愚痴を言いあい、不運を嘆いている。

素雲は、傷が少しよくなった秦応龍が、砦から出て娘をさらい、雷家堡といざこざになり、援軍を出すことになったと聞くと、病気の雷一鳴ではなく、雲万峰が戦っているのかもしれないと思ったが、詳細はわからない。兵士たちが出て行くと、物音を立てないように天幕に跳び移り、屋根の上に身を伏せ、いくつか瓦を取りのけて、下を観察した。

さらに一更、何の動きもなく、じりじりして待った。その後、四更を知らせる太鼓が鳴り、秦応龍が大勝利をあげて砦に戻ったと知らせがあり、天幕に一人の人が引き立てられて来た。

雷一鳴だった。素雲は驚いた。

やがて秦応龍が剣を抜いて斬ろうとしたので、あわてて小さな手に、四、五枚の瓦を取って応龍の肩に投げつけ、剣を落とさせた。

「引っ捕らえろ！」

秦応龍の大声が響く。

素雲は雷一鳴を助けたいあまり、危険も顧みず、敵のただ中に入りこむことになってしまった。

桃花剣を制御し、瓦を取りのけたところから、びゅっと中へ飛ばす。剣は垂木を切って下に飛んでいき、応龍の顔めがけて斬りつけようとする。

応龍もさる者、いそいで目の前の紫檀の椅子を取って防ぐ。ガツンという音がして、椅子が真っ二つになった。

応龍はますますあわてて、天幕の外に飛び出す。両側には、たくさんの直属兵が立っており、屋根から人が飛びおりてくるのを見て、目を見開き、口をあんぐりさせている。素雲だとわかると、前回のことがあるので、近づく者はなく、誰も捕らえようとしない。蜂の巣をつついたような騒ぎで、応龍とともに大声をあげている。

胆力もあり、どうすべきかわかっている白素雲は、あえて追いかけず、いそいで雷一鳴を助け起こす。

「雷様、お騒がせしました」

鉄鎖を解き、地面に落ちていた秦応龍の剣を拾い、一鳴に渡して使ってもらう。

二人は、中軍の天幕から外へ飛び出した。素雲は紅線から戒められているので、みだりに罪のない人を殺したり、剣で人を傷つけたりせず、仇の秦応龍一人を倒そうと探した。思わず、歯ぎしりをする。応龍がどれだけ人々を苦しめ、不義を働いてきたか。前回、鏢で怪我を負わされたこと、今夜は雲万峰を殺したこと、雷家堡の多くの人々を次々と斬ったこと。秦の砦の者は皆殺しにされて当然、まったくもって許しがたい。

秦応龍はといえば、前回、白素雲が忍び込んできてから、再度現れた時に備えて、寝室と中軍の天幕の両脇に二百名の射手、十個の竹の拍子木をひそませていた。拍子木の音が響けば、数限りない矢が、いっせいに発射される。

「拍子木を鳴らせ！　弓隊に伝えろ！　一斉射撃だ」

天幕から逃げ出した応龍のひと声で、あたりじゅうから拍子木の音が響き、無数の矢が、素雲と一鳴にむけて、雨あられと飛んでくる。これでは外へ出られない。

「雷様、屋根の上へ！」

素雲が蓮鉤を踏み、飛架撲簾の勢を使って屋根に跳びあがる。一鳴も、形勢不利と見て、平歩青雲の勢を使って、屋根の張り出しに蹴り上がる。だが、高いところで動きまわるのに慣れていないため、足に乱れが生じた。素雲は、それをちらっと見て、事情を悟った。

「雷様、あわてずに。先を行って下さい。私が後ろを守ります」

一鳴は頭を低くして、言うとおりにした。

素雲は、さらに桃花剣を動かし、下から射られる無数の矢を、次々と切り落とした。逆に秦の砦の兵士が、数多く負傷する。

応龍は、二人が矢を切り落としながら屋根の上を逃げていくのを見て、すぐに金を鳴らさせ、射るのをやめさせた。その一方、砦の外の周囲を守る直属兵たちに、鉤を用意し、協力して捕らえるように言いつけた。さらに自分は革鎧を脱ぎ、托天叉を取り、屋根の上を飛ぶように追いかける。

このとき、素雲は一鳴をかばいながら跳ね飛んで進んでいた。前営には伏兵があると思ったので、後営にむかって進む。

「白さん、後営の外は海だ。船がないと逃げられないぞ」

このあたりに長く住んでいる雷一鳴は、地形をよく知っていた。

「海なのですか。はっきり見えなかったのですが、山があったのでは？」

「臥虎山という名前でわかるように、後営の後ろには虎の尾にあたる大きな高い峰がある。その峰にはばまれて見えないが、峰の下は海なんだ。危険な地形だ」

「では道を変えましょう。前営には備えがありそうですから、右営か左営、どちらがいいでしょう？」

「左営の外も、残念ながら海だ。右営を出ると、虎爪嶺がある。進みにくい小道があるだけだが、一里ほどで険しいところを抜けられる。右に行くのが良いと思う」

「なるほど。雷様、ありがとうございます」

二人は道を変え、引き返して、右へむかって逃げることにした。

そこへ、後を追ってきた秦応龍が追いつき、大声でわめく。

「きさまら二人、牢に入りに来たのであろう。何を逃げる。さっさと縛を受けて、わしをわずらわせるな」

素雲は答えず、さっと剣で切りかかる。秦応龍が托天叉で迎える。

二人は屋根の上で、剣と叉で激しく渡り合い、大いに戦った。一鳴は、不慣れな屋根の上では応龍の相手ができない。助けに入らず、その場を逃れる。素雲は、一鳴が遠くまで逃げおおせるだけの時間をかせぐと、それ以上は戦わず、大きく剣を振って隙を作っては逃げ、隙を作っては逃げした。

二十数軒の屋根を過ぎると、右営の門が見えてきた。

はばむ者がないため、一鳴は、あたりを見渡した。ありがたいことに、伏兵があるようには見えない。

「気をつけてくれ。俺が先におりる」

両足で、地面に降り立つ。

だが、それこそ、敵の思うつぼだった。

ズボッという音とともに、一鳴は落とし穴に落ちていた。

たちまち呼び子が吹き鳴らされ、四方から鉤が投げられ、一鳴はきつく縛られて動けなくなった。

呼び子の音を聞いて、白素雲は、あわてて蓮鉤を取り、屋根の張り出しに飛び移って下を見る。

一鳴が捕らえられたのを見て、思わず心が乱れ、ふらふらとして、地面に転げ落ちてしまった。

再び呼び子が吹かれ、大声があがる。

「つかまえろ！」

そのとき、何もなかったところに、ひとすじの冷たい光が走り、兵士たちの指が線を引くように切られて落ち、血がほとばしった。悲鳴があがり、痛みを訴える声があたりに満ちる。

雷一鳴を捕らえていた兵士たちも同じだ。縛っていた綱が断ち切られ、一鳴が体を起こす。

屋根の上にいた秦応龍が、兵士たちの異変に気づき、大声をあげる。

「無能どもが！　何が起きた」

誰からも報告はない。

と、屋根の張り出しへと、一人の人が飛びおりてきた。頭には七星冠を戴き、がっしりした体に、やや赤みを帯びた黄色い上着をまとっている。足には雲の模様のついた道士靴、手には宝剣。威厳のある顔に三すじの長い鬚をたくわえた男が、一喝した。

「秦賊、善良な者をみだりに殺すな。この世にはこの世の法があり、幽冥には鬼神がある。すぐに立ち去って命を大切にするよう、貧道は勧めるぞ。さもなければ死が目前にせまっていることを教えてやろう。後悔は及ばぬ」

あまりに唐突であったので、秦応龍は、跳びあがるほど驚いた。

「妖しい道士め、これでも食らえ」

さっと托天叉を振りあげて刺そうとする。

現れた道士は、あわてた様子も見せず、左手の大きな袖でひとはらいした。すると托天叉は、くるくると飛んで戻った。

秦応龍は納得せず、なおも刺叉を突き出す。道士は依然として、かすかに笑ったまま、右手の袖を振って、叉を返す。

三度目に刺叉が突き出されると、道士は口を大きく開けた。口から数寸ほどの匕首が飛び出し、チンという音を立てて刺叉に当たる。すると不思議にも、九十斤あまりある重い鉄の刺叉が、ごく小さな匕首に打ち落とされ、さらにガラガラと音を立てて屋根から地面に落ちた。

武器を失った秦応龍が手を握ったり開いたりしながら、大声で叫ぶ。

「何をする！」

身をひねり、大営の屋根の上へと跳びあがる。

下にいた素雲と一鳴は、はじめ生きた心地がしなかったが、道士が秦応龍の托天叉を地面に落としたのを見て、いそいで屋根の張り出しに跳びあがり、戦いに加わろうとした。

星の光の下で、助けてくれた道士を見れば、黄衫客であった。二人は大いに喜び、礼を述べる。

心配して素雲を追ってきたという黄衫客に、雷一鳴は、事情を話した。雷家堡のみなの大半が殺され、雲万峰も命を落としたと聞いて、黄衫客は激しい怒りをあらわにした。

「わしは世を離れた者、紅塵のことには関わらぬ。だが、ここまで害毒を流す者をそのままにして警告もしないのでは、後々、何をしでかすかわからないゆえ」

匕首に息を吹きかけると、匕首がたちまち三尺もの長さになる。冷たい輝きを放ち、秦応龍の背後に飛んだ。応龍はまさに命の瀬戸際。耳のあたりにビュッと風の音が響いたので、あわててふりむく。後ろには誰もおらず、ただ、するどいことこの上ない、キラキラ輝く剣がせまっていた。

魂が飛び出すほど驚き、金剛撲地の勢を使って、大慌てで地面に転がり落ちる。勢いよく地面にぶつかって、鼻はつぶれ口は曲がり、耳は破れ目は腫れあがり、大声で叫んだ。

「ここまでか！」

それきり、気を失って地面に倒れた。

黄衫客は、殺戒を開きたくなかったため、剣を屋根の張り出しの前に飛ばし、くるくると空中で回転させた。落ちそうで落ちない。

一鳴と素雲は、黄衫客が仇に情けをかけるのを見て、二人とも、屋根の張り出しから飛びおりた。秦応龍を殺そうと思ったのだ。だが、元帥が地面に落ちて大怪我を負ったのを見て、将兵たちが次々と救いに押し寄せ、あっという間に庭がいっぱいになってしまった。もはや、鳥が舞いおりる隙もない。

黄衫客は剣を収め、ゆったりと勧める。

「雷殿、白殿、ひと言良いかな。こやつは早晩殺される、仇は何も一時に討たなくても良い。今夜はすでに遅い。砦には人も多い。出直すのがよかろう。貧道の後に従い虎穴を逃れるのだ、いかがかな？」

二人は、なるほどと思い、それ以上はあれこれ言わなかった。

「おっしゃるとおりです」

そして、二人は、黄衫客の後について、まわりこみまわりこみして進み、人のいないところを選んで地面に飛びおりた。それでもいくらか兵士たちがいたので、黄衫客が剣を手に叱りつける。

「おまえたち、はっきりさせておくぞ。雷殿と白殿は朝廷に反逆はしていない。軍主が天に罪を作り、この二人の仇となったのだ。悪い主を助けて悪事を重ねず、すぐに道をあけるのだ。貧道は慈悲を本分としている。おまえたちの命を取りたくはない。だが、剣は無情なものだ」

道理の通った、強い説得だった。それに、三人の強さはわかりきっていて、命は惜しい。兵士たちは顔を見合わせ、動こうとしなかった。

三人は、兵士たちが見ている中を、悠々と歩き去る。

兵士たちは、三人が遠くまで行ってしまってから、ときの声をあげ、追うふりをした後で、戻っていった。

三人は、砦を出、虎爪嶺の細道を通って安全なところまで出ると、別れを惜しみ、空がやや明るむ頃、白素雲は截雲山へ帰っていった。

黄衫客と雷一鳴が雷家堡に戻ると、天はすでに明るくなっていた。多くの仲間たちが殺されているのは見ていられないほど悲しく、傷を負った者たちの叫び声が絶えず響いて、いたたまれない。

家につくと、雲万峰のしかばねが、中央の広間に安置されていた。

一鳴は、大声をあげて泣き、村人に上等な棺材や死に装束を買ってきてもらい、棺に収めた。跡継ぎがいないので、村の外の良い土地に葬り、石碑を建て、「宋の武挙人《ぶきょじん》 雲万峰 諱《いみな》峻の墓」と記した。そして、死んだ仲間たちにも棺と葬式代、残された家族にも十分な金を配り、暮らしていけるようにし、怪我を負った者は治療させ、面倒を見た。日頃の義に厚い行いに加え、私財をなげうっての処置に、村人たちは誰一人不満を漏らさなかった。

黄衫客は、雷一鳴の病気のことを考え、疲れをためずに、ゆっくり眠るように勧めた。だが、雲万峰のむごい姿や、罪のない多くの仲間のことなどを思うと、悲しくて、眠れるわけがない。ぼんやりと目を閉じ、嗚咽を漏らしたり、声をあげて泣いたりして目をさますのを、一晩中、繰り返していた。

黄衫客は部屋で座していたが、一鳴の様子を聞き取り、義に厚く侠気あふれる、真の義侠の士だと感嘆した。

夜が明ける頃、足音が響いて、一鳴が黄衫客の部屋に入ってきた。両膝をついて跪く。

「道長、憐れと思って、どうかお聞き届け下さい」

黄衫客はあわてて身を起こし、両手で助け起こす。一鳴は、さらに数歩下がり、頭を低くして拝んだ。

「他でもありません。雲兄さんや自警団の仲間を殺されたのがつらすぎて、仇を討たなければ、死者に顔向けができません。ましてや秦応龍は悪事を重ね、世の人々に大きな害をなしています。だというのに弟子は力不足で、秦賊の暗器は強力です。白さんは武勇に優れていますが、それでも勝てません。

昨夜、一晩考えました。道長の助けが必要なのです。どうか弟子を徒弟にし、やつの武器を破れるようにして下さい。なんとしても仇を討ちたいのです、お願い致します」

そう言うと、何度も何度も叩頭して、やめようとしない。

黄衫客は、わざと言う。

「貧道は世を離れ、紅塵とは縁を絶ち、殺戒を久しく守っている。仇討ちに力を貸すことは致しかねる。村主が、もし貧道を師匠とするのであれば、すぐに剣術を学ぶのが並大抵のことではないとわかるだろう。家を捨て、道を求める、辛い旅路となる。少しでも効果がありそうであればいつどこにでも行き、修業を重ねれば、いずれ地仙となる望みぐらいはあるが。村主の家は豊かで、家業はますます盛ん、すでに武科挙にも合格しており、功名も富貴もお持ちだ。つまらないことは考えず、顔をあげなさい」

一鳴は、依然として叩頭を続けて願う。

「道長が昨日、秦の砦で剣を飛ばしたにもかかわらず、賊どもの首を取ろうとしなかったのを見て、殺戒を堅持しておられるのだろうと思いました。やはりそうでしたね。そうであれば、助けていただきたくても、無理強いはできません。

師匠と拝したら家を捨てよとのこと。弟子は確かに、幸いにも武科挙に合格は致しましたが、今は奸賊が権力を握り、世は乱れており、もとより出世など望みは致しません。家財も田畑も、身外の物です。弟子には妻も子もなく、気にかかることはございません。

もし幸いにも徒弟にしていただけたならば、ただこの深い恨みを晴らした後は、お師匠様に従って雲遊し、道を求めます。志は堅いのです、どうかお応え下さい」

黄衫客は、鬚をひねってかすかに笑う。

「そう言うと思っておった。だが、剣を学びたいというが、いったいどれほどの一流の剣侠が道を極められたであろう、たやすいことではない。まさに、始めはあっても終わりがなく、志を保ち続けられないであろう」

「過去に剣侠と呼ばれる方々は、たくさんおられます。書き記されているだけでも、虬髯公、黄衫客、空空児、精精児、公孫大娘、紅線、聶陰娘、みな半仙では終わらず、道を極められておられるはず。弟子は不才とはいえ、ひたすら道長に従い、心を尽くして学びます。古の仙侠のようにとは思いもしませんが、この時代の者に後れは取りません。果てのない旅になるとしても、どうかこの身に剣をお授け下さい」

黄衫客はうなずいた。

「そのぐらいでよかろう。村主は、貧道が何者だかわかったのか？」

一鳴は、なぜそんなことを言ったのか考え、いそいで跪いて進み出る。

「弟子は、ただ、道長の姓が黄、お名前が珊とおっしゃることしか知りません。いずこの剣侠であらせられるのか、どうかお教え下さい」

「実を言えば、貧道は黄珊ではない。黄衫客だ」

そして、太元境に剣仙たちが集まり、公孫大娘が剣を煉り、三年後に臨安《りんあん》（杭州）で落ち合うことにして黄衫客や紅線たち五人が下山したこと、黄衫客が混元湖で妖怪を退治して薬を作ったこと、截雲山で紅線が白素雲を徒弟としたことなどを、あれこれと語った。

聞き終えた一鳴は、ひたすら叩頭し、繰り返した。

「弟子は幸いにも、仙師にめぐりあいました。剣術を授けていただけるなら、必ず御縁に報います」

「そうまで心を決めているのであれば、貧道は徒弟とするしかあるまい。起き上がって、祭壇を用意するのだ」

一鳴は喜びにたえず、きちんと四度拝礼し、黄衫客のことを「師匠」と呼んだ。

そして身を起こし、村人に頼んで祭壇を用意してもらった。

黄衫客は、ふところから葵花宝剣を取り出した。丸い玉のようであったものが、風に吹かれるとキラリと光り、三尺ほどの剣になった。

葵花剣を祭壇に供え、まず自分が北にむかって四度叩頭し、黙ったまま、雷一鳴を徒弟とするという祈りをささげた。そして、黄衫客は雷一鳴に心からの拝礼をさせ、両手で剣を持ちあげさせた。

「技を学んでからは、悪事をなしてはならぬ。みだりに殺してはならぬ。ふしだらをしてはならぬ。盗みをしてはならぬ」

戒めに、ひとつひとつ一鳴がうなずく。

訓戒が終わると、黄衫客はまず、少し剣の動かし方を教えた。さすが雷一鳴、生まれついての素質に、十八般の武器の扱いをある程度は心得ている。黄衫客が教えたことを、なんなく理解した。身軽に飛びまわる技も、ひととおり教えられれば、さっと身につけた。これを見て黄衫客は大いに喜んだ。

数日にわたって、一鳴は教えを受け、一心に練習した。精通したら、素雲との約束どおり、ともに仇敵を討つつもりである。

一方、秦応龍は、屋根の上で黄衫客の飛剣を受けて、魂が飛び出すほど驚き、転げ落ちた後、兵士たちに救われて戻り、明け方になってようやく気がついた。

白素雲たちに逃げられたという報告を聞いて腹を立てたが、兵士たちの手に負える相手ではない。夜に見はりをしていた兵士たちに棒打ち八十の刑罰を加え、以後は護衛兵に気をつけて見はらせることにするとともに、

「雷家堡の土匪が乱を起こし、武科挙合格者の雷一鳴を首領とし、雲万峰、名前のわからない妖しい道士、截雲山の女賊とともに勢力を拡大しております。臣は職務に従って守りを固め、雲万峰を殺し、土匪数百名を斬りました。とはいえ土匪はなおも根を張っております。機を見て病巣を取り除き、この一帯を安定させるよう力を尽くさせていただきます。どうか十分なお報いで、御聖恩をお示し下さいますよう」

などなどと、秦檜に当てて密書を書き、腹心に届けさせた。

また、城武県の知県である甄衛《しんえい》に来てもらい、雷家堡の人々を殺したことをとがめられないように釈明した上、雷一鳴が乱を起こして官軍をはばんだと何度も何度も伝えさせ、雷一鳴をひどい悪党にしたてあげてしまった。

秦応龍は気が短く、雷一鳴をすぐに倒すことができずにいらつき、大軍で雷家堡を攻めようと考えたり、その一方で、下手に手を出すことで雷一鳴が人心をつかんで反乱が大きくなるのも怖く、良い案も浮かばずに、悶々と夜を過ごした。

ある夜、夕食を終え、一人で座っていた時、部屋の上で瓦が動くような音がした。秦応龍は白素雲が来たのかと驚いた。雷一鳴やあの妖しい道士も一緒だろうと思われた。あわてて上着を脱ぎ、豹皮嚢を斜めにかけた。中には蒺藜抓と竹葉鏢が入っている。手には九股の托天叉を持ち、腰には剣をつける。ひそかにたくさんの兵士たちに取りまかせ、合図とともに、あちこちにひそませた将兵たちがいっせいに火をともす。

「鉤を使って捕らえよ、気をつけるのだぞ！」

自らも屋根の張り出しに飛びあがり、あたりを見まわしたが、誰もいない。幾人かに提灯を持ってのぼらせ、あちこちを照らさせたが、何の痕跡もない。不思議がっていると、やがて、二匹の混じり毛の猫が見つかった。しっぽと頭をゆらして、ニャアニャアとじゃれあっていたので、提灯を持って屋根に上がった兵士が左右に分けて連れ去った。

秦応龍は、ほっとしたが、小さな事で大騒ぎをしたと陰で笑われても、兵士たちに言い訳もできない。きまりが悪くなって大声で命じた。

「さらに気をつけてあたりを探せ。わしは前営に行く」

そう言うと、幾度か身を躍らせて、前方の建物にむかった。

やがて、やぐらから三更を知らせる太鼓の音がした。

（今夜は空騒ぎをして、みなに笑われてしまった。このまま帰ったのでは、兵たちに示しがつかない。賊の虚をつくために起こした騒ぎだったのだということにしてやろう。夜が更けたら雷家堡にむかい、雷一鳴と妖しい道士の首を取って帰り、屋根の上を追っていって殺したのだと言おう。邪魔者を倒し、人々の耳目をさえぎる。白素雲のことはそれからじっくりと計画すればよかろう）

考えがまとまると、そっと飛びおり、臥虎山を離れて雷家堡にむかった。

幸い道は静かで、誰一人いない。村の門に着くと、夜回りの村人が行ったり来たりしていて、秦軍の砦と大差がない。村人を訓練して、ここまで規律正しく組織した雷一鳴の手腕に舌を巻きつつ、村のまわりをまわってみると、裏側は守りが薄い。脚力を使って静かそうなところに走り込み、暗いところにひそんで夜回りの人をやり過ごす。そして後ろから剣でひと突きにすると、相手は声も立てずに命を落とした。

秦応龍は夜回りの着ていた服をはいで着こむと、九股の托天叉をしばらく脇に捨て、竹の拍子木と小さな小槌で音を立てながら村に入りこみ、後ろの門から来たようによそおった。静かなところを選んで、服を脱ぎ、拍子木と小槌を捨てて、身を躍らせ、高くて大きな屋敷へと飛びあがる。

雷一鳴の寝室を探していた時、体が重かったために、室内にいた見はり当番に気づかれた。見はりは、異変に気づくと、すぐ一鳴に知らせた。

「屋根の上に誰かいます」

一鳴は、黄衫客と剣で打ちこむ時の動きについて議論していて、まだ眠っていなかった。二人は、それぞれ剣を取って部屋を出て、屋根の上に飛んだ。すると、一人の人があちこちに目を走らせている。軽々と、小走りで背後に忍び寄る。黄衫客はなおも手も動かさなかったが、一鳴が声もかけずに剣で斬ろうとした。

秦応龍は、背後からのシュッという音を聞いて、剣の響きだと気づき、肝を冷やした。真っ暗な中、剣を抜くか抜かないかのうちに、いそいで豹皮嚢から蒺藜抓を探り出し、宙にむけて投げた。

ジャラッという音が響く。

「うわっ！」という声とともに、相手が蒺藜抓の中に転げ込む。

秦応龍は喜び、蒺藜抓を収めて生けどりにしようとした。そのとき、目の前に明るい光が放たれた。

黄衫客が手を動かして剣を落とすと、蒺藜抓の鉄線は、たちまち、そろって断ち切られ、秦応龍の手には半分になった鎖だけが残った。並大抵の驚きではなく、この先良いことはないと、あわてて逃げ出す。

一鳴は黄衫客が蒺藜抓を破って助けてくれたので、喜んで秦応龍の後を追った。飛ぶような足音を聞いて、秦応龍は思う。

（一鳴は、こんなに早く走れなかったはずだ。とするると、道士のほうか。それなら一鳴よりも手強い。三十六計、逃げるが勝ちだ。屋根からおりて、さっきの服を着て、村の門から人にまぎれて逃げるとしよう）

すぐに、トンと地面に飛びおりる。

一鳴は、黄衫客を師匠とあおいでから数日であったが、身軽に飛びまわる術をどんどん身につけていた。秦応龍が飛びおりたのを見て、後を追ってビュッと飛びおりる。

秦応龍は、あわてて衣服を脱いだ場所を探し、服を見つけて、はおろうとしたが、すでに間に合わない。片手に剣、片手に服を持って、外へと走る。

そのとき、村人たちが提灯をかかげ、わっと声をあげながら、あたりを取りまいた。灯火の下で見れば、後ろにいる一鳴と黄衫客までの距離は、ごくわずかしかない。

秦応龍は魂が抜けるほど驚いて、剣を脇にはさみ、豹皮嚢に手をのばして竹葉鏢を取り出し、ふりむいて一鳴を見ると、シュッと投げつけた。

後ろの黄衫客が、「来い！」と剣を飛ばしてはばもうとした時、一鳴も声をあげていた。

「しまった！」

のけぞって数歩。

そのとき、空中からふわふわと一人の人がおりてきた。手に持った払子で、毒鏢をひとはらいすると、たちまち竹葉鏢は落ちて土埃にまみれた。

その顔を見て、一鳴は大声をあげて泣いた。

「雲兄貴、本物なのか？　さあ、一緒にやつを倒そう」

言い終えないうちに、胸のあたりに悲しみが突き上げる。耐えられなくなって、泣き声をあげて昏倒した。黄衫客と村人たちは驚いて、秦応龍を追うのをやめ、一鳴を助けようとする。

雲万峰の霊は倒れた雷一鳴のもとに進み、一鳴にむかって手にした払子を何度も振り、魂を呼び戻す。一鳴は次第に息を吹き返した。

雲万峰の幽霊を初めて見た時、秦応龍は、驚きのあまり血の気を失い、手にも足にも力が入らなくなった。だが、雲万峰がゆっくりと払子を振っている間にしだいに落ち着いてきて、この機を逃さず、人混みの中に姿を隠した。夜回りの衣服に着がえて、村の門を出て行く。

それほど進まないうちに、雲万峰の墓が見えた。雲万峰が怒りの形相で、帰り道をはばんでいる。

秦応龍は動けなくなり、道ばたに身を伏せた。

雲万峰が、秦応龍の顔の上にむけて払子を振る。ひんやりとした風が顔をなでて、払子の毛の一本一本が肌に触れる。すると、顔の肉がひとすじひとすじ青く腫れあがり、痛くてたまらなくなった。秦応龍は地面をのたうちまわって痛がる。

半時あまりすると、夜明けを告げる鐘が鳴りはじめ、鳴り終わった。勇気を出して目を開けると、すでに雲万峰の姿はなく、一鳴も村人たちも追ってきていない。ようやく安心して臥虎山に帰った。

砦の門に着くと、夜はすでに明けていた。砦じゅうの将兵たちが、なおも、あちこちをむやみに探し回っているところだった。兵士たちは、戻った秦応龍の姿を見て驚いた。雷家堡の夜回りの服を着て、九股の托天叉はどこにやったやら。何で傷を負ったのか、顔は青い筋状に腫れあがっている。指揮官たちが次々に謁見しにくるが、理由を聞くこともできず、ただ報告する。

「末将《それがし》と兵士たちで至る所を捜査しましたが、異常はありませんでした」

秦応龍は顔向けができず、

「異常なしか、ご苦労であった。以後も気をつけて守りにあたれ」

「ご命令のままに」

がやがやと本営を退出し、何が起こったのかとあれこれ話題にしたが、何が起きたかを知る者はいなかった。

秦応龍は、天幕の中で、衣服を換え、顔を洗った。ひどく痛むので、鏡で見てみると、絵に描かれた柳の枝のような青く腫れた筋が無数についていて、こすっても消えず、隠しても隠しきれない。しばらく嘆いていたがどうなるものでもない。

横になって眠ろうとしたが、眠れもせず、悪質な考えばかりが頭に浮かぶ。仙剣が忌み嫌うような暗器を作りあげて、破られないようにしてから、敵を殺し尽くそうなどといったような、身の毛もよだつようなものばかりだ。

第六章　念願かなう

　雷一鳴《らいいちめい》は村人たちに連れ帰られた。安静にするように言われたが、秦応龍《しんおうりゅう》を逃したのがわかると、またも大声をあげて泣く。黄衫客《こうさんかく》が落ち着かせようとするが、うつらうつらしただけで夜が明けた。

　そこへ、村人が告げる。

「截雲山《せつうんざん》の白道姑《はくどうこ》が黄道長《どうちょう》と雷村主を訪ねておいでです」

「お通ししてくれ」

　白素雲《はくそうん》が客間に到着する。まず黄衫客に礼を取ってから、一鳴に頭を下げた。

「師兄《しけい》、これでわたしたちは家族ですね」

　一鳴は、口調を改めた。

「白師妹《しまい》、なぜ俺が徒弟になったことを？」

「黄衫師伯《しはく》が教えて下さったのです、そうでなければわかりませんでした」

「そうだったのか」

「ときに、白さんはなぜ来たのかね？」

黄衫客がたずねた。

「つつみ隠さず申し上げます。お師匠様の命を奉り、雷師兄と日時を合わせて、再び臥虎宮《がこえい》にむかい、ともに秦賊を倒して仇をとるつもりです。師伯のお考えは？」

黄衫客は、昨夜のことを話して聞かせた。

「しばらくは守りを固めているだろうから、数日、ゆるみが出るのを待ってからにしたほうが良かろう」

「師伯は、いつごろにすると良いとお考えですか？」

「貧道が見たところでは、雷門弟の腕が十分になるまでに一月半欲しいが、早く仇を討ちたいであろうし、あまり日を置けば秦応龍のほうも何か考えて対策を講じるかもしれない。七日間、雷門弟に絶技を授け、その後行くことにしてはどうであろう？」

一鳴が答える。

「お師匠様のおっしゃるとおりに致します」

白素雲も同意する。

「次こそは深い恨みを晴らしましょう。すでにかなりの日時を費やしました。あと七日ぐらい、待てないわけがありません。当日になったら、別々のところから砦に進むのと、落ち合って一緒に行くのと、どちらが良いでしょうか？」

黄衫客が言う。

「別々のところから行くのが良かろう。白さんは二更に動き出し、三更に砦に着き、後営から侵入する。雷門弟は虎爪嶺から左営に進む。三更ぐらいになったら、貧道も前営にむかい、いっせいに攻めて混乱させるのが良いだろう」

二人はうなずき、計略をしっかりと胸に刻んだ。素雲はしばらく座してから別れを告げて去った。

黄衫客は、秦応龍が暗器で人を傷つけるのを得意としているため、飛剣の術を一鳴に授け、機を見て敵を倒す方法を教えた。一鳴は、心を尽くして練習する。

光陰矢の如し。あっという間に七日目の晩になった。師弟二人は夕飯を終えると、装束を調え、村人は誰も連れずに、そっと雷家堡の門を出た。別々の道から臥虎営にむかう。

白素雲のほうも、その夜、二更を知らせる太鼓を聞いた後、紅線にうやうやしく別れを告げた。

「黄衫師伯がおまえたちのために二度も砦に行ったのです。私は、殺戒を守っているのもあって、あえて助けに行かず、おまえ一人で仇をとらせようとしてきましたが、すでに二度失敗し、どんな危険があるかわかりません。今夜は三度目、もはや手をこまねいて見ていることはできません。今回は、前後と左から侵入するとなると、右が空いています。私も一緒に行き、右営へと進めば、失敗はないでしょう。ただし、忘れてはなりません。父母兄弟や雲万峰殿の仇は、秦応龍一人。秦応龍だけを殺して仇を討ち、それ以外の無辜の者たちは、決して殺してはなりません。命ある者を慈しむ天地の徳を傷つけることになります」

白素雲は跪いて感謝する。

「お師匠様にお助けいただけるご恩、決して忘れません。お師匠様の命に背いて、みだりに人を手にかけるようなことは決して致しません。雷師兄も黄衫師伯を師匠としており、わかっていると思います」

「わかっているなら良い。遅れないように、われらも行こう」

言い終えると、裙子《スカート》をしばり、師匠が先、弟子が後になって、まっすぐ臥虎営にむかった。

砦の門に着くと、丁度、やぐらで三更を知らせる太鼓がたたかれた。吊り橋は上げられていて、堀からは水音がしている。紅線は指先で白素雲にそっと触れ、軽々と両足で駆けあがり、雲か霧にでも乗ったように右営へと飛んでいった。素雲は堀を跳び越えて後営にまわりこみ、塀に飛びあがり、最初の時に見つけられてしまった大木の上におりた。腕はあがっており、今回は、わずかさえ枝がゆれたり、木の葉が上下したりしない。下に誰かいても気づけなかっただろう。

素雲は、夜回りの兵士をやり過ごすことにした。以前のような軽々しい動きはせず、そこでじっと待つ。

しばらくすると、思ったとおり、拍子木を打ち、銅鑼をたたいて近づいてくる者がある。以前と同じで、二人組の一人が拍子木、一人が銅鑼だが、今回は四人だ。一人が前で、たいまつをかかげてあたりを照らし、一人は後ろで信炮を持ち、いつでも信号を出せるようにしている。中を行く二人が拍子木と銅鑼だ。

（こんなに警備が厳しいのは初めて。でも、今夜は人数がいるから、きっとなんとかなるでしょう。それにしても、黄衫師伯と雷師兄はどうしたのかしら、さっぱり動きがないけど）

そんなことを考えていると夜回りたちが遠ざかっていった。勇気を出して飛燕入林の勢で建物に移動し、あたりを見まわすと、左営の屋根の上に人影がある。何かを追っている様子だ。信号の音が立て続けに響く。雷一鳴がまず砦に進み、見破られたらしい。

（まずいわ！）

救いに行こうとした時、ふいに前営にひとすじの紅い光が起こった。火事のようだ。たちまちガヤガヤと人の声がし、また、右営からは争う声が聞こえる。はっと気づき、喜ぶ。

（黄衫師伯とお師匠様だわ！　わたしも、ぼうっとしてはいられない）

とうとう、屋根瓦をいくつか手に取り、力いっぱい下に投げつけて叫ぶ。

「白素雲はここよ！　さっさと秦賊に知らせて、死にに来させなさい！」

そう言い終わらないうちに、庭の中で信号が鳴らされ、たちまちたくさんの兵士たちが、大声で「つかまえろ！」と怒鳴りながら現れた。白素雲は気にせず、二度目に侵入した時に行った本営の大天幕を思い出し、すぐにそちらにむかい、いつものように瓦をいくつか投げ落とし、屋根で声を張りあげて混乱させる。中にいた兵士たちは、半分以上が前営に消火にむかい、半分はすでに左営と右営で敵にあたっており、信号が聞こえても伏兵は現れなかった。素雲は喜び、この機に乗じて左営に急いだ。

そこでは雷一鳴が秦応龍と屋根の上で戦っており、抜け出せなくなっていた。前営では火事、後営では信号が鳴らされ、右営からは戦いの物音。驚きあわてつつも、手を休めることができない。

白素雲は怒りのままに叫ぶ。

「秦賊！　死にぞこないが無駄なことを！　雷師兄、驚かないで、白素雲です」

言い放つと、秦応龍の背後に斬りつける。応龍はすぐに剣で迎えるが、前面からは一鳴が頭から切り下げようとする。応龍はあわてて、斜め後ろに退き、剣で受け止める。素雲がさらに、さっと剣を振り、斜めから切りつける。不利と見て、応龍が飛びおりて逃げようとした。

そのとき、空中から紅ずくめの衣装を身につけた女がおりてきた。まるで、火のかたまりのようだ。応龍は驚いて色を失う。

（いったい誰だ？　今夜は何だか変だ。前営では火事も起きているようだし）

あわてたために剣が遅れて、素雲に屋根の張り出しからたたき落とされる。潮目が変わったと見て、応龍は両足で跳ねて地面に飛びおりる。素雲は放さず、すぐに屋根をおりて追う。応龍は、手下や埋伏させてある捕り手や弓兵たちに知らせ、協力して捕らえようと思った。

だが、前営の失火で大半の人が救援にむかい、残り半分は後営、右営、本営から、いっせいに信号が鳴らされたために、どうしていいかわからず、がやがやと駆け回っていて、命令がきちんと届きそうにない。そこで天幕に戻り、武器を取ってこようと考えた。

残念なことに九股の托天叉は、先日、雷家堡に行った時になくし、作り直させてはいたが、まだできあがっていない。暗器のほうも、蒺藜抓を雷家堡で失い、残った三、四本の竹葉鏢を身につけているだけだった。

ただ、うまいことに、まだ誰も持っていない新しい暗器が手元にある。子母弾という杯ほどの大きさの毒武器で、外側にごく薄い母弾があり、中に胡桃ほどの大きさの五個の子弾が入っている。これは毒薬でできていて、当たればたちまち骨髄までただれさせる。黄衫客に蒺藜抓を破られてから、一流の剣の使い手を倒すために考えに考えて作ったものだ。これを投げつけて、相手が剣で切れば、外側が破れて中から五個の子弾が飛び出し、空中から落ちてくる。ただ一本の剣では一度に五個を相手にできるわけがない。試すのに良い機会に思えた。

秦応龍は、いそいで子母弾を取り出し、体をひねって手をあげ、白素雲の頭めがけて投げつけた。目ざとく一鳴が声をかける。

「白師妹、あわてて進まず、暗器に気をつけろ!」

白素雲は、はっと思い、剣を飛ばして子母弾を受ける。

バフッと音を立てて、母弾が破れ、子弾が飛び散る。後ろにいた紅線が剣を飛ばそうとした時には、雷一鳴が額にひとつ、白素雲は肩と首のあたりにひとつずつの子弾を受けていた。激しい痛みとともに、たちまち皮膚が紫に腫れあがり、二人は気を失う。

紅線は、二人が毒を受けたのだと気づいたが、丹薬を持っていなかった。見れば毒気はすでに骨に達していそうだ。このままでは命が危ないかもしれない。どうしたものかと見まわすと、息を切らして逃げる秦応龍の後を追う者がある。黄衫客のようだ。紅線は喜んで声高く呼んだ。

「黄道長、令徒が重傷です、すぐにお救いを」

黄衫客は雷一鳴が傷を負ったと聞いて怒り、足を速めて応龍にせまった。紅線も剣を取って攻めかかる。秦応龍は、紅色の服の女が前をはばみ、後ろからは黄色い服を着た道士が追ってくるのを知って、ものすごい雄叫びをあげ、左手で二つめの子母弾を取り出して黄衫客に飛ばし、右手では竹葉鏢を取り出して紅線に打ちつけた。紅線が剣を飛ばして竹葉鏢を打ち落とす。

黄衫客は子母弾の恐ろしさを知らず、飛剣で二つに割った。五つの子弾が飛び出す。幸い、黄衫客は金遁の術を心得ており、割れた母弾からたくさんの子弾が出て落ちてくるのを見ると、

「なかなかの武器だな」

身をひとゆすりして、金遁を借り、空中に身を隠した。

「秦応龍、毒を使うとは汚いぞ。おおかたわしの門徒にもこの武器を使ったな。そのぐらいにして、わしの飛剣を受けよ」

言葉が終わらないうちに、二すじの金光が空を裂き、二匹の黄龍のように秦応龍へと直進した。

この剣こそは飛龍剣という仙剣で、雌雄の二本がある。孽龍の鋭い爪を丹炉の中で陰陽水を用い、文武火で煉成したもので、鋭いことこの上ない。使わない時は黄色くて小さな龍の爪のようだが、ひとたび動かせば、それぞれ長さ三尺あまり、幅二寸ほどとなり、左にまわり右にくねり、前に飛び出し後ろに下がり、実にしなやかで逃れがたい。

秦応龍は、ひと目見て、魂が飛び出すほど驚いた。手足を丸めて地面を転げて避けようとする。黄衫客は飛剣で応龍を囲い込んだが、殺しはしなかった。

まず先に、一鳴と素雲の傷を調べる。幸い、命に別状はなさそうだ。ふところから金創起死回生丹を取り出し、一鳴に一服飲ませ、紅線を通じて半分を素雲に授ける。さらに獺髄膏を垂らして、二人の傷口に塗りつける。不思議なことに、たちまち痛みは消え、腫れは引き、意識を取り戻した。紅線も、この丹薬の力には驚き、賞賛する。

秦応龍を閉じ込めてから時間がたつと、知らせを受けた無数の兵士たちが救いに来た。だが、キラキラ光る剣光を恐れて、誰一人として命がけで近づこうとしない。

秦応龍は剣光の中でわめいたり叫んだりしている。黄衫客と紅線は、恨めしくも思い、また憐れにも思った。

素雲と一鳴は喜んで、剣を手に近づき、声高く叫ぶ。

「万悪を重ねてきた人殺しめ、覚悟！」

素雲が剣を振りおろし、首を取る。一鳴も剣を取り、腰を両断する。さらに剣を振って切りきざもうとした時、黄衫客と紅線が止めに入った。

「善哉、善哉！　いくら秦応龍が悪事を重ねたとしても、切りきざむのはやり過ぎだ。『人が死ねば恨みも消える』と言うではないか。仇は討ったであろう、そこまでにしておくべきだ」

二人はようやく宝剣を収め、父母兄弟や、無残に殺された仲間たちのことを思い出し、改めて雨のように涙をこぼした。

黄衫客は秦応龍が殺されたのを見て、剣光を指でひとさしし、仙剣を収めた。軍の兵士たちにむかって言う。

「おまえたちの元帥は悪事を重ね罪を犯して、報いを受けたのだ。貧道は民のために害を除いたが、おまえたち兵士には関係ない。砦に帰り、元帥を葬り、以後は善事につとめ、みだりなことはするな。このように無残に報復されることになる」

兵士たちは、元帥が死んでしまったのを見ておびえて動けなくなっていたが、この言葉を聞いて安心し、自分たちまで殺さないでくれたことを感謝し、秦応龍のしかばねを本営へと持ち帰った。

黄衫客は、秦応龍が朝廷の高官であったことから、まわりのみなにまで罪が及ぶことを恐れた。紅線と白素雲は截雲山に二人で住んでいるだけなので心配ないが、問題は雷家堡の人々だ。雷一鳴と協議したが、妙案はない。結局、黄衫客と雷一鳴が、秦応龍が良民に対して悪事を重ねたので殺した、截雲山で処分を待つので、みなを巻き込まないようにという声明を出して、しばらく截雲山に住むことにした。

その夜、黄衫客は秦の本営をおとずれ、声明をしたためて中軍官から甄知県に伝わるように手配した。そして、雷一鳴とともに雷家堡に帰り、雷家の家財を残らず村人に分け、あれこれを手配し終えると、夜明けとともに雷家堡を離れ、截雲山にむかった。

山に着くと、紅線と白素雲が出迎えた。空いている部屋がたくさんあるので、きれいな二部屋を選んで居室にし、二人の剣仙と二人の剣侠がともに暮らすことになった。


一方、秦の兵士たちは、話し合って、城武県に事の次第を知らせ、秦応龍の検死を依頼した。甄知県は、報告を聞くと真っ青になって、あわてて先触れを立て、検死官、書記とともに本営を調べに来た。検死官が報告する。

「調べたところ、しかばねは三つに切られており、傷はするどい剣によるものです。肩にそって腰にそって切断されており、もはやつながることはありません」

甄衛も自ら死体を見て、上等の棺木を用意させ、しかばねを収めさせた。

そこでさらに黄衫客の残した声明を渡され、前営での火事の顛末を聞き、返事をする。

「これは大事である。本県では処理しきれないため、詳しいことを奏上し、処断を待つこととする」

一方で担当官を截雲山に派遣して殺人者の居場所を調べさせ、一方で雷家堡の役人たちから事情を聴取した。また、臥虎営の軍務をしばらく中軍が預かり、新しい上官が派遣されるのを待つように手配し、あれこれを決めてから、役所に戻った。

そこへ、公文書と、秦檜が臥虎営にむけて出した手紙が届いた。

公文書の内容は、雷一鳴が人々を集めて謀反をはかったため、朝廷が軍を派遣したから、陣を築く場所を定めたり、糧秣を用意したりして迎えるようにというものであった。

甄知県は手紙を受け取ると、手紙を持ってきた役人に、秦応龍がすでに昨夜、雷一鳴と白素雲に殺されていることを伝え、明日にも添え状をつけて手紙を送り返すことにした。

甄衛は、手紙を持って書室に帰ってからも、悶々としていた。

秦応龍は秦檜の堂弟であるから、死んだとなると、自分にもとばっちりが来るかもしれない。なんとか穏便に済ませる方法はないものか。そして、秦檜が秦応龍に出した手紙の内容を確かめてから対応を考えることにした。

水で湿らせて封を開け、手紙を読んでみると、雷家堡のことはすでに秦檜にも伝わっていて、賊の雲万峰を殺した褒美として黄金千両を与え、少保銜を加増する。いずれ援軍を出すが、それまでに何かあるようなら甄衛とともに事に当たれといった内容であった。

甄衛は驚き、元のように手紙に封をすると、あれこれ考えて眉根をよせ、計略を思いつくと、板をたたいて人を呼び、朱笠（逮捕命令の証明となる赤い竹笠）を発行し、北城外の彩霞坊《さいかぼう》の妓女・薛飛霞《せつひか》を捕らえてくるように命じた。

第七章　鏡中花

薛飛霞《せつひか》は、姑蘇《こそ》（蘇州の古名）の出身である。父は名を薛慕仁という貧乏な儒学者で、科挙に何度も落ちて、悔しがりながら亡くなった。そのとき薛飛霞はわずか十歳。母の王氏と助け合って暮らしていたが、後に東省で官吏になっている父の縁者を頼ろうと探しに行き、城武県《じょうぶけん》まで来たところで王氏が病に倒れ、ついに命を落とした。十五歳だった薛飛霞は、泣きに泣き、やむなく自らを売って、なんとか母を弔う費用を工面した。

薛飛霞を買ったのは彩霞坊《さいかぼう》の王老媽《ろうぼ》（妓楼の女主人、お母さん）であった。王老媽は、薛飛霞を連れ帰り、笛、琴、歌など、妓楼で接客をするのに必要なすべてを教えこんだ。薛飛霞は、初めての時は嫌がっていたが、老媽にあれこれ嫌がらせをされて、とうとう耐えられず、こう考えることにした。

（今しばらくは我慢して従いましょう。もしかすると救ってくれる人がいるかもしれない。心根の正しい君子に火の中から拾いあげていただけたなら、結婚して妻となって、抜け出せるかもしれない。韓世忠《かんせいちゅう》の夫人の梁紅玉《りょうこうぎょく》も妓女の出身だと聞くけれど、今や最高の地位についた人の妻として栄光を受けているもの）

気持ちが定まると、心を入れ替えて姐さんや妹たちとともに歌などを学ぶようになった。薛飛霞は聡明であったため、一度学べばできるようになり、あっという間に精通した。上手であったので、二、三月もしないうちに出色の妓女となった。王老媽は喜び、薛飛霞に客を取らせようとした。

だが、薛飛霞は気が強く、来た客と話をしたり、歌ったり奏でたり、碁を打ったり、少し文字を書いたり、対句を作ったりと仲良くしてくれるのに、いざと下心を出すと、うんと言わない。このため、客たちから「鏡中花」と呼ばれるようになった。見るだけで手折ることのできない花、という意味である。

妓楼に出て一年あまり、数限りない賓客たちから、水揚げをしたい、結婚してほしいと求められても、薛飛霞は決して従わなかった。王老媽は、彼女がすぐれた才能を持っていて、実入りも多かったので、無理強いはしなかった。

昨年、甄衛《しんえい》が城武県の知県に任命されて、まだ任務に就いていない時、薛飛霞の美貌を聞いて、お忍びで彩霞坊に遊んだ。ひと目見て心を奪われ、情を求めたが飛霞は従わなかった。甄衛は妓女ごときがと考えて、権威を振りかざせば従うだろうと、姓名を名乗って事をはかろうとしたところ、飛霞は従わないばかりか、

「みなの父や母になるような立派なお方が、任務に就く前に、こんな賤しい妓女とお遊びになるとは。もし従えば大旦那様の御盛徳を損ない、官僚としての御威徳に傷をつけることになり、

薛飛霞

以後人々が治まらなくなるのでは？　断じて従えません」

甄衛がなおも迫ると、薛飛霞は涙をぽろぽろとこぼして言い返した。

「大旦那様、お間違えにならないで下さい。このようなところに落ちてはおりますが、私めは儒家の娘です。家がうまくいかなくて娼妓となりましたが、苦海から救って下さる方を待ち望んでいるのです。今夜、大旦那様が権威で迫るなら、死を選びます。ここにはたくさんの姐や妹たちがおります。みなが私めの真情を知れば、あちこちに話が広まり、大旦那様にとってまずいことになるでしょう。どうか私めを尊重して下さいませ」

これを聞くと、甄衛は権威を使うこともできなくなり、口を閉じた。恥ずかしさは、すぐに怒りに変わり、「この取るに足りない蓮っ葉が！」とののしり、恨みを抱いて帰った。今日に至るまで、この鬱憤は晴れていなかった。

王老媽は、薛飛霞が新たに赴任した知県にたてついたので、何か起きるのではと恐れ、もう十六歳なのだから、知県が求めるなら喜ぶべきことなのに逆に怒らせるとはと、薛飛霞を叱った。

やがて甄衛が着任したが、何事も起きず、一年あまりが過ぎた。そろそろほとぼりが冷めそうなものだが、陰険な甄衛は、ずっと心の中で報復しようと考え続けていた。

今、雷家堡で大事件が起きたのをきっかけに、甄衛は恐るべき計略を思いついて言った。

「雷一鳴は土豪であり、秦応龍はたびたび討ち滅ぼそうとしていて仇敵であった。このたびの秦応龍の死には、彩霞坊の薛飛霞が関わっている。秦応龍が薛飛霞のもとへ行ったところ、薛飛霞は雷一鳴と親交があった。薛飛霞が雷家堡に手紙を送って、一鳴を焚きつけて秦応龍を殺させたのだ。だからこそ、殺されたのは秦応龍一人だけなのだ。一鳴は截雲山に居座って謀反を企んでいる。本県の兵力は少ないため、あえて捕らえに行くことはせず、娼婦の薛飛霞を拘留して詳しい話を聞くこととする」

一方で腹心を臨安に送って、ねつ造した話を秦檜《しんかい》に吹きこむ。

「応龍殿が好色なのはご存知でしょう、これこそが真相です。応龍殿は軍を統率する身でありながら、勝手に妓楼に行って、殺されることになったのです。実情がわかり次第、都にお知らせ致します。名を汚すことになりますので、秘かに処理し、決して表に出ないように致します。薛飛霞も獄中で衰弱死させ、口を塞ぎます。あるいは、謀反の汚名を着せて死罪にします」

かつての恨みを晴らし、また秦檜に貸しを作って出世を図るという一挙両得の手であった。こうして、東省が臨安から遠いのを良いことに、また秦応龍が平時、好き勝手に出入りしていたため軍中に証言できる者がいないこと、軍の将兵たちに臨安の秦檜に訴えるつてがないことから、移花接木の計を定め、私的な恨みに公の権力を使って報いることにしたのだ。

城武県の役人たちは朱笠を受け取り、すぐに彩霞坊に薛飛霞を捕らえに来た。

妓楼に着くと、まず亀鴇《けいえいしゃ》に話を聞く。王老媽は役人たちが連れ立って現れたので、跳びあがるほど驚いた。

「親分がた、どうなさったので？」

役人たちは来た理由を説明し、朱笠を見せる。王老媽は何も言えなくなり、いそいで若いのを役所への取りなし役のところにむかわせる一方、まずお茶代だと言っていくらかの銀子を役人たちに渡し、座を勧めた。そして自分は薛飛霞の部屋に駆け込み、起きていることを話して聞かせた。

「自分でまいた種だよ、どうするかお決め」

薛飛霞はこれを聞くと、驚いて手足を震わせ、肝を据えて答えた。

「この一件は、私が意のままにならなかった仕返しに、明らかに、あの貪官がでっちあげたものです。朱笠はあっても、どんな罪で捕らえるとはっきりさせず、『ただちに彩霞坊の妓女・薛飛霞を拘留して取り調べる』というだけなのですから。

どんなにお裁きの刀がするどくても、無実の者を斬ることはできません。お役人様について行って取り調べを受け、どうするつもりか確かめてから、今後のことを考えようと思うのですが、お母さんはどうお考えですか？」

「恨みというのは怖いもの。以前におまえが知県様にたてついたから、こうなったのだよ。もう遅い。しょっ引かれてしまったら、おまえが何を言おうが、犯人にしたてあげられてしまう。

これまで、おまえたちを頼ってなんとかやってきたけれど、小さな事から大事になって、妓楼を閉めるはめになりそうだよ。みんなも官妓にされてしまう。そうしたら、あたしゃ、どうやって生きていけるというのさ」

薛飛霞は、涙ながらに答える。

「お母さん、そんなことを言わないで下さい。私さえ出て行けば、貪官もそれ以上は手出しできないのが道理、類は及びませんわ」

なおも話を続けようとしていると、役人たちがしきりに催促する。やむを得ず薛飛霞は釵や飾りなどをはずし、古い服を着て、部屋から歩き出た。かわいそうに小さな足で助けもなくだ。彩霞坊から城武県の役所の門までは遠くはなかったが、三里ほどはある。歩けるわけがない。王老媽は薛飛霞が妓女として三年働いて、実入りも多かったことを思い、十両の銀を役人に渡して小さな輿《こし》を雇って乗せてもらえるように取り計らった。輿をかついでいく後に役人たちが従って、飛ぶように去っていく。王老媽は心配して、腹心の若い者を役所にむかわせ、様子を探ってくるように言いつけた。


薛飛霞が妓楼の門を出て道を進み出すと、降ってわいた騒ぎに人が集まり、多くの者が熱心に、役所に連れて行かれるのを見守った。役人が皮鞭や竹の板をピシピシと鳴らして静かにさせようとしても、たぐいまれな名妓が取り調べられるとあって、ひと目見ようと、押すな押すなの騒ぎである。

甄衛が役所の中央の広間に座っても、人々は散ろうとしない。役人たちが進み出て報告する。

「妓女の薛を捕らえて参りました」

朱笠が返された。甄衛が言いつける。

「連れてこい」

薛飛霞は地に跪き、頭を低くして叫ぶ。

「公正なる御知県様」

甄衛が頭をあげさせて確かめれば、薛飛霞に間違いない。机を一拍して、大きな声で叫ぶ。

「淫らな妓女め、平素から良民を誘惑したばかりか、賊どもと通じていたとは。雷家堡の雷一鳴と交際し、臥虎営の秦様の暗殺を謀ったな。ここへ来たからには、刑から逃れられると思うな。まだ何か言おうというなら、王法の厳しさを思い知らせてやろう」

これを聞いた薛飛霞は、頭から冷水を浴びせられたように思った。

（この悪人は、私的な恨みを、公の権力を使って晴らすつもりだわ、小さな事を大事にしたてあげて。秦元帥の暗殺を謀ったなどと詰問されて、うなずけるわけがない。ましてや、雷一鳴という方は、礼儀正しい立派な方だと、常々うかがっていました。妓楼にだっていらしたことがありません。罪のない人に罪を負わせて血を吐く思いをさせるぐらいなら、私自身が血を吐きましょう。気持ちは固まったわ。権力には屈しない。雷殿の清らかな名前に累を及ぼしてしまったら、私も生きているわけにいかない）

心を決め、勇気をふるって、いつものきつく貞節を守る気持ちを見せて、鶯がさえずるような高い声で、あわてずゆったりと答える。

「知県様、いったい、どこから出たお話なのでしょうか？　私めは妓女ではありますが、雷一鳴とは会ったことがございません。ましてや秦元帥を暗殺するというような大事、私めはまったく存じ上げません。お許し下さい。根拠のない憶測で無実の者に累を及ぼさないで下さいませ」

　甄知県は怒りをあらわにし、何度も叱りつけた。

「減らず口をたたく淫らな娼婦め、まだあえて自分を無実だと言うか！　事実は曲げられぬ。口を割らぬと言うなら、刑具を用いるぞ」

　そして左右に言いつける。

「すぐに刑具を用いよ！」

　役人たちはひと声応じて、残忍にも薛飛霞を地面に転がし、服をはだけさせ、なよやかな体をあらわにすると、背中を二百回も鞭で打った。皮が裂け肉がほころび、ものすごい痛さだ。

「手を止めよ」

　甄衛が命じて、再びたずねる。

「認めるか？」

　薛飛霞は顔じゅうを涙で塗らして泣くばかりで、ひと言も言えない。甄衛は何も言わないのを見て、指を潰すように命じた。役人たちは、筍のようなほっそりとした十本の指をきつくはさんで刑具にかける。あわれ花のような美人は、このむごい責めに耐えられず、気を失った。

審理を見ていた人々が、口々にささやく。

「なんて残忍な知県だ。雷家堡の雷一鳴は心正しい人で、普段から女色を貪ったりしない。臥虎営の大事件に薛飛霞が関わっていたわけがない。こんな刑具を使うのは、きっとこの妓女に恨みがあるか、誰かに頼まれたからに違いない」

心のうちで、不満に思わない者がない。

その集まっていた人々の中に、二十歳ぐらいの、冠の玉のような白い顔をして、星のように輝く目をした人がいた。頭に武生巾を戴き、青い緞子の筒袖の服を着て、白い靴底の黒靴を履いた男は、両眉を逆立て、怒りで胸をいっぱいにしている。また、背の低い男も、薛飛霞をじっと見つめ、目が離せない様子で、残念がったり怒ったりし、彼女をここから連れ出したくてたまらない様子であった。

甄衛は、人々が動き出しそうなのを見て、このまま審理を続けては不都合が起こるかもしれないと思い、すぐに放すように言いつけ、冷たい水をかけて飛霞の目をさまさせる。そして、気絶するほど指を責めたため、かつて自分が妓楼に遊びに行った時のことを言い出されてはまずいと思い、声高く叱りつけた。

「薛飛霞、今日はおまえを責めた。いずれはっきりする。わしは民の父母であり、良民に無実の罪を着せはしない。おまえは彩霞坊の娼婦だ。わしは着任する前に、すでにおまえが淫乱な蓮っ葉で、賊とつながりがあると聞き及んでいた。そこでまず先にわしが私的におとずれて内情を探ったのだ。

今や事件は明るみに出た。雷一鳴とどう連絡を取り、どう謀をめぐらせ、どう色を仕掛け、どう秦元帥を暗殺したのか。早々に白状すれば、これ以上苦しまずに済むぞ」

薛飛霞は、相手が以前のことを言い出したので、怒り、また恨めしく思い、命がけで以前の件を明るみに出し、私的な恨みを権力を使って晴らそうとしていることを、みなにも聞かせようとした。だが、受けた傷は重く、力が尽きてしまっていて声が出ない。ましてや言ってみたところで、必ず嘘だと決めつけられてしまうだろう。さらに不当な拷問を受けて、再び苦しむのが目に見えている。怒りを抑えるしかない。死んでも自供しなかった時は、どうするつもりだろう。今日、打たれて死ななかったことが悔やまれる。そこでただ、うめき泣き、ひと言も言わなかった。

甄衛は、再び机を一拍して、脅して自白させようとした。だが、薛飛霞は黙っているばかりだ。甄衛は手を出せなくなって言う。

「なおも言い逃れようとするか。再び刑具を用いねばならないようだな。だが、女の身だ、本日さらに責めるのは無理であろう。女監獄に閉じ込め、明日、再び審理し、必ず口を割らせてやる」

牢役人に命じ、すぐに薛飛霞を収監し、気をつけて見はらせる一方、場を収めて退廷した。

夜になると、甄衛は、灯火をつけて臨安に届ける手紙を書いた。

「秦応龍の死は、たびたび平定しようとして雷一鳴の恨みを買い、さらに、彩霞坊の妓女・薛飛霞のところにいた時、日頃から雷一鳴と通じていた薛飛霞が消息を漏らしたため、雷一鳴が人を集めて追撃して殺したものです。私めは、はじめ信じられず、兵士たちも手一杯で救援に迎えませんでした。同時に陣中で火事が起こり、十数部屋が焼け落ちました。現在、薛飛霞は獄につないでありますが、供述が得られないため、保留中となっております。雷一鳴らは、手紙を残して、現在、截雲山に集まり、勢い盛んです。県の兵力は少なく、攻めがたい状態です。張元帥が軍を率いておでましになるのを待って、協力して捕らえるのがよろしいかと存じます。この事件の処理に関しましては、上様がたともご相談いただき、恩師のお諭しを承りたく存じます」などなどと書き連ねて封をすると、以前届いた秦応龍宛ての手紙とともに、臨安に届けさせることにした。さらに事が漏れてはと、別に一千両の銀子を用意し、口止めをし、口裏を合わせさせるとともに、弁舌に長けた腹心を上京させ、嘘を広めて、秦檜から疑われないように手を打った。


一方、甄衛が退廷すると、審理を見に集まっていた人々も姿を消した。

王老媽の腹心の若い者も彩霞坊に帰り、成り行きを話して聞かせた。王老媽は、自分も薛飛霞のために何かしたいと思った。だが、役所からの紙一枚で妓院を閉鎖されてしまうことを思うと、何もできそうにない。あれこれと考えた末、汪素芬という妹分のことを思い出した。以前、李師師の妓院にいて、今年戻ったところだ。李師師は上皇から愛されたため、出世を望む文官武官たちが、数多く妓院をおとずれた。素芬も、そんな人々と知り合いであったので、つてをたどって手を打てるかもしれない。

王老媽が汪素芬を招いて相談すると、汪素芬は曹州府の王知府と知り合いであることがわかった。城武県は曹州府の下に属する。そこで、大枚をはたいて王知府に渡りをつけ、薛飛霞が甄衛によって冤罪をこうむったことや、妓院とは無関係であることなどを、そっと伝えた。

光陰矢の如し。あれから十数日、甄衛は三度尋問を行い、薛飛霞を打って責めた。あわれ傷は骨のすみずみにまで達したが、気性のしっかりした薛飛霞は、以前同様、ひと言も自供しない。この話は截雲山にまで届いた。

薛飛霞のことを知った雷一鳴は、激しく怒って、自ら山をおりようとした。だが、黄衫客は、軽々しくうわさだけを信じず、内情を探るべきだと止め、白素雲が調べに行くことになった。

夜になると、白素雲はみなに別れを告げて山を離れた。以前、父母に連れられて付近を通ったことがあるので、彩霞坊までの道はわかっている。

飛行の絶技を用いて、たちまち到着したが、どれが妓院かがわからない。人にたずねようにも、夜遅くで通る人は少ないし、女がそんなことをたずねたら怪しまれそうだ。躊躇していると、うまい具合に一軒の門が開いて、十二、三歳ぐらいの侍女のような身なりをした女の子が、提灯をかかげて出てきた。二人の男を送り出し、再び中に入る。

素雲は男たちが遠くまで行ってしまってから、軽く門をたたいた。ゴトゴトと音がして、女の子が恨めしそうに返事をする。

「すでに三更だし、明日にしてほしいです、どなたですか？」

素雲は、相手が門を開けて出てくるのを待ち、声をひそめて言った。

「わざわざのお相手をありがとうございます、こちらが薛飛霞様のお住まいでしょうか？」

女の子は素雲をちらっと見た。

「何をおっしゃっているのやら。薛さんは半月ほど前に知県様に捕らえられて牢屋に入れられました。あなたはいったいどなたですか、何をしにいらしたのですか？」

素雲はひそかに喜び、すらすらと言った。

「私は、彼女の思い人から頼まれて、たずねに来たのです。途中で道に迷って深夜になり、ようやく着いたところです。小さな妹さん、あなたは薛さんの事件がなぜ起きたのか、いつ牢屋から出られるかご存知ですか？」

「思い人って、誰ですか？　聞いたことないです。今回の事件は雷家堡のとばっちりで、冤罪なんです」

「冤罪はわかっています。では、なぜ罪を着せられたのでしょう？」

女の子は口をとがらせて、

「知るものですか、知っていたって言えません。お母さんに聞けばいいでしょう。入って待っていたらいいんです」

白素雲は、言いたくても言えない事情があるとみて、これ以上たずねても無駄だと思った。

「わかりました。今夜はもう遅いですから、お母さんをお起こしするのも何ですので、明日に致します。帰りますので、門を閉めてお戻り下さい」

女の子は白素雲をまじまじと見た。

「さっきの話、薛姉さんの思い人から頼まれて来たって、いったいどんな方ですか？　お母さんに聞かれたら答えなくちゃいけないので、詳しく教えて下さい」

白素雲は自分の姓を入れて、あいまいに答える。

「その人は、白という姓なのです」

それだけ言うと、しなやかな体をひねり、さっと踏み出したかと思うと、飛ぶようにその場を去った。たちまち姿を消したのを見て、女の子は跳びあがるほど驚き、あわてて門を閉めて中に戻り、王老媽に知らせた。

白素雲は、侍女の話から、薛飛霞の件の真相は、甄知県の深い恨みを買ったからだろうと思えたが、まだはっきりしない。薛飛霞に直接たずねなければ、詳細まではわからなそうだ。深夜で人気もないので、城武県の監獄を探りに行ってみようと考えた。

心を決めると、香しい身をひねり、まっしぐらに役所にむかった。夜回りに出くわさないか心配だったが、幸い何事もなく、民家の屋根に飛びあがり、跳んで近道をして進むと、半時とせずに役所に着いた。門を入り、広間を過ぎて下を見ると、見はりあり夜回りありと、守りが堅い。勇気をふるって、さらに跳んで、客間を過ぎ、監獄に着いた。

見れば、枷や鎖でつながれて眠っている人はみな男で、女は一人もいない。ここは男の監獄のようだ。女監獄はどこだろうと思っていると、突然左目の端で、さっと人影が動いた。東から西にむかったようだが、はっきり見えなかった。不思議に思って、屋根の高くまで飛んで、しっかり確かめると、間違いない。

(監獄のような守りの堅い場所に、夜、人がいるなんて、きっと抜け道があるんだわ。後をつけて、おりた場所から、もう一度女監獄を探しても悪くないでしょう)

軽い靴でぐっと踏みしめ、飛ぶように追う。相手の技量は相当なもので、足取り軽く、十歩ほど先を行く。知らない相手だ。七、八軒の屋根を跳んだころ、相手はすっくと立ち、ふりむいて、あたりを見まわした。素雲はあわてて身を伏せ、軒先に隠れた。幸い、見つからなかったようだ。

しばらくして、かすかに瓦を動かす音が聞こえた。素雲が頭を動かして見ると、相手はどこかの屋根を開いて、下の様子を確かめているようだ。

(気づかれないように、何をするか見ていましょう)

やがて相手は瓦をいくつかはずし、下にはおりずに、しっかりと包んである何かを下に落とし、小さな声で下にむかって言う。

「薛飛霞よ、目をさますのだ。我は夜遊神《やゆうしん》じゃ。言って聞かせねばならぬことがある」

素雲は、相手も薛飛霞を探しに来たのだと気づいた。

(ということは、ここが女監獄ね。だけど、この人は誰かしら。なぜ夜遊神だなんて名乗っているんだろう。きっと、師長がおっしゃっていた義侠の士ね。正体を人に知られたくないんでしょう。夜遊神だと言えば、ごまかせるもの。知らない人が聞けば笑って済ませるだろうから、今まで見のがされていたのね)

軽やかに数歩進んで、聞き耳を立てると、ようやく、監獄の中からすすり泣く声が聞こえた。

「こうとなってしまっては、生きるも死ぬも、もう神様におすがりするしかありません」

「おまえが冤罪をこうむっているため、上帝の命を奉って参ったのじゃ。枕のあたりを見よ、手紙があるはずじゃ。中を開けばわかるであろう。では、さらばだ」

言い終わると、再び瓦で蓋をして、身をひるがえし、飛ぶように逃げていった。

素雲は不思議に思い、相手が遠くまで行ってしまうと、軽々と屋根から飛びおり、女監獄を目で確かめた。ただ五間ほどの平屋で、男の監獄よりもせまい。周囲には高い塀がめぐらせてあり、わずかに一人が出入りできる程度の門を除けば、一部屋に高さ七、八寸、幅四、五寸ほどの紙を張った窓があるばかりで門も扉もなく、地獄のように暗い。

素雲は、朱色の唇を軽く開き、舌先で窓の紙を少し破った。幸い、空にはまだ月が残っており、ひとすじの光が差し込む。見ていくと、それぞれの部屋には、二、三人が捕らえられていたが、たいがいは枷や鎖をつけられていない。ただ薛飛霞だけは独房に入れられており、手には手錠、足には巨大な鎖、二尺に満たない幅の寝台に横たわっている。両脇では二人の四、五十歳ほどの見はりの女が、二枚の板を持って死んだように眠っている。

薛飛霞は、髪はボサボサ、顔は垢だらけの散々な状態ではあったが、それでも美しさは隠せず、雨に濡れた梨の花を思わせ、見た者は憐れまずにいられない。飛霞は、涙をたたえながら寝台の脇を探り、一枚の紙を見つけ出した。そこで声をあげて泣く。灯火もなく、読むことができなかったのだ。素雲はそれを見て、

(もし中に入ったら看守を驚かせてしまう。計略を使って、あの紙を読ませてもらってから、事件の真相を突き止めても遅くないでしょう)

そして窓の外で軽く咳払いをし、中から物音がしないのを確かめてから、細い指で窓をはじいた。

「薛飛霞よ、悲しむでない。先ほど渡した手紙だが、暗闇の中では読めないのではないかと思って、まだここにおったのだ。手紙を窓の隙間から外へ出すがよい。帰る前に読み聞かせて

やろう」

中にいた薛飛霞は驚き、また喜び、身を震わせながら答えた。

「神様のご恩に感謝致します。もし日の光の下に出ることがかないましたなら、必ず廟を建て、金の像を造って感謝の気持ちとさせていただきます」

そして、あの紙を小さく折りたたみ、窓の隙間から外に送り出した。素雲はうまくいったとほくそ笑み、紙を受け取って、月光の下で読み上げた。


親愛なる飛霞殿ご賢察あれ。以前、甄知県に捕らえられ、刑具で打たれ脅されても自供なさらなかった折、僕も多くの人とともに見ていました。陰惨なやり口から、裏があると思って調べたところ、すべてが事実無根でした。

その後の調べで、昨年、甄衛が着任する時に、お忍びで遊び、あなたに無理強いをして断られたことが、人のうわさからわかりました。僕は真実を聞いて、あなたのしとやかで操の堅いこと、これほどの災難に遭っても真実を貫く姿に、深く感銘を受けました。

冤罪をこうむれば、いつ逃れられるかわかりません。僕はあなたとはまったく面識がありません。しかし平素から義侠を自任しております。手を差し伸べずにいられません。そこで先にお知らせ致します。近いうちに甄衛に警告し、あなたが冤罪をこうむらないようにします。

それとは別に銀の手形を十枚お渡しします。一枚が紋銀十両です。看守や役人が賄賂を要求した時に使って下さい。枕元の壁の間に貼り付けてあります。壁はそれほど高くないから、ご自分でお取りになれるでしょう。監獄では何かと必要になりますので、嫌がらずお受け取り下さい。お体を大事にして、お待ちいただけますよう。　熱血なる呉の文《ぶん》より

読み上げた白素雲は、この文という姓の人が侠客に違いないと思ったが、名前まではわからない。だが、薛飛霞の事件の裏もはっきりしたので、長居は無用と、手紙をもとのように小さく折りたたみ、窓の隙間から中に送り入れた。

「薛さん、はっきり聞き取れましたか？　本当に去ります」

中の薛飛霞が、涙ながらに答える。

「恩人様、夜遊神をよそおって、ここにいらしたのですね。枷や手錠をかけられた身ですので、叩頭できないご無礼をお許し下さい。どうかお名前をお教え下さい。牢を出られた後に、必ずお報い致します」

素雲は、何という名前かわからないので、わざと言う。

「俺は冤罪をこうむったのを憐れに思って助けたいだけで、礼などいらない。名前を知らせる必要はない。ではな」

言い終わると、両足で屋根の張り出しに飛びあがり、風のように去った。

その際、遠くの屋根の上に一人の人が身を伏せているのを見つけ、文という姓の人がまだ監獄にいたのだろうと思ったが、驚かせたくなかったので、ふりむきもせず、まっしぐらに外にむかった。城門を出た後、すぐに地面に飛びおりて、山へと帰る。


空がかすかに白む頃、白素雲は截雲山に戻り、紅線たちに子細を説明した。

黄衫客は、姓を文という人の人となりを賞賛し、雷一鳴は、薛飛霞の冤罪は明らかなのだから救いに行くべきだと師匠たちに求めた。紅線が言う。

「しかし、飛霞は監獄の中、王法のもとにいます。牢を破って連れ出せば、飛霞にも罪が及ぶでしょう。文という姓の人の手紙の中に、近いうちに甄衛に警告し、冤罪をこうむらないようにするなどという話があったから、きっと、あの甄衛を改心させて釈放させるつもりでしょう。それが一番です。私の考えでは、すぐに下山して県城内に行き、文という姓の者の動きを探り、訪問してみるべきです。才能を埋もれさせてはなりません。もし同じ考えであるのなら、一緒に飛霞を助けましょう。黄道長のお考えは？」

黄衫客は深くうなずき、雷一鳴も同意する。そこで紅線は衣服を調え、飛ぶように下山した。

さて、あのとき神をよそおって薛飛霞の牢をおとずれた文という姓の人というのは、姓を文、名を化、号を雲龍《うんりゅう》といい、江南の蘇州府呉県の人である。姿美しく、才能にあふれ、しかも人のために財を軽んじて義を重んじ、豪毅でさわやかであった。

学問をするようになっても、高い志を保ち、豪傑と付き合い、友を命とした。子どもの頃から武芸を学んでいたが、軽々しくは手を出さず、自分がどの程度の腕かをわきまえていた。

父母を早くに亡くし、あちこちに出かけては学んでいたため、ほとんど家にはいない。年は二十歳で、まだ結婚していない。気の合ういとこがおり、今は北直隷《ほくちょくれい》（北京）の大名府で仕事をしている。八月に、いとこのところをおとずれて、運良く虬髯公《きゅうぜんこう》と知り合うと、すぐに旧知の間柄となり、ひと月以上もともに過ごした。

虬髯公は彼を徒弟にと思ったが、雲龍が突然、家に帰ることになった。虬髯公は、徒弟とする前に文雲龍の人品を見極めようという思いもあり、彼とともに南にむかった。

途中、城武県で、同じく剣仙の一人である聶陰娘《じょういんじょう》と行きあった。聶陰娘は、江南の蘇、松、常、鎮の四つの府をめぐったが、これという人物に出会えず、山東に来ていたという。

文雲龍こそは、甄衛が薛飛霞を捕らえ、初めて尋問した時に、他の人々とともに見ていた、武生巾を戴き、怒りで胸をいっぱいにしていた人である。

そのとき文雲龍と虬髯公は、城から三里はある棲霞山《せいかざん》にある蓮花寺に、しばらく滞在していた。寺に戻った文雲龍は、虬髯公に気持ちを伝え、薛飛霞を助けることにした。虬髯公も賛成であった。

文雲龍

あの夜、文雲龍は夜遊神をよそおって薛飛霞のいる監獄をおとずれた。はからずも白素雲に気づかれてしまったが。監獄を出た後、素雲は外に出て行ったと思ったようだが、実は文雲龍は、役所の外には出ず、大広間の後ろにむかい、ぐるっとまわって住まいに忍び込み、甄衛を探した。心を入れ替えさせようと思ったのだ。

部屋の中からは物音がせず、寝静まっている。わざと瓦を四、五枚、庭の地面に落とすと、しばらくして、室内から「外を見てこい」と命じる甄衛の声がし、女たちが出てきた。

雲龍は屋根の張り出しの上に立ち、侍女たちが門を出て行くと、以前のように夜遊神と名乗り、声高く叱りつけた。

「なんじらよ、驚くでない。我は夜遊神じゃ。良民が冤罪をこうむっていると知って参った。一書を授ける、すみやかに上官に見せよ」

そう言い終えると、空中から一枚の紙を落とした。ひらひらと落ちた紙を見て、侍女たちは驚いて後ずさりし、拾おうともせず、あわてて中に駆け戻っていく。

報告を聞いた甄衛は、何事かと、いそいで服を着て寝台を降り、いくらか勇気のある侍女に提灯を持たせて案内させ、部屋から出た。地面に落ちている紙を拾いあげてみると、そこには大きな字でこう書かれていた。

色をあさって袖にされ、あわれ私怨に公権力

女に無理を強いるなら、いずれ必ず天罰下る
そして後ろに小さい字で、
心の汚れに気をつけよ、神の目まではごまかせぬ
悔いて改めないならば、剣の試しとしてくれよう

甄衛は、これを読むと隠し事がばれたと、冷や汗たらたらで、ひと言もない。紙を拾って袖にしまい、まわれ右をして逃げ出した。侍女たちが首をかしげながら後を追う。

部屋の入り口についた時、びゅっという音が響き、雪のように冷たい光を放ちながら一本の剣が飛んできて、甄衛の頭の上ぎりぎりをかすめ、入り口に突き立った。官帽が地面に落ちる。部屋じゅうの人々が大慌てする。手をやってみれば、前から後ろへと、一直線に髪がそがれている。甄衛はひどく驚き、おそれおののいて叫ぶ。

「お、お、お、おしまいだ！　や、や、や、夜、ゆ、遊、し、し、神なわけが、あ、あ、あるものか。こ、こ、これは、せ、せ、截雲山の、ぞ、賊だ。は、早く、と、捕らえるのだ！」

言い終わらないうちに、屋根の張り出しの上のほうから高い声が響く。

「甄知県、忘れるな。またしても、我が截雲山から来たと決めつけて冤罪をつくるのか？　朝

廷から命じられた官吏でありながら、正しく裁かず勝手に決めつけ、良民に罪をなすりつけるか。秦応龍は悪事を重ねに重ね、截雲山の剣侠によって殺されたのだ。薛飛霞とは何の関係もない。私怨に公権力で報いて、薛飛霞を死地に追い込んだのは明らかだ。この世には王法があり、あの世には鬼神がいる。すぐに悔い改め、さっさと薛飛霞を釈放してこそ、民の父母だ。なおも悟ろうとせず、好き勝手をして人々をしいたげるならば、天が許さぬ。そのときになって後悔しても遅いぞ！　よく考えることだ。さて、我は天に帰り上帝にご報告申し上げねばならぬ」

聞いていた部屋じゅうの人々は、嘘か本当かわからず、誰も声を立てない。

甄衛には、これは明らかに侠客で、夜遊神ではないとわかっていた。だが、頭にくるやら恐ろしいやら恨めしいやら落ち着かないやらで、どうしていいかわからず、屋根の張り出しのほうをじっと見上げ、長い間ぼうっとしていた。

声が消えて、相手がいなくなってから、ようやく動き出す。わめいて、家来たちを呼び、見はりをしていた全員を百たたきにして、見のがした罪を責めた。また、入り口に残された剣を調べさせ、截雲山の賊が暗殺しに来たのだと言いはったが、置き書きについては、自分の悪事と関係があるので、一切を隠し、侍女たちにも堅く口止めをした。その一方、薛飛霞に何かあってはと、ただちに着がえて帽子をかぶり、提灯をつけさせ、家来や役人たちとともに監獄にむかう。

監獄に着いてみると、扉が開いていて、牢番をしていた二人の女がいない。木の床の右のほうに男が一人いたが、顔ははっきり見えない。切れ味の良さそうな三尺の長刀を握り、顔を近づけて薛飛霞と話をしている。薛飛霞の言葉が聞こえる。

「恩人の文様、おやめ下さい。私めが不運なのです、妓女となっても身を守ろうとして、こんな無実の罪を着せられて。憐れんで手紙や銀子を下さったこと、冤罪から救って下さること、天のようなご恩に、外に出られたならば、きっとお報い致します。ですが、ここでとはいくらなんでも。それでは死んだほうがましですわ。いただいた銀子は、まだ壁の間から動かしておりません。どうぞお持ち帰り下さい」

聞き取ってみれば、どういうことなのか、驚きもしたし、腹も立った。

驚いたのは、この男がまだここにいたこと。だが、相当な腕と思われるので、うかつには手が出せない。腹が立ったのは、この男が薛飛霞に無理強いしようとしているのに、飛霞のほうは、恩人と呼んで、去年、甄衛が彩霞坊をおとずれて迫った時とはまるで様子が違うこと。

甄衛は、後ろの手下たちを手招きして、大声で叫んだ。

「みなの者、捕らえよ！」

たちまち手下たちが押し寄せ、小さな監獄のまわりは、水も漏らさぬほどになった。監獄の中の男は刀を抜き、甄衛にむけてわざと切りつけた。

甄衛が驚いて後ずさる。男は、その隙に、薛飛霞を背負って外へと逃げ出した。門を出ると、さっと屋根の張り出しに飛びあがる。みながいそいで追おうとする。

牢破りは重罪だ。見のがす者はない。のぼれる者が次々と屋根にのぼって、懸命に追うのだが、相手の足さばきは並外れており、まるで鳥のように屋根を飛んで逃げていく。

しばらくすると、誰一人として追いつけずに、みなが戻ってきて、甄衛にわびる。

「罰は後だ。すみやかに四つの門に知らせよ。夜が明けても城門を開けてはならぬ」

同時に、命令を出して捜査をさせる。薛飛霞が「文様」と呼んでいた。また薛飛霞の寝台の上から手紙が見つかり、壁の間から銀の手形が探し出された。そこで、牢に忍び込んだ者は、姓を文ということに違いないということになった。だが、本当に文というのか、偽名なのかさえはっきりしない。決め手がないまま、日が高くなり、城内のあちこちが捜査されたが、何も得られなかった。そこで城門を開けたが、城じゅう大騒ぎになっている。

甄衛は脱獄の重大犯を捕らえられなかったため、みなに重い罪を負わせた。また女監獄の者を一人一人調べたが、疑わしい者はなく、薛飛霞のところに人が来た時には、みな眠っていて物音さえ聞いていないという。あのとき姿を消していた二人の牢番を見つけて問いただすと、四更すぎに薛飛霞と話す女の声がした後、良い香りがして意識をなくし、いつの間にか外に出されていたという。

甄衛は、注意が足りないと言って、全員を竹の棒で何百回も打たせた。

第八章　救助

　薛飛霞《せつひか》を背負って監獄から逃げた男を、甄衛《しんえい》は文《ぶん》という姓だと思っていたが、これもまた別人で、姓を燕《えん》、名を乾飛《けんぴ》という、臨安《りんあん》の人であった。背が低く、鼠のような目をした有名な飛賊で、女色を好み、盗みに入っては女を手籠めにしていた。高いところを行き来する絶技を身につけており、屋根であろうが壁であろうが平地のように駆け回り、高い山でも険しい峰でも飛ぶように行き来する。そして、走る時に斜めに足を進める姿が、林の中を飛ぶ燕に似ていることから、世の人から燕子飛《えんしひ》とか、幼名を取って燕乙児とか呼ばれていた。美しい名前であったので、本人はいたく気に入り、得意になっていた。

　燕子飛は、最近、山東の富豪をねらって盗みを働いていたが、あるとき、城武県にある彩霞坊に名妓がいるといううわさを聞いて、その美貌を確かめたくなって城武県に来た。丁度そのとき、薛飛霞が捕らえられて初めての尋問を受けることになった。あのとき審理を見ていた人々の中にいた背の低い男こそが、燕子飛である。

　薛飛霞のうわさにたがわぬ美しさを見て、燕子飛は目を離せなくなった。連れ出したかったが、尋問している広間では手を出すのは難しかった。

その後、薛飛霞が女監獄に収監されてから、幾度か機会をねらったが、監獄の中の勝手がわからず、果たせなかった。知恵を使って調べ出し、あの夜、大胆にも監獄に忍び込むと、意外にも下で白素雲が薛飛霞に手紙を読んで聞かせていたので、すぐには手を出さず、しばらく脇に身を隠していた。その後、牢屋から去る白素雲に、身を伏せているところを見られたかと思ったが、声をかけてこなかった。燕子飛は、見つかっていなかったと喜び、白素雲が遠くまで行ってしまうのを待ち、そっと屋根から飛びおりようとした。

そのとき、牢番をしている二人の女が、薛飛霞の泣く声で目をさました。女たちは、夜中に起こされて腹を立て、薛飛霞を小突いて小言を言い続ける。屋根の上で聞いていた燕子飛は、夜が明けてしまっては、と、気が気ではない。

とうとう燕子飛は、火薬の包みと追魂香を取り出した。このお香は、麝香、竜涎香、鬧羊花の三種類の薬から作ったもので、ひとかぎすれば、どんな英雄豪傑でもたちまち気を失う。修行の浅い地仙も同じだ。

燕子飛は追魂香を取り出し、解毒剤の龍胆石を口に含み、それから建物の一角にさっと火薬をこぼし、火花を飛ばして追魂香に火をつけると、監獄の窓の外に投げた。たちまち、もうもうと煙があがり、白素雲が舌先で破った窓の隙間から流れ込む。

「良い香り!」という声が聞こえて、手足から力が抜けた者たちが地面に倒れる音がする。しばらくして牢屋じゅうの人が眠ってしまうと、燕子飛は追魂香を消し、ふところに入れた。

解毒薬を吐き出し、百宝袋から雷公鑿《らいこうさく》を取り出す。この鑿《のみ》を使って監獄の門のかんぬきをやすやすとたたき割って押し入った。まずは牢番をしていた二人を片手に一人ずつ、鶏でもつかむようにつかんで、監獄の外の庭に投げ出し、再び中へ。小さな紙の蝋燭に火をつけ、半分油の残った油皿を見つけて火を移し、寝台に寄りかかって眠っている薛飛霞を見る。

両目をもうろうとさせ、涙の跡はまだ乾いていない。囚人の着る赤い服を着せられ、垢にまみれていても、たまらない愛らしさだ。三寸に満たない小さな足には胡桃のような大きさの鉄鎖がはめられていて、弓なりに反った小さな靴との対比が、見る者の憐れみを誘う。見たとたんに、たまらなくなって、雷公鑿を出して鉄鎖をたたき切り、手錠もたたき切ってはずす。

薛飛霞はまだ眠っている。寝台の脇に欠けた壺があり、冷たくなったお茶が入っているのを見つけて、燕子飛は喜んだ。薛飛霞の口に何度か注ぎ入れ、自分でも一口含んで、飛霞の顔に吹きかける。追魂香は冷水や冷茶ですぐに目をさますのだ。

薛飛霞は、二度くしゃみをすると、ゆっくりと目を開いた。灯火の下に誰かいる。薛飛霞は、さきほどの文という姓の人だと思って、「恩人様」と呼び、寝台をおりて礼を施した。燕子飛は文雲龍の後で監獄に来たので、事情を知らず不思議に思ったが、わざとあいまいに応じた。代わりをしてやれと思ったのである。そうすれば簡単に女が手に入るだろうと、この機に乗じて答える。

「そんなことをする必要はない」

片手で薛飛霞を支え、片手で抱きしめようとする。だが、薛飛霞は身持ちが堅く、気が強い。この軽々しい様子を見て、不快に思った。手紙や銀子をくれた篤い気持ちを信じ、いずれ監獄から救い出してもらえたならばと思っていたので我慢したが、うまいことを言って懇ろになりたいだけだったのかと悲しくなった。

まさにそのとき、甄衛が手下を連れて監獄を見に来た。

「捕らえよ！」

大声を聞いて、燕子飛は驚いた。だが、ここでやめるわけにはいかない。刀を抜き、甄衛に切りつけて隙を作って、身をひねり、薛飛霞を背負って屋根の上を逃げた。飛霞は驚いて悲鳴はあげるものの、逃れる勇気もなくて、されるがままにされていた。

燕子飛がいつもの技量を発揮して飛ぶように逃げたので、誰も追いつけない。ほどなく役所を出て、曲がりくねった道を通って城門に着くと、軽々と城壁に跳びあがり、平地同様に、音もなく跳んで逃げていく。城の守備兵などいないも同然だ。

城を出て、地面におりる頃、夜が明けてきた。落ち着けるところを求めて、城から五里ほど離れたところにある荒れた古廟を見つけた。ぽつんと建っていて、あたりにはまったく人気がない。二つの中庭がある五間の建物で、廟を守る者もなく、あちこち壊れている。

正殿には露筋《ろきん》娘娘《ニャンニャン》の神像があるが、金の塗りは剥げ落ち、見る影もない。両側には四体の侍女の像があるが、これもいうまでもない。中央にある祭壇には鉄の蝋燭立てが一対、壊れた香炉がひとつ。あたりには灰が積もっている。梁の上の額にも、数ある対聯《ついれん》にも、蜘蛛が巣を張り、蝸牛がはったようにはげて浸食されており、文字はすでに読めない。

燕子飛は薛飛霞を背負って本殿に入ると、供え物を置く木製の台を見つけ、軽く塵を払って飛霞を座らせ、戻って門を閉めようとした。だが、門扉は二枚のうちの一枚だけしか残っていない。半分中が見えるままだ。

門扉を閉めて、燕子飛も先ほどの台の上に座って、しばらく休んだ。一晩動きまわって疲れもたまったし、腹も減った。幸い、携帯食を持っていたので、自分も食べ、薛飛霞にも手渡そうとした。

だが、薛飛霞は触れようとしない。

「恩人様、お救いいただけたことに感謝致します。

先ほどの牢屋の中でのことは、恩人様ほどのお方、きっと私めが簡単になびく女かどうか試そうとして、わざとお戯れになったのでしょう。心のうちに留めておきます。どうか恩人様のお名前や、ご出身、お住まいをお教え下さいませ。

私めは冤罪をこうむっており、牢からお助けいただいたとはいえ、いつまた捕らえられるかわかりません。そのとき、恩人様に累が及ぶのを恐れるばかりでございます」

燕子飛はこれを聞いて、笑いを含みながら言う。

「教えてやろう。俺は姓を燕、人からは子飛と呼ばれていて、臨安の者だ。こちらに来ていた時に、偶然、甄知県が彩霞坊の妓女を尋問すると聞いて、人にまじって役所で見物していたのだ。ひと目見て、あまりの美しさに心が動いた。愛しい、慕わしいとな。そこで道を探り、深夜に牢に忍び込み、おまえを助け出した。俺のことだけを思ってくれるなら、いくら役人が来ようが恐れはしない。何千の官軍にだって俺は捕まらない、心配することはない」

薛飛霞はこれを聞いて、相手が文という姓ではなく、別人であったとわかると、

(こんなことをするなんて、まるで江湖の盗賊ね。虎口を逃れて龍穴に入ってしまったわ。苦しみから逃れられない運命なのかしら)

口には出さなかったが、心の中に酸っぱいものがこみあげて、震えが止まらず、涙があふれて、声をあげて泣き続けた。

燕子飛が、手を持ちあげて飛霞の涙をぬぐった。薛飛霞は、びくっと体を起こして数歩後ずさる。頭をあげると、神殿の中の露筋娘娘の像が目に入った。

(昔から節操の堅い女性はたくさんいた。露筋娘娘は船に宿を借りた時、貞節を守るために、男のいる船室に入らず、鵞鳥のように大きな蚊に襲われて亡くなったというわ。

露筋娘娘とは比較にならないけれど、私も妓女となりはしても、意にかなった方と結ばれて正しく生きたいと願い、今日まで堅く身を守ってきました。こんな賊に侮辱されるぐらいなら、死を選んで、清らかなままでいましょう)

気持ちが固まると、逆に進み出て、祭壇のあたりの石に激しく頭を打ちつけた。燕子飛は、

ひどく驚いて、あわててかけより、手をのばして引き上げる。

飛霞が叱りつける。

「放しなさい、無礼者」

そして身をよじり、白い額を石の角にたたきつける。たちまち桃の花が咲いたように血が飛び散り、頭の上に胡桃ほどの大きさの穴があいた。痛みのあまり、気を失って地面に倒れる。

燕子飛は、まばたきもせずに人を殺すような極悪人とはいえ、薛飛霞のこの気性の激しさに、よこしまな思いは消え、自分で自分を責める。

(こんなつもりではなかった。どうしたものか)

「薛飛霞、薛飛霞、目を開けてくれ!」

何度も叫び、祭壇の灰をつかんで薛飛霞の額に塗り、血を止めようとする。だが、出血が多すぎて、思うように止まらない。やがて手足がけいれんを起こし、動かなくなった。しばらくすると小さな足や両手がだらんとのびて、とうとう死んでしまった。

燕子飛は驚きのあまり冷や汗をかく。

(何というつらい幕引きだ。だが、すでに死んでしまったのだ、長居は無用、見つかればあらぬ疑いをかけられて面倒なことになる)

ため息をつき、腹を決めると、少し思う。

(天下に美貌の女は数多い。俺が見たのは、そのたった一人にすぎない。まだまだあちこちに

いるだろう。薛飛霞一人が何だ。しくじるとは思いもしなかったが、行くとしよう）

あきらめて、力なく死体を放りだし、廟を出る。こんな大事件を起こしたあげく、むなしさばかりが残り、これ以上、東省にいたくなくなり、すぐに臨安に帰っていった。

一方、城武県では、城内の一軒一軒を捜査して牢獄に忍び込んだ者を探したばかりか、捜査の手を城外にまでのばし、厳しく取り調べた。

文雲龍、虬髯公、それに聶陰娘は、城から三里以上離れたところにある蓮花寺にいた。まだ朝だというのに、そこへ役人たちが調べに来た。

ひそかに山をおりていた雲龍は役人が来るのに気づき、不思議に思って、あわてて寺に帰り、虬髯公と聶陰娘に知らせる。

「いったい誰が薛飛霞を連れ去ったのでしょう。僕が心を砕いてしてきたことを無駄にして、牢破りのような大罪を犯すだなんて」

虬髯公は、しばらくうなっていたが、

「文殿がむかった時、後をつけていたのに気づかれず、名前まで騙るとは。こうなれば、役人たちが調べに来る。当然、罪などないのだが、それをはっきり証明するのは難しい。しかしなぜ薛飛霞が見つからないのか。もし義侠の人が連れ去ったのであれば無事だろうが、もし悪人であったならば、汚名を着せられるばかりか、薛飛霞も殺されている可能性が高い。すみやかにどうなったか調べるべきだ。そうすれば、牢破りをしたのが何者かもわかるし、役人たちとの悶着を避けることもできる。みなの考えはどうだ？」

文雲龍は何度もうなずき、聶陰娘も「道長のお言葉は、ごもっともです」と賛成したため、二人の剣仙と一人の剣侠は相談し、三人別々の方向を探すことにした。

文雲龍は北西にむかい、聶陰娘は南東、虬髯公は西門付近を探し、夜になったら寺に戻って落ち合うことにした。

南東にむかった聶陰娘は、寺から半里ちょっとのところで、夜行服を着て背に鋼刀を背負い、体を傾けて、飛ぶように道を行く人を見かけた。

（もう遅いというのに、進退窮まったかのように。どこから来たのでしょう？）

またたく間に先へ進み、遠くへと行ってしまった。信じられないほどの速さだ。わけがわからなかったが、とりあえず心に留めて、薛飛霞の手がかりがないか調べながら、ゆっくりと進む。

およそ二里ほど人家はなく、首をひねっていると、ふいにぽつんと古い廟があった。一枚しか残っていない門扉が半開きになっている。聶陰娘が中に入って見まわすと、廟の中には塵が積もり、そこに男の足跡がついている。

奇妙に思い、あちこち調べていくと、正殿に一人の女が倒れていて、あたりは血だらけ。女は罪人が着る赤い服を着ており、その服にも血がべっとりとついていて、見るに忍びない。

聶陰娘は、何度も見返し、この女こそ薛飛霞かもしれないと思った。だがなぜこんなところに倒れているのだろう。

いそいで手を唇のあたりにのばすと、幸いかすかに息がある。

(もし薛飛霞なら助けなければ。そうでなくても助けない理由はない)

そして、腰帯をほどき、薛飛霞を抱え起こし、きつくしばって背中に固定した。

袖の中から宝剣を取り出し、空にむけて、さっと振ると、ひとすじの冷たい光になる。

剣光に駕して出ようとした時、廟の門の外で人の声がした。

「何者です。女を背負って逃げようというのですか?」

ふりむいて見ると、間違いない、紅線だった。助かったと思い、いそいで言う。

「誰かと思えば、紅線道姑でしたか。いつの間に?」

紅線のほうも聶陰娘だとわかると、すぐに廟内に入ってきた。

礼をかわした後、紅線がたずねる。

「聶道姑がお助けになったのは薛飛霞では? 私はこの件で、姓を文という義士を訪ねて来たのです」

そして、下山して白素雲を徒弟としたことや、黄衫客と出会ったこと、黄衫客が雷一鳴を徒弟としたこと、秦応龍を殺したこと、甄知県が薛飛霞を罪に陥れたこと、白素雲が監獄を探りに行ったことなどを話して聞かせた。

「文という姓の者がしたことは、義侠にふさわしい、心正しい行いでした。いずれ誰かが徒弟にしてはと思っていたのですが、若さゆえなのでしょうが、牢破りをして連れ出してしまうとは。法を犯して事件を起こしてしまっては、人を助けることになりません。文という姓の者、取るに足りないようです。

とはいえ、薛飛霞が冤罪に苦しんでいたのは本当です。文という姓の者に牢から連れ出された後どうなったか心配していました。ここで会うとは思いもよりませんでしたが、道姑はなぜここに？　どこにむかうおつもりですか？」

聶陰娘は、笑いを含んで答えた。

「道姑と黄衫道長がすばらしい徒弟を得たこと、おめでたいかぎりです。わたしは江南をまわったのですが、これという者にめぐりあえず、こちらに来た時、うまい具合に虬髯道長と出会いました。

道長は北直隷で姓を文、号を雲龍という、姑蘇に住んでいる人と知り合い、一緒に南にむかっているところでした。虬髯道長は文雲龍を徒弟にとお考えのようで、みなが集まることがあれば商議し、人柄を見定めてもらいたかったようです。今は、棲霞山の蓮花寺に身を寄せていますから、そこに集まって相談しましょう。

薛飛霞の件は、文雲龍が義侠心を起こして監獄を探りに行った後、まったく関係のない別の者が牢を破って薛飛霞を連れ出したのです。予想外のことでした。勘違いした役人たちが早朝から一軒一軒捜査をはじめました。わたしたちは疑いをかけられそうなので、虬髯道長、文雲龍と、三手に分かれて調べに出ました。

わたしは先ほど、ここに来る途中、夜行服を着て刀を背負った人が、大急ぎで東にむかって去るのを見ました。奇妙に思って、この廟を探り当てたところ、この娘が血だまりの中で死んだようになっていました。薛飛霞かどうかわかりませんが、背負って山に連れ帰り、命を救うとともに、文雲龍に確かめてはっきりさせようと思ったのです」

紅線が言う。

「そうでしたか。その棲霞山というのは、静かなところですか？　人は住んでいますか？　薛飛霞とは面識がありませんが、この娘は罪人の服を着ているから、何か事情があるのでしょう。このあたりは住んでいる人も多く、背負っているところを見られたらやっかいです」

「では、何か良い案でも？」

「私の考えでは、しばらく截雲山で過ごすのが良いのではないかと思います。截雲山のあたりには誰も住んでおらず、極めて静かです。しかも、黄衫道長は起死回生丹をお持ちですし、混元湖で退治した白獺の髄から獺髄神膏も得ています。きっと、その娘の命を救えるでしょう。その後で棲霞山に知らせて、虬道長と文雲龍も呼んではいかがですか？」

聶陰娘は何度もうなずく。

「ごもっともです。この娘の傷は深く、一刻を争います。手遅れにならないよう、すぐにむかいましょう」

そして二人は手に手を取って廟門を出、それぞれ剣光に乗って截雲山にむかった。

そのわずか後。白素雲は、師匠の紅線と、もう一人の道姑が山に戻ってきたのを見つけた。道姑は背に一人の娘を背負っている。顔じゅう血だらけであったが、薛飛霞のように思われた。紅線は白素雲に、まず聶陰娘に拝礼させてから、娘を背からおろすのを手伝わせ、部屋にあげて、寝台に横たえた。

「知っている相手か？」

紅線に問われて、素雲が答える。

「間違いありません。城武県の監獄にいた、無実の罪で捕まっていた薛飛霞です。なぜこのようなむごいことに？」

聶陰娘は、薛飛霞だと聞いて喜び、これまでのことを話す。また素雲のことをまじまじと見て、素雲を見いだした紅線の眼力はすばらしい、紅線が下界に下ったのは無駄ではなかったとたたえる。紅線は謙遜し、再び素雲にたずねた。

「黄衫師伯と雷殿はどこにいるのか。早く知らせて、師伯の回生丹と獺髄膏で薛飛霞を元気にしなければ」

「黄衫師伯と雷師兄は、お師匠様がなかなかお戻りにならないので、外に探しに出ました」

紅線は、しばらく考えてから、

「回生丹だけであれば、先日、臥虎営でおまえと雷殿が秦応龍の毒弾で傷を受けた折に飲ませるためにいただいた残りが手元にあるが、獺髄膏は師伯が戻るのを待たなければなるまい」

まずは、と紅線は、白素雲に、熱くした酒をひと壺準備させた。薛飛霞の口をこじ開けて、紅線が薬を含ませ、素雲が酒で飲み下させる。

それから一刻ほど待ったが、動こうとしない。聶陰娘は救えなかったかと気が気ではない。素雲は、むごい姿で亡くなったのを見て、泉が湧くように涙する。

そこへ黄衫客と雷一鳴が帰った。聶陰娘はとても喜び、挨拶もそこそこに、薛飛霞を救って連れてきたことを話す。

「助かるでしょうか？」

黄衫客も部屋に入り、容態を見る。顔からは血の気が失せ、額から出た血は膿のようにドロリと濁っていて、傷口がまだ塞がっていないとわかる。出血が多すぎて髄まで枯れてしまったようだ。霊丹は妙薬とはいえ、失っていく気が多すぎれば回復できない。そこで、素雲に命じて、塗りつけられた灰を布巾でぬぐわせた。それから獺髄膏をたっぷり取り出し、素雲に命じて、傷口に塗りつけさせた。

霊験あらたかで、たちまち血が止まった。飲ませてあった回生丹の効果もあって、傷口が塞がっただけで、しだいに顔色も良くなってきた。さらに半時ほどすると、鼻のあたりにかすかに息が通り、目も動かした。

黄衫客はこれで命は大丈夫だとわかると、目がさめた時に大勢の人がいては疲れさせてしまうだろうと、白素雲一人をそばに残し、気をつけて見守るように言いつけ、目がさめてからのことを指示した。

他の四人は広間に行き、挨拶すると、これまでのことを知らせあった。

昼になるころ、文雲龍たちもここに連れてくるべきだと紅線が勧め、聶陰娘はすぐに剣光に駕して蓮花寺に戻っていった。

聶陰娘に勧められて、すぐに文雲龍は荷物をまとめた。ただ、人を雇って運ばせては都合が悪いので、残りの荷物は後で取りに来させると話をつけて寺に置いておいてもらうことにし、ごく小さな衣装箱と身を守るための宝剣だけを身につけ、十分な宿代を払って、虬髯公とともに寺門を出た。

文雲龍は剣遁に乗ることができないため、虬髯公が文雲龍を連れて行くことになった。聶陰娘が文雲龍の荷物を背負う。虬髯公は文雲龍を両手でつかむと、目をかたく閉じて開かないように命じた。

聶陰娘と虬髯公が宝剣を取り出して風にゆらす。たちまち二すじの冷たい光となって、飛ぶようにそこを去った。

文雲龍は最初、びゅうびゅうという風音を聞き、両足で空中に立っていて自由に動けなかったが、恐れはしなかった。すぐに風は収まり、足も地面に着き、そこはもう山頂であった。目を開いてみれば、雲を貫いていくつもの峰が連なっており、棲霞山とそう変わらない。

（これが仙人の術なのか、すばらしい。虬道士に名前をたずねた時、姓を虬、名を善と答えていたが、きっと凡人ではないだろう。将来、もし師匠にすることができたなら、何カ月も一緒に過ごした甲斐があったというものだ）

知らず知らずのうちに二人の仙人に従って広間に着いていた。

黄衫客、紅線、雷一鳴らがいっせいに身を起こして出迎える。虬髯公に言われて、文雲龍が紅線、黄衫客、聶陰娘に叩頭する。さらに、雷一鳴への挨拶が終わると、虬髯公が薛飛霞の様子をたずねた。

紅線が答える。

「薛飛霞は、もう目をさましています。道長、文殿、どうぞお部屋へ」

「こちらです」

聶陰娘に案内されて、一同は部屋に入る。

第九章　吉日

白素雲《はくそうん》が薛飛霞《せつひか》の寝台の脇につきそって話をしていると、聶陰娘《じょういんじょう》たちが入ってきた。あわてて立ちあがって迎える。中にいた文雲龍《ぶんうんりゅう》を見て、昨夜暗い中で見た相手であったので、いくらかきまりが悪く、そっと避けようとした。紅線《こうせん》が笑いを含んで言う。

「文殿はいずれ同門となる人です。避けることはありません、ご挨拶をなさい」

素雲は師匠の言いつけに従い、文雲龍に一礼する。

「文様、よろしくお願いします」

文雲龍は数歩退いて、虬髯公にたずねる。

「この方は？」

「昨夜、文殿と同じ時に牢獄を探っていた白素雲さんだ」

文雲龍は、あわてて挨拶を返す、と同時に、大きな声で叫んだ。

「薛さん！」

薛飛霞が寝台に横たわり、人が入ってきた物音に気づいて、かすかに両目を開いてあたりを見ている。そばに聶陰娘がいるのを見て、もがいてなんとか半分体をささえ、

「仙姑様、私めをお救い下さりありがとうございます、まさに命の恩人です。傷が治っておらず、ご挨拶もできず、申し訳ございません」

そう言って、雨のように涙をこぼした。聶陰娘は寝台にかけより、言葉を返す。

「薛さん、悲しむのはやめて、まずは体を治して下さい」

薛飛霞が頭を動かして外を見ると、髯もじゃで碧眼の老人と、りりしくて立派な若者がいるのが見えた。

聶陰娘から聞いて、まず虬髯公に挨拶し、次に文雲龍に、何度も何度も礼を言う。

「恩人様がお気持ちをお寄せになり、お手紙や銀子を贈って下さったのに、かえって巻き込むことになってしまいました。何をすればご恩返しができるのか、どうかお教え下さいませ」

文雲龍が言う。

「薛さん、悲しまないで下さい。牢破りをしたのは、いったい誰です？　なぜ僕の名前を使ったのでしょう」

「あいつは、姓を燕《えん》、子飛《しひ》と呼ばれていて、臨安の人だと言っていました。江湖の極悪人のようです。恩人様、道長様がた、仙姑様がた、もし出会うことがあったら、きっとつかまえて下さいませ。恩人様が牢破りの罪など犯していないことを証明し、私めが露筋《ろきん》娘娘《ニャンニャン》の祠《ほこら》で受けた恥をそそがせて下さいませ」

文雲龍が言う。

「きっと。心に刻んでおきます」

そう話している間に、白素雲が夕食の膳を調え、みなを呼んだ。雷一鳴と文雲龍は食事をし、黄衫客たちはいくらか酒と果物をたしなんだ。

席上、虬髯公は文雲龍の人となりを試そうとして、こう言った。

「文殿、ものは相談だが。文殿は未婚で、まだ妻がいないそうだな。『詩経』の国風に、『窈《よう》窕《ちょう》たる淑女《しゅくじょ》は君子の好逑《こうきゅう》』とある。

わしの見たところ、薛飛霞は妓女ではあるが、生まれついての美貌にすぐれた態度、もし文殿の妻となればすばらしい。彼女の傷が癒えるのを待って仲を取り持ちたいのだが、どうであろうか？」

これを聞くと、文雲龍は色をなした。

「何ということを！　この文雲龍は魯《ろ》の男ではないが、きっぱりとしたけじめは持っている。昨晩、監獄に忍び込んで手紙を渡したのは、義侠心からだ。燕子飛は大胆にも牢破りをしたが、実のところは色が目当てだった。

一緒にされてはたまらない。命じられても断じて従えない。この話は、これきりにしていただきたい」

虬髯公は、この言葉に感心する。

（若いのに、しっかりしているではないか。これなら邪念も持つまい）

かたわらの黄衫客《こうさんかく》も敬意を抱き、虯髯公に文雲龍を徒弟にさせようと決意した。さらに、先ほど虯髯公が話を持ちかけたのは雲龍の心を試そうとしたのだとしても、薛飛霞と文雲龍であれば、似合いの夫婦になると思われた。

「文殿の言葉、まさに、天に届くほどの正しい気構え、感服致した。貧道に、なおひと言、言わせていただきたい」

黄衫客はかすかに笑い、虯髯公を指し示して話し出した。

「文殿、こちらがどなたであるかご存知か？　貧道が思うに、文殿とは縁あってお目にかかったもので、偶然ではない。愚見に寄れば……」

文雲龍は、わけがありそうだと、話を押しとどめて、

「道長、どうかお教え下さい。雲龍は凡人であり、世俗で曇った目しか持ち合わせておりません。ただ、虯道長は姓を虯、お名前を善とおっしゃることしか存じておりません。いずれの洞府の神仙が、人間の世界にいらしているのでしょう。先ほど上山する際も、あちらの道姑とともに雲光に乗っておられ、どれほど奥知れない道術をお持ちなのかうかがい知ることもできません。心より、お敬い申し上げます。どうかはっきりとお教え下さい、以後は決して軽く扱ったり致しません」

黄衫客は笑う。

「文殿は、学問をたしなみ、五台の車にあふれるほどの本を読まれたであろうから、『剣侠

伝』を見過ごしていても仕方あるまい。虬善の二字は、虬髯の当て字だ。聶道姑も、なぜ姓を鄴などと名乗ったのかといえば、聶陰娘であるからだ。剣術の伝統が途絶え、しだいにおかしなものになってしまったため、義気もあって勇敢な者を探して正統を授けようと思ったのだ。貧道が言わなければ気づきもしなかったであろう。虬道兄も聶道姑も、古より今に至るまで姓や名を隠してきた。およそ真の剣侠は、自ら姓名を明かすことをよしとしない。話が広がって人々を驚かせたくないためだ」

文雲龍はこれを聞くと、もはやひと言も言わず、さっと身をひるがえし、虬髯公にむかって、姿正しく四拝した。

「仙長様、そうとは知らず失礼致しました。ご無礼をどうかお許し下さい」

「顔をあげなさい」

虬髯公が両手で助け起こす。

文雲龍は黄衫客に礼を施した。

「そういうことでしたら、仙長は黄衫客様、疑う余地もございません。そして紅道姑は紅線様に違いありません」

「文殿は、一を聞いて十を知るようだな、もはや隠してもはじまらぬ」

文雲龍は、大いに喜び、礼を施し終えると、脇に立った。

「先ほどの黄仙長のお諭し、いかなるご高見でございましょうか？」

黄衫客が言う。

「愚見に寄れば、文殿は文にも武にもひいでており、並の人物ではない。もし道を慕う心があるのであれば、虬道兄の門下に入り、徒弟となって剣術を授けられるにふさわしかろう。そして、薛飛霞との結婚の話のほうだが、薛飛霞は妓女ではあるが、桃李の如き美貌と、無礼な者を寄せつけない潔癖さを合わせ持っている。甄衛を堅く拒み、露筋祠《ろきんし》で死んで身を守ったことで、その強くしっかりとした気性が知れよう。文殿はすでに英気盛んな年であるのに結婚していない。虬道兄の言葉に従って夫婦となってはどうだ。薛飛霞は先に文殿の正々堂々とした人となりを知ったが、もしそうでなければ名うての好き者である燕子飛を拒みきれなかったかもしれぬ。どうか話を拒まないでいただきたい」

文雲龍はしばらく躊躇し、それから答えた。

「仙長のお言葉のうち、徒弟となるというお話のほうは、虬仙長が剣仙であると知る以前から、弟子になりたいと思っておりました。入門させていただけるのであれば、これほどの喜びはございません。一心に道を求めて参ります。

しかし、薛さんとの結婚のほうは、彼女が妓女であることとは関係なく、難しいと思います。ひとつには、君子は人の窮地につけ込むようなことをしないものですし、二つには、私は家にいた頃、親友たちから何度も結婚を勧められたのですが、文武両方に優れたすばらしい人としか結婚しないと言って断り続けたためです。この言葉を違えたくありません。ご理解いただきたく」

するとと黄衫客は、

「薛飛霞は儒家の家の出の名妓だ、学問も教養もある。後は武芸を学べば良いということだな？」

虬髯公が髯をひねりあげて笑う。

「話からすると、絶対に結婚したくないということでもないようだな。その気があるのなら、聶道姑とも商議して、あれこれ膳立てしてやろう、きっとなんとかなる」

黄衫客はこれを聞いて手をたたいた。

「道兄も同じお考えだったか」

すぐに雷一鳴をむかわせ、聶陰娘に来てもらった。

黄衫客が経緯を説明し、薛飛霞を聶陰娘の徒弟として二人同時に技を学ばせ、それがすんだら結婚させてはどうかという考えを伝えると、聶陰娘は賛成しはしたが、薛飛霞は体が弱っていて武芸の練習に耐えられないだろうと難色を示した。

さらに紅線とも相談し、白素雲の時のように金丹を使えばいいと話がまとまった。

すると文雲龍が結婚するなら媒酌人が必要だと言い出し、黄衫客や虬髯公が結婚の話を進めようとする。まずは薛飛霞に話をするべきだと、紅線が、薛飛霞のところにむかった。

部屋に戻った紅線は、まず薛飛霞にたずねた。

「薛さんは、二度も危険なところを抜けられて、本当に運が良い。甄衛も燕子飛も、まったくひどいことを。薛さんは傷が治ったら、仇をとるつもりですか？」

薛飛霞は嘆く。

「これは私めの生まれついての運命です。仇をとろうだなんて、私めのようなか弱い女には無理ですわ。いつの日か、仙長がたや仙姑がたにでも誅していただければ」

「何を言うのです。世の中には、『侠』を極めて仙人となった者もいるのです。白素雲を知っているでしょう。あの子も最初は、どこにでもいる普通の娘でした。でも今や、高いところに上がるもおりるも自在な、立派な女侠です。

薛さんが聶仙姑から道を学びたいと望むなら、冤罪を晴らすなど簡単なこと。ですが、恩と怨みは、はっきりさせなければなりません。文さんはあなたを助けようとして、予想もできなかった災いに遭いました。それにも報いるべきでしょう。

まだ結婚していないなら、傷が治ったら虬道長に媒酌をお願いして、夫婦となってはいかがです。大恩に報いることもできるし、文さんが虬道長を師匠とすれば、いずれ薛さんが仇をとる時に助けあえるでしょうし。その気持ちはありますか？」

薛飛霞はこれを聞くと、顔を真っ赤にし、しばらくうつむいて考えてから口を開いた。

「私めは聶仙姑さまに救われて死中に活を得ました。この身は聶仙姑さまのお好きになさって下さいませ。とはいえ、私めには何の力もなく、徒弟となってお教えをいただいてもうまくいかず、お心を苦しめることになるのではないでしょうか」

拒まず結婚を承諾したので、紅線は喜んだ。

「そういうことであれば、心配はいりません」

すると、近くで聞いていた白素雲が心配して、

「私の時のように換骨丹を使うのですか？　でも、薛さんは体が弱っているし、傷は受けているし……」

「仙家の妙薬は、普通の薬とは異なります。体が弱っていて、骨も細っている時こそ、効きが早いのです。あなたのときは七日寝ていなければなりませんでしたが、今の薛さんでしたら、三日で効き目をあらわすでしょう」

これを聞いて白素雲は眉を開いて笑い、何度もうなずいた。

みなに知らせた後で、紅線が金丹を取り出し、聶陰娘に渡す。薛飛霞は紅線に礼を述べ、聶陰娘を「恩師様」と呼ぶ。

金丹を飲んだ薛飛霞はすぐに高熱を出し、それから三日間寝込んだ。

その間、白素雲がつきそい、薛飛霞が苦しんでいると、声をかけて落ち着かせる。ときどき、紅線と聶陰娘が様子を見に来た。

三日を過ぎると、薛飛霞は空腹を訴えた。体もいくらか軽くなったようだという。白素雲は

粥を作って食べさせた。

　薛飛霞は、五日目には寝台の上で体を起こして座ることができるようになり、六日目には寝台をおりられるようになり、七日目には歩けるようになり、十日目には飛ぶように進めるようになった。

　白素雲は、この効き目を見て、改めて紅線の言ったとおりになったと尊敬の念を深くした。薛飛霞の喜びようは言うまでもない。

　ある日、起きて身支度を整えていた薛飛霞は、額がかゆいと思い、ふと手をのばして額をかいた。すると、大きなかさぶたがポロリと落ちた。様子を見た白素雲が、驚いて声をあげる。

「信じられない。胡桃みたいに大きな傷跡があったのに、すっかりなくなっている」

「嘘でしょう?」

　薛飛霞は信じられずに鏡をのぞく。

　はたして、最初からなかったかのように、跡形もなく傷が消え、色もまわりの皮膚と変わらなくなっていた。

「獺髓膏の効き目ね。本当にすごい薬だわ」

　身支度を整えると、薛飛霞は白素雲とともに広間にむかった。

　黄衫客、紅線たちみな、傷跡がすっかり消えているのを見て、喜ばない者はない。

　それから吉日を選び、十月二十日。黄衫客に命じられて、白素雲が山頂に机を二脚用意して香炉を置く。虬髯公と聶陰娘がそれぞれ薊花剣《けいかけん》、榴花剣《りゅうかけん》を取り出し、机の上に供える。

挨拶を済ませると、文雲龍と薛飛霞は、虬髯公と聶陰娘を師匠として拝礼し、天に誓いを述べた。虬髯公と聶陰娘は剣を二人に授ける。二人は跪いて剣を受け取り、恩に感謝する。そして体を起こすと、黄衫客と紅線を「師伯」と呼んで叩頭し、また、雷一鳴と白素雲にも礼をした。

こうして、年の順に、雷一鳴が一番上、文雲龍が二番目、白素雲が三番目、薛飛霞が一番下として、たがいに兄弟姉妹と呼びあうようになった。

虬髯公は文雲龍の武芸が雷一鳴に劣らぬほどで、身も軽いことから、未熟なところがある剣術を学ばせることにした。

聶陰娘は、薛飛霞が武芸など見聞きしたこともなく育ってきたのを見て、剣光を見て驚くことがないようにと、仙剣はしまっておかせ、まず拳法を学ばせることにした。線が細く柔らかな体をしているので、通常の拳法ではなく、力のいらない掃葉拳《そうようけん》を選んだ。この拳は、主に三方向に打ち下ろし、身を伏せるようにして進んだり退いたりするだけで、跳んだり跳ねたりして激しく動く必要はない。

掃葉拳には、残枝墜地、落葉辞根、荇帯逐波、柳絲垂雨、枯荷貼水、断梗泊崖、荊棘翻階、寒藤繞樹、凝煙剪蔓、冒雨牽蘿、踏月披榛、因風撥草、林間撲蝶、花底撩蜂、伏地畚雲、入山

掃霧、擎拳摧朽、俯手拉枯の十八の型がある。白素雲が学んだ落花風よりも数が少なく覚えやすい。熟達すれば、動く時にゆらゆらとゆれて人の目をあざむき、手出しできなくする。

聶陰娘は上着を脱ぎ、山頂で拳を見せながら、動き方を薛飛霞に教えた。薛飛霞はその日のうちに残枝墜地、落葉辞根の二つを覚えた。薛飛霞は思ったよりも敏捷であった。換骨丹の力でもあったし、薛飛霞の生来の資質でもあったようだ。聶陰娘は喜び、無理をさせないようにと、続きは明日にさせた。

みなが戻り、客間に座ると、黄衫客が文雲龍に切りだした。

「すでに徒弟となったが、結婚のほうはどうする。結納の品は何にし、日取りはいつにするのかね？　すでに仲人を引き受けたのだ。はっきりさせておきたい」

雲龍は座ったまま敬意を表して言う。

「師伯と恩師に媒酌を引き受けていただき、誠に有り難く存じます。ただ、雲龍は旅の身で、何も持っておりません。家に伝わる宝物もいくらか持ってきてはおりましたが、行李の中で、上山する時に置いて参りました。棲霞山の蓮花寺から、どうやって取ってきましょう。吉日については、雲龍は父母ともに亡く、近辺に親族もおりません。山中で式を挙げるも、国元へ帰って式を挙げるも、恩師にお任せ致します」

黄衫客が言う。

「行李を寺に置いてきたのはやむを得なかった。今は県城じゅうが牢破りの事件で血まなこになっている。ほとぼりが冷めてから取り戻しても遅くあるまい。結納品は、そうだな、上山する時に持っていた宝剣があったであろう。蟠龍という刻印のある剣だ。仙剣ほどではないが、並の剣ではない。あれなら結納の贈り物として不足あるまい」

紅線が言う。

「文殿がもし宝剣を結納品とするのであれば……。薛飛霞も上山する時、衣服の他に何も持っていませんでしたが、ただ、頭に鳳釵を挿していました。釵をお返しの品として結婚の約束とするのはいかがでしょう？」

「それはいい」

黄衫客が手をたたく。

文雲龍は宝剣を取り、両手で鞘を持ち黄衫客に捧げた。黄衫客が受け取って紅線に渡す。紅線はかすかにほほえんで、剣を薛飛霞の腰にかけた。薛飛霞は恥ずかしさのあまり真っ赤になり、飛ぶように部屋に駆け戻った。

紅線も歩を進めて部屋に入る。薛飛霞の鳳釵を受け取ると、広間に戻り、黄衫客に渡した。黄衫客が雲龍に渡すと、雲龍は両手で受け、ふところにしまった。一鳴、素雲はこれを見て、雲龍に祝いを述べる。雲龍が何度も礼を言う。

黄衫客はまた、虬髯公に言った。

「これで結納が整ったな。あの二人は実にお似合いではないか。先ほど恥ずかしがって部屋に戻ってしまったのは、若い娘にはよくあること。師に従って武芸を習う時も、もしそんな様子でも、部屋は広いし、問題は起きないであろう。毎日の練習は必ず山頂で行うのだ。じきに顔を合わせることになる。

吉日を選んで結婚させるのがよかろう。そして、一緒に学ばせればいいだろう」

聶陰娘が言う。

「それがいいでしょう。薛飛霞は武芸は初めてで、教えるのが大変です。もし結婚したならば、文殿の家族ですから、学ぶ時にあれこれ教えてくれて、上達も早いでしょう。一挙両得です」

虬髯公が言った。

「そういうことであれば、二十八日に決めよう。紅鸞星と天喜星が対となり、月徳が合う、黄道吉日だ。その日に山上で結婚式としよう。文殿、どうだ？」

雲龍が、うなずいて同意を示す。白素雲はこの良い知らせを告げに、薛飛霞の部屋へむかう。さらに紅線に報告し、たくさんの銀子を取って山を下り必要な物を買いそろえる。一方、雲龍は部屋を片付けて一部屋を新居として整えた。

吉日がおとずれると、本堂に紅い布をかけ、花燭をともし、新婚の二人が天地を拝んだ。一鳴が二卓の酒席を用意し、二人は祖先を祭り終えて新居に入る。一鳴と素雲は祝い酒を飲み、黄衫客たちは祝いの果物を食べ、大いに楽しんだ。

虬髯公と聶陰娘は三日練習を休ませた。

四日目、二人は山頂で練習した。雲龍が剣を舞わせ、同じように飛霞が拳を舞わせる。虬髯公と聶陰娘は、心をこめて指導した。

ひと月ほどすると、雲龍の剣は生き生きと動くようになり、飛霞の拳も次第に完成してきた。聶陰娘は剣法を教えはじめ、跳びあがる方法なども少し教えるようになった。雲龍は飛霞の練習に付き合い、聶陰娘がいない時は代わりに教えた。さらに一カ月ほどがたつと、二、三丈ほどの高さの屋根まで跳びあがれるようになり、二、三十合も剣を舞わせることができるようになった。

第十章　双侠

時は十二月下旬、厳寒の折。雪が降り、山の頂上は雪におおわれて銀に輝いた。二日連続で凍りつき、上山して練習するのが難しくなる。

文雲龍《ぶんうんりゅう》は、あまりに寒いので、蓮花寺に置いてきた服のことを思い出した。さらに、城武《じょうぶ》県《けん》での牢破りの件で甄衛《しんえい》は辞任したかな、とふと思った。ずいぶんと日がたっている。辞任して遠くに行ってしまっていたら、自分と薛飛霞《せつひか》の冤罪はいつ晴らせるだろう。そして、あの種の人はかなりきつく戒めないと、別の地方に行って役職についても、権力をかさに好き勝手をして、良民を陥れて果てしないだろう。

そこで飛霞と相談し、一緒に県城に行こうと考えた。飛霞が同意したので、二人で広間に行き、虬髯公と聶陰娘に下山したいと申し出る。

「下山して、何をするつもりだ？　まずそれを、はっきり聞かせてもらおう」

虬髯公が、髯をひねりながら笑って問う。

「剣侠が事をなすにあたっては、あくまでも公明正大に行わねばならぬ」

文雲龍が言う。

「愚見ですが、甄衛が以前同様知県の地位にあるのは、朝廷から命じられた官吏であるからです。そこで今夜、下山して、あいつの官印を盗み出そうと思います。再び手紙を残し、改心をうながします。改心すれば印を返しますが、さもなければ有官無印の偽物官吏となっていただく。

いくら秦檜の門下でも、官印をなくしたことは隠し通せないでしょう。いかがでしょうか？」

虬髯公はうなずいた。

「よかろう。だが、大雪の後で屋根瓦がみな凍っている。おまえの腕前であればすぐに行ってもいいが、薛飛霞は飛びまわるのに慣れていないのではないか？」

聶陰娘も飛霞に耳打ちする。

「あわててはなりません。しばらく待ってから行くのです」

黙っている薛飛霞の代わりに文雲龍が答えた。

「たしかに彼女の剣の腕はまだまだです。しかし、換骨丹の力もあって、とても身軽です。城武県の役所には以前行きましたが、建物も高くなく、防備もそう厳しくなく、問題ないでしょう」

「とは言っても、屋根が凍っているのです。乾いている時と違って立っているのも難しいでしょう。自分では大丈夫と思っているのでしょうが心配です。少し試験をしてから、下山を許すか決めます。

この部屋から自分たちの寝室まで、屋根の上を行って戻ってきなさい。欠けた瓦の数を数えていれば、動く時どのぐらい体がゆれたかわかるでしょう」

聶陰娘に命じられた薛飛霞は、すぐに部屋で上着を脱いで堂の前に戻ると、きれいに屋根に上がった。聶陰娘や他のみなは庭に出て、それを見ている。

飛霞はあわてずに、掃葉拳の中の断梗泊崖の勢で塀に身を寄せ、両手をのばして擘拳摧朽の勢で二丈を越えるほどの高さに達する。さらに入山掃霧の勢で上半身を軒先の飾りのほうに倒したかと思うと、すでに屋根の張り出しに上がっている、そのまま頭を戻さず、足だけを動かして飛ぶように進む。たちまち行って戻り、落葉辞根の勢で体を丸め、ヒュッと庭に飛びおりた。息一つ切らしておらず、余裕もあるようだ。

一鳴や素雲はその進歩の早さを賞賛した。平素の努力がわかるというものだ。

「五つの部屋の上を通り、行きは十一枚、帰る時は六枚の瓦を壊してしまいました」

聶陰娘は飛霞の上達ぶりに驚き、的確な動きをたたえる。

「ここまで会得しているとは。ですが、夜に動くのは初めてのこと。真っ暗な中は昼間とは違います。最後まで気を抜かずに注意して、文さんとともに、早々に山に戻っていらっしゃい」

薛飛霞と文雲龍はこれを聞いて喜び、みなは部屋に戻って、あれこれと話し合った。

夜の二更ほどになると、文雲龍と薛飛霞は、雷一鳴と白素雲から夜行服を借りて身につけ、それぞれの仙剣を背に挿し、剣仙たちに出発の挨拶をした。再度、一鳴と素雲を探したが、姿が見えないので、おそらく練習をしに行ったのだろうと思い、邪魔をせず、そのまま下山した。

雪がまだ残っている。山中を行く者はなく、山道には雪が四、五寸ほどの厚さに積もって凍りついていて、進むのが大変だった。文雲龍は耐えられたが、薛飛霞には、かなり厳しかった。山をおりてしばらく休み、県の役所にむかう。

進みかけたところで、二人は、どちらにむかえばいいのかわからなくなった。聶陰娘に連れてこられた時、薛飛霞は気を失っていたし、文雲龍は虬髯公の剣遁に乗っていたからだ。人通りはないし、もし人がいたとしても怪しまれるのでたずねるわけにもいかない。

どうしようかと思っていると、遠くから鈴の音が響き、飛ぶように馬が走ってくる。二人は目くばせすると屋根に飛びあがり、下を見た。

馬には一人の役人らしい男が乗っていた。年の頃は三十あまり、片方の手に鞭を持ち、もう一方にはたいまつ、背には一通の公文書を背負っている。

城武県の役所にむかうと見て、二人は馬の後を追った。

やがて城門が見えた。乗っていた男がひと声かけると城門が開き、馬は中に進んだ。雲龍と飛霞は、やや離れたところで城壁を跳び越え、さらに後を追うと、はたして役所に着いた。相手は馬をおりて中に進み、塀の近くの大きな木の下に馬をつないだ。

雲龍と飛霞は役所についたので喜んだ。だが、役人が公文書を持ってきたということは、甄衛が目をさましているということだ。うかつに手が出せない。

「ここまで来たんだ、恐れずに進もう。機会を見るんだ」

文雲龍が低い声で薛飛霞に言う。

「ですわね」

二人はまわりこんで役所の中に進んだ。後堂の上まで来ると、人の声がした。雲龍が立ち止まる。飛霞が先に進もうとするのを軽く引いて止める。

防ぎようがない。屋根の上が凍っていたので、数歩すべり、立っていられなくなるところだった。物音を聞きつけたようで、下から声がした。

「何の音だ?」

雲龍は驚き、先手必勝とばかりに、「先に行く」と飛霞にささやいて、タッと地面に飛びおり、入り口にむかう。見れば、甄衛が灯火の下で手紙を封から出している。どうやら公文書ではなく私信のようだ。左には大男が立っている。あの馬上の男だ。右には二人の召し使いが立っている。

近い。雲龍は仙剣を甄衛の頭めがけて放った。

びゅっと音がしたかと思うと、甄衛がかぶっていた官帽が、ころころと地面に転がった。

あの夜の比ではない。

空を飛んできたものが官帽を落としただけではなく、今度は、剣を手にした文雲龍が目の前にいる。剣の白い輝きが頭の真ん中に飛んできて、避けようもなく、「ギャッ!」と声をあげるので精一杯。

帽子が落ちるとともに、甄衛も椅子から転げ落ちた。剣が通り過ぎた後、頭の上が強烈に痛くなった。頭の皮ごと、たくさんの髪がそぎ取られ、たちまち血が流れ出す。

二人の召し使いが驚きあわてて、「命ばかりはお助けを!」と連呼する。大男のほうは、少しは肝がすわっていて、大声をあげようとした。それを押しとどめるように、文雲龍が剣で机をたたいて、大声で叱りつける。

「落ち着け。今夜、文雲龍がここに来たのは、甄衛に話があったからだ。おまえたちには関係ない。静かにしていろ」

大男は口を閉じた。

文雲龍は剣を手にしたまま、机の上の手紙を見た。臨安の秦檜《しんかい》から甄衛に宛てた密書で、中には、
大金《きん》国の兀術《ウジュ》四太子が朱仙鎮《しゅせんちん》で軍をはばみ、大元帥の岳飛《がくひ》父子の殺害をもくろんでいる。臨安の知府に転任させるから、ともに対策を練ろう。追って公文書を発行するので、到着したら

すぐに移動せよ。

文なにがしという者が牢破りをして薛飛霞を逃がした件は、薛飛霞の供述が得られていない。通常、犯罪者に牢から逃げられた時は停職となるが、期日までに検挙できれば罪を問われないよう、手を打っておいた。急ぎ犯人を捕らえ、処分されないようにせよ。

截雲山の盗賊どもが猖獗をきわめ、秦応龍を殺した件については、すでに張濬《ちょうしゅん》に兵を派遣して根絶やしにするように命じてある。だが、金国の情勢が定まらず、張濬が遠くの東省までむかえないでいる。岳飛父子の死後、兵権を握り、再び檄を飛ばして掃討させ、応龍の仇を討つ。


などとあった。文雲龍は、秦檜が金国と通じていて、甄衛とともに忠良な岳飛を害そうとしているとわかると、怒りのあまり、大声でののしった。

「奸賊め、こんなことをしているとは！」

その手紙をふところにしまった。師匠たちに見せて、岳飛父子を救うつもりだ。

一方、剣を地面に突きつけて、甄衛に告げる。

「今夜、この文雲龍が本当のことを教えてやる。

秦応龍は悪事ばかり働いていたため、白素雲、雷一鳴らの手を使って、民のために、天が誅を下したのだ。きさまも自らの行動を慎まなかったばかりか、私的な恨みに対して公権力を使って報復し、薛飛霞に災いをもたらした。かつて警告したはずだが、まだ悟っていないようだな。

牢破りの件は、臨安の極悪人・燕子飛がしたことだ。なぜこの文雲龍がしたと勘違いしたかは知らないが、逮捕しようとして城内を騒がせただけだったな。嘘つきめ、民の父母が聞いてあきれる。さらに奸賊と師弟のよしみを通じて処分を逃れた上、臨安に転任して謀をたくらみ、忠良な将軍を害そうとは！　賢者を妨げ国を病ませる悪人め！　すぐにでも首を斬りたいところだが、命を慈しむ天の徳を重んじて、悔い改める機会をやろう。

以後、生まれ変わったつもりで行いを改めろ。その頭は、しばらく首の上に載せておいてやっているだけだぞ。今後とも何をするか見ているからな。もし前非を改めなかったならば、そのときは即座に斬る。忘れるな！」

言い終わると、剣をひとふりし、部屋から地面におり、さっとひと跳び、屋根の張り出しに飛びあがり、薛飛霞を探した。だが、飛霞がいない。

驚いたが、幸い、雪明かりであたりは月夜のように明るい。屋根に積もった雪の上に転々と小さな足跡が残っている。東にむかったようだ。追っていくと、丁度、棟を越えたところで、薛飛霞が手に何か持って、かすかに笑っていた。いそいで近づいてみれば、すでに部屋に入りこんで官印を盗み出していたのだった。雲龍は大いに喜んだ。夫婦そろったところで、足をそろえて役所を出ようとした。

そこへ下から、ときの声があがり、門からたくさんの捕り方や弓兵、棒を持った者、鉄鎖を持った者、鉄尺を持った者、腰に刀をつけた者、弓矢を手挟んだ者が入ってきた。口々に「刺客を引っ捕らえろ！」と声高く叫んでいる。どうやら馬に乗っていた大男や二人の召し使いが、雲龍が屋根に飛んだ後、いそいで人を呼んだらしい。

あの大男は樸刀をつかみ、奥に進んで、勇ましくみなに指示を出している。

「はしごを使って屋根にのぼれ！」

敵が勢いよくやって来るのを見て、文雲龍は手をのばして五、六枚の瓦を取り、大男の顔めがけて投げた。ガッと音を立てて命中し、たちまち男の鼻がつぶれ口がひしゃげる。顔じゅう血だらけになって、頭を下に地面に転がる。後ろから「まずいぞ！」と人々が叫ぶ。

「弓兵、いそいで矢を！」

誰かの声が終わらないうちに、ビュッ、ビュッ、ビュッと、イナゴか雨のような勢いで無数の矢が屋根の上に射かけられる。雲龍はあわてて、仙剣を躍らせて身を守る。

薊花剣は黒く、黒い光が天へと伸び、あたかも体にまとわりついた黒い龍が、くるくるとまわりながら天へと飛びあがるようであった。勢いに押されて、矢という矢は脇にそれ、かすりもしない。

ふりむいて見ると、薛飛霞も仙剣を動かしていたが、五、六本の矢をはね飛ばしただけで力がなくなり、両足も疲れて痛むようで、体もいくらかゆれているようだ。しくじってはいけないと、声をかける。

「ここで囲まれるのはまずい。後ろから出よう」

剣で守りながら、身をひねり、飛霞とともに後ろにむかって逃げた。

逃げるので精一杯で足元への注意が薄れ、瓦が砕け、ガラガラバンバンと、爆竹のような音を立てる。これではどちらにむかったかが追っ手にわかってしまう。

客間を過ぎるころ、突然、無数の召し使いたちが現れた。手に手に提灯や武器を持って、声高く叫ぶ。

「印鑑泥棒をつかまえろ！」

どうやら薛飛霞が官印を盗みに入った時に、気づかれてしまっていたようだ。

官印を盗む時、置き書きを残してきている。

　官印取られて、罪を知れ
　前非を正せば、お返しす

さらに、小さな字で、「截雲山の文雲龍、薛飛霞より」と書いておいた。それを官印を管理する召し使いが見つけ、驚いて甄衛に知らせようとしたところ、すでに騒ぎになっていたので、みなで力を合わせて捕らえることになったのだ。

雲龍と飛霞が屋根を走っていると、足音が響き、雪が明るく照らす中、召し使いたちが声をあげ、命がけで追ってくる。前後から挟み撃ちにされて、どう切りぬけようかと思った時、斜めの方向に低い建物があったので、ひとまずそこに身を避けようと思った。そこで、餓虎撲溪の勢で下に飛びおりた。飛霞も落葉辞根の勢で飛びおりる。

そこは、まぎれもない、かつて薛飛霞が捕らえられていた女監獄だった。雲龍には思ってもみないことだったが、飛霞が当時の辛さを思い出して、悲しみのあまり、注意をそらした。瓦を踏む時に、とけかけて薄く凍った氷で足をすべらせ、下になだれ落ちる。

「だいじょう……」

最後まで言わずに手をのばして止めようとしたが、間に合わない。冷や汗が噴きだした。滑り落ちる時、飛霞は体こそ思うようにならなかったが、気はしっかりしていた。屋根の張り出しまで落ちてしまうと、攀拳拉朽の勢で軒先にすがり、再びのぼろうとした。だが、そこに一人の弓兵が来て、大声をあげる。

「そこの女、逃げるな！」

たちまち人が集まり、刀を使う者は刀、棒を使う者は棒、鉄鎖を使う者は鉄鎖で、いっせいに捕らえようとした。手の施しようがない。文雲龍は他に手立てもなく、決死の覚悟で飛びおりた。

「邪魔をするな！」

かかとがまだつかないうちに、薛飛霞はすでに庭へと転げ落ちていた。

「こっちだ！」

二人の弓兵が叫び、荒縄のような鉄鎖を持ちあげる。飛霞の頭にかけるつもりだ。雲龍は驚いて色を失った。剣を手に救おうとするが、すでに遅い。

そのとき、さえずるような高い声が叱りつけた。

「死にたくなければ、そこをどきなさい」

さらに西の屋根の上からは、大きな声が響く。

「俺もいるぞ」

宙から、人が飛びおりてきた。弓兵たちが驚き、あわてふためいて後ずさる。

気を落ち着けて、よく見れば、雷一鳴である。

「雷兄さん、いつからここに？　早く助けてくれ」

一鳴が剣をひとふりする。

「雲弟、あわてるな。俺がついている」

そう言い終わらないうちに、薛飛霞を捕らえようと集まっていた兵士たちが、あっという間に逃げ散る。そして、薛飛霞と白素雲の姿が現れた。

雷一鳴と白素雲は、心配して文雲龍と薛飛霞の後を追い、様子を見ていたのだ。

あのとき、薛飛霞が庭へと転げ落ちるのを見た白素雲は、あわてて先に地面に飛びおり、兵士たちが薛飛霞に群がって捕らえようとした時に、飛びこんだ。

「させない！」

残風掃葉の勢を使って右足で人々をはらいのけ、両手を屋根の張り出しの下に出して薛飛霞を受け止める。

「あわてないで。わたしです」

驚く飛霞を落ち着かせ、何か聞きたげな飛霞に、ひと声かけて納得させる。

「妹を助けるのは当たり前なんだから」

地面に立つと、二人は仙剣で兵士たちの相手をした。圧倒され、兵士たちは叫び声をあげて、命からがら逃げ出す。白素雲は師匠の教えを守り、みだりに人を殺さず、逃げた相手を追いもしなかった。

薛飛霞が剣を収め、白素雲に感謝を述べる。

文雲龍は、薛飛霞がどうやって窮地を逃れたのか不思議に思っていたところに、白素雲が姿を見せたので、すべてを理解した。再会できて、感謝に堪えない。

「ここでゆっくりしていないで、目的を果たし、いそいで山に帰ろう」

一鳴がうながした。

「まったくだ」

「そのとおりです」

庭で声を合わせて、「行くぞ」と叫び、四人はそれぞれ屋根に跳びあがり、飛ぶように去った。

兵士たちは、行く手をはばもうとせず、遠巻きに四人が行ってしまうのを見た後、後堂に戻って甄衛に報告する。

「刺客には仲間があり、役所の中に埋伏していたため、捕らえられませんでした」

いっせいに跪いて罰を待った。

甄衛が何も言わないうちに、官印を管理していた召し使いが、官印を盗まれた状況を報告する。驚きのあまり、甄衛は目を見開いて口をパクパクするばかり。

(刺客のことなど小事、官印のことは重大だ。官印がなければお役目が果たせない。秦太師から見はなされて罷免されてしまう。薛飛霞に罪をなすりつけて陥れようとしたのが災いした。官職を利用して平民をしいたげたためにこうなったのだ)

良心がとがめて、ため息をつき、弓兵にも捕り方にも罰を与えず、官印を管理していた召し使いも責めなかった。

「解散せよ。明日、また申しつける」

秦檜のところから遣わされていた役人が重傷を負って亡くなっていたので、明日棺を買ってなきがらを収めるように手配した。

あたりに人がいなくなったので、もう一度考える。

(大事になってしまった。太師にどう説明すればいいやら。掃蕩する兵も来ない。あやつらは来る時も不意で、去る時も跡を残さない、防ぎようがない。雲龍に二度もやられた頭の傷が痛む。傷は治っても、髪は二度とのびることはあるまい。一生だ。この先、どんな顔をして人に会えばいいのだ。いっそ、首をつってしまおう。秦応龍のように段斬りにされるよりましだ)

意を決すると、腰の帯を解き、後堂で首をつった。

やがて配下たちが後堂をおとずれた。甄衛が死んでいるのを見つけて、配下たちはひどく驚き、あわてて県丞(知県の下の位)に知らせ、後事を託した。

県丞は姓を平、名を直といい、心正しい官吏であった。平素から、上官である甄衛が不正を行うのを見て何度も諫めていたが、聞き入れられたことはなく、気が合わなかった。今、甄衛が無残な死を遂げたと聞いて、日頃の報いだと深く嘆き、その夜のうちに役所に行って子細を調べ、明日、上等の棺を買ってなきがらを収めるように手配した。また、各所に知らせ、曹州府の知府として王知府の後任に赴任した李若虚に指示をあおいだ。李若虚は、戸部侍郎の李若水の堂弟で、生真面目で正直であった。民を愛し、奸臣を憎み、秦檜の門生であった甄衛が政治を乱しているのを日頃から苦々しく思っていた。李知府は、残された事件について、ひとまず平直に処理させることにし、朝廷からの命令書を待たせた。

夜が明けると、甄衛が自殺したことが、すぐに城じゅうに知れ渡った。誰一人、「馬鹿役人の最期だ」と言わない者がない。

半日とたたずに、截雲山の山中にもうわさが届いた。黄衫客が確かめに出て、本当だとわかると、山に戻って虬髯公たちに知らせた。多くの者が、自業自得だと言う。飛霞夫婦は冤罪を晴らすことができて喜びに堪えない。

ただ雷一鳴だけは、後任が甄衛そっくりな人物だった場合、事が大事になったので、早晩、官軍が山に押し寄せるだろうと考えた。そこで黄衫客に知らせて、気をつけるように言った。

虬髯公が言う。

「官軍が山を掃蕩しに来ようが、我々には関係がない。だが、軍が動けば人々がおびえて、安心して暮らせなくなる。それには耐えがたい。早々にここを離れるのがいいだろう。ただ、昨夜、文徒弟が取ってきた手紙にあった、臨安の秦檜が金国と密通して、忠良な岳飛父子を害そうとしているというのは大事件だ。義侠としてなんとか手を打たなければ」

言い終わらないうちに雲龍夫婦が立ちあがって答える。

「不才ながら、臨安の奸賊を殺し、国家に替わって害を除きたいと思います」

黄衫客が言う。

「勇敢なること敬うべし、よし、よし。だが、星を見たところ、紫微星が暗くなり、将星がゆれて落ちそうになっていた。そして貪狼星はなおも強く輝き続けている。朝廷で何か起きるに違いあるまい。天命は、人の力では変えがたい。その気持ちがあるなら何かするのはいいだろうが、貧道が思うに、みなで臨安にむかい、機を見て手を下してはどうかな？」

聶陰娘が話を継ぐ。

「かつての下山の時、空空道長が臨安にむかったはずですが、音沙汰がありません。どうなさっていらっしゃるでしょうか。わたしたちも、臨安に行ってみましょう」

紅線も賛成する。

「聶道姑のおっしゃるとおりです。すっかり忘れていましたが、下山の時、三年後に臨安で落ち合う約束をしたではありませんか。まだ一年未満ですが、幸い私たち四人はみな伝えるに足る徒弟を見つけました。空空道長はどうなさったのか、臨安に行って探りましょう。

とはいえ、臨安は遠いから、雷徒弟と白徒弟はどうしますか？」

「弟子には、すでに帰る家はありません。お師匠様とともに参ります」と雷一鳴。

「徒弟となる時から、お師匠様に従って四海を雲遊すると決めております。臨安であろうが天の果てであろうが、師匠のおそばを離れは致しません」と白素雲。

黄衫客たちはこれを聞いて喜び、昼食を取った後、一同はそろって下山した。山上にたくわえてあった金銀は身につけ、旅費にするとともに、困っている人を助けるために使うことにする。山中の建物は、もともとが盗賊の住まいであったので、再び匪賊が集まることがないように、すっかり焼いた。

雲龍は蓮花寺に寄り、置いてきた荷物を出してもらい、服を着がえて寒さに備えた。旅の途中、仙侠たちは良いことをし、善良な人々をいくらか救ったが、細かいことはさておく。


半月あまり陸路を進むと、江南に着いた。雲龍夫婦は一度、家に帰りたいと申し出た。虬髯公は二人を蘇州に行かせ、他のみなは先に行き、臨安で落ち合うことにした。

文雲龍と薛飛霞は家に帰り、親友たちから結婚を祝われた。みなが次々に来ては祝い酒を飲み、薛飛霞の才知や美貌をほめるので、雲龍は喜びに堪えず、気がつくと十日もたっていた。

そこでふと、虬髯公たちが動いてしまっているのではないかと心配になり、臨安に友人を探しに行くと家人に告げて、いそいで旅立った。家人も、文雲龍が出かけるのに慣れていたので、誰も止めなかった。

二人はすぐに蘇州を離れ、三日とたたずに臨安に到着した。小雲棲と呼ばれる静かな古寺に一晩泊めてもらい、翌日、雲龍が、虬髯公たちを探しに行こうと街に出ると、偶然、雷一鳴に行きあった。

話によれば、虬髯公だけは城武県に官印を返しに行き、他のみなは韜光山の浄慈寺にいるという。雷一鳴は、剣遁を使えば数千里でもその日のうちにつくのに、出かけて三日もたつのに虬髯公が戻って来ないので、何かあったのではないかと気にしていた。

ひとまず雷一鳴とともに浄慈寺に行き、黄衫客、紅線、聶陰娘たちに拝礼し、素雲たちと、別れてからのことをあれこれ話した。

夜になると、文雲龍は小雲棲に戻り、今日のことを薛飛霞に伝えた。虬髯公がいなかったため、秦檜に手を下すのがいつになるかわからないと伝えると、薛飛霞が言った。

「今は一月の下旬です。月は細くて夜は暗く、事を起こすにはもってこいです。遅れれば、手を出しにくくなるでしょう。私は、お師匠様を待たずに、明日、秦檜の住まいを見つけて忍び込んだらと思うのですが、どうかしら？」

「同じことを考えていた」


一晩休み、翌日、御河橋十字街の端にある秦相府をおとずれた。文雲龍が役所の前から後ろへとぐるっとまわって道を調べる。戻って夕食を取った後、深夜になるのを待って、服を換える。

前に一鳴と素雲から借りた夜行服は返してしまっていたので、蘇州で買った黒い絹の上着と短い褲子《ズボン》に着がえた。さらに飛霞は黒い縮緬の裙子《スカート》をつける。雲龍は額に黒い鉢巻きを締め、飛霞は髪を黒い布で包む。動きやすい靴を履き、仙剣を持つと、人に気づかれないように屋根の張り出しに跳びあがり、小雲棲を出た。

近道をして役所に着く。皇帝のいる都だけに、備えは厳しかったが、通りに面した部分だけで、高いところにまでは目が届いていない。二人をはばもうとする者はなかった。

秦相府に着くと、中にも夜回りが行き来していたが、屋根の上に人がいるなどとは考えていないようだ。雲龍は肝を太くして、飛霞とともに部屋をのぞいてまわったが、建物が多くて、どこが秦檜の寝室だかわからない。

あせっていると、うまいことに、書斎の雑用係らしい子どもと別の侍女が、廊下で顔を合わせた。何かあったらしい。侍女が言う。

「宰相様がお休みになっていらっしゃるかどうか、すぐにわかります。お声をおかけにならないで下さい」

侍女はふりむいて上の階にむかい、南西にある極めて大きな部屋の入り口に立ち、しばらく耳をそばだてて音がしないのを確かめると、目を細めて笑いながら下の階におりた。

雲龍夫婦は喜び、その部屋の屋根の上に飛ぶように進んだ。雲龍が金鉤倒掛の勢で両足を屋根の張り出しにかけ首をのばして下を見る。と、布の張られた八つの窓が、堅く閉じられて並んでいた。

仙剣を動かし、窓の一つを軽く切り開き、手ではずし、片手でつかんで屋根の張り出しの上にいる飛霞に示し、脇に置く。いくらか音を立ててしまったが、幸い仙剣は鋭く、大きな音ではない。

窓がはずされて出入り口ができたのを見て、飛霞がおりようとした時、雲龍が止めた。

「待つんだ、僕が先に行く」

そこで飛霞は立ったまま、雲龍が両手を窓枠にかけ、両足をくるりとまわして、音もなく部屋に入る。

部屋の中には花梨材《かりん》の大きな寝台があり、他に花梨の化粧台がある。化粧台の上では一対の金《きん》国製の新型の銀のランプが煌々と輝いていて、他の調度品は見えない。寝台のまわりには錦のとばりが低く垂らされ、とばりの外に男女の靴が放りだされている。

雲龍は剣を手に、とばりをパッと引きあけた。秦檜の背中と、夫人の王氏の顔が見える。二人はよく眠っていた。剣先を秦檜の背にむけ、まさに突き刺そうとした時、あろうことか、とばりをつる鉤に当たってしまい、ガタンという音がした。たちまち王氏が目をさまし、「くせ者！」と大声で叫ぶ。

秦檜は剣で刺されこそしなかったが、不思議なことに、剣先がむかったところから、冷たいものが心臓へと突き通り、驚いて夢からさめ、大声をあげた。

「何者だ！」

雲龍は二人が驚いて目をさましたのを見て、失敗を悟った。と、ふいに台の上の一対のランプが風もないのに消えた。

（人を呼ばれてはまずい。皇都の守りは城武県の比ではない）

そう思って、いそいで剣を戻し、ひと声叫ぶ。

「外国と密通して利益を貪り、忠良な者を害す奸賊め！」

そう言い放つと、窓の外にむかって跳びだす。それを、先ほどの子どもと侍女に見られてしまった。叫び声があがる。

「信じられない。これは、人？」

これに驚いて、たちまち、夜回りや召し使いなどが大勢現れた。雲龍は形勢不利と見て、あわてて上に身を躍らせ、飛霞と合流する。

進もうとしたところを、はす向かいにいた秦檜の同族、秦応龍の弟の秦応鳳に見られていた。カラッと音がして、二本の鏢が飛んできて、雲龍の左足と飛霞の右肩に当たる。

「うわっ！」「きゃっ！」

二人は立っていられず、転げ落ちそうになった。

命の危険を感じた時、突然、目の前にひとすじの白い光が走り、雲龍夫婦はふわりと空中に浮かび、痛みで意識を失ったまま、東へと連れられていった。

第十一章　劉公島

正午を過ぎる頃になって、文雲龍《ぶんうんりゅう》と薛飛霞《せつひか》は、ようやく目をさました。痛みをこらえて目を開けると、どうやら島であるらしい。

そしてかたわらには、虬髯公《きゅうぜんこう》と聶陰娘《じょういんじょう》がいた。

「お師匠様がいるなんて。これは夢ですか。奸賊の屋敷で死んだのでしょうか？」

これを聞いて、虬髯公がいぶかしげな顔をする。

「昨夜のことから話さなければなりませんね」

聶陰娘が話しはじめた。

「この二人が、虬道長《どうちょう》のお帰りを待たずに動いてしまうことは目に見えていました。黄衫《こうさん》道長が星を見てお話になっていらしたように、手を出しても成功しはしません。それ以上に、しくじって身に危険が及ぶことが心配でした。このことをみなと相談し、大勢で動いて騒ぎになるよりも、わたし一人がそっと役所に忍び込んで見守ることにしたのです。剣光に隠れていたので、気がつかなかったでしょう。

文殿が部屋に入って秦檜たちを驚かせた時、顔をはっきり見られないように、火を吹き消して逃げやすくしたのは、わたしです。

侍女たちに見つかった時にも助けようかと思いましたが、危なげなく動いていたので様子を見ていました。

その後、飛鏢を受けたのを見て、驚いて剣遁を使って助け出したのです。

小雲棲に送ろうか、韜光山に送ろうかと考えましたが、虬道長がいない間に文殿が大怪我を負ったとあってはお怒りを買うでしょうし、大権を握っている秦檜のことですから、すぐに刺客の捜査をはじめるでしょう。怪我をしている二人を隠しきれはしません。

あれこれ考えた末、二人を山東に連れ出し、虬道長を探すことにしました。

東省でしばらく探していると、鍋底のように黒い顔をした大きな男が驚くような速さで進んでいて、それを虬道長が追っているのを見つけました。そこで、男を先に行かせ、剣光を収めて地面におりたのです」

「なるほど、突然、怪我をした二人を連れて現れたので驚いたが、そのようなことであったのか」

虬髯公は、聶陰娘が二人の命を救ってくれたとわかると、何度も礼を述べた。

「虬道長、傷に効く霊薬はお持ちでしょうか？」

「残念だが持っておらぬ」

それから、しばらく考えて、

「この島には金毛狗《きんもうこう》がいるし、三七人参が取れる。金毛狗の髄を塗り、人参を飲ませればよい。ともに霊薬だ」

幸い、傷は命にかかわるほどではなかったし、毒も塗られていなかった。

そこで、聶陰娘は島内を探して金毛狗の髄を細かく削り、二人に痛みを我慢させて鏢を抜き、悪血を出してしまってから膏薬のように貼り付けて傷口に封をした。獺髄膏ほど早くはなかったが、しだいに血が止まって痛みが消えた。やがてかさぶたも取れたが、傷跡は残ってしまった。とはいえ、肩や足なので問題にならない。

虬髯公は三七人参の根を掘り出し、剣で粉末にすると、半分を雲龍に与え、半分を聶陰娘から飛霞へと渡させた。そして一同は、酒で薬を飲むために、にぎわっている街中へと酒店を探しに行った。

四人は酒店の二階に席を取り、酒を頼んだ。

すると、聶陰娘が以前見かけた黒い顔の男が酒店の二階に上がって来た。

男は机をたたいて、「酒だ!」と大声を出す。店員の返事が少し遅れると、男は雷のように怒りだした。悪質だ。

聶陰娘は虬髯公に目くばせし、下の階におりた。

「あの男は?　道長はなぜ、後をつけていらしたのですか?」

虬髯公が答える。

「知らせようと思っていたところだ。

わしは剣光に乗って臨安から城武県に官印を返しにむかった。今の知県は良い役人で、曹州府はもう問題ない。『印を盗んだことは、ことさらとがめない。民たちを不安がらせたくない』とのことだった。心中安堵した。

そして夜に剣光に乗って戻る途中で、あの男に気づいたのだ。あいつは、あちこちで薛飛霞のことを聞きまわっていた。露筋祠で死んだはずなのに、なぜ文雲龍とともに印を盗むことができたのかと不審がっているようだった。

わしは、はじめ、薛飛霞を牢からさらった燕子飛かもしれないと思ったが、燕子飛は背が低いという話だったから、違いそうだ。だが、露筋祠でのことは、我々と燕子飛以外は知るはずがない。どこで聞いたものか。奇妙に思って、確かめようとしたのだ。

そして、城武県からこの劉公島まで、そっと後をつけてきたのだ。あれは、まっとうではない。今日も島内で銀子を盗んでいた。わしは見て見ぬふりをした。行動を探る前に正体がばれてはまずい。

仙姑たちが来て、いったん見失ったが、また見つけた。薛飛霞に、牢からさらったのがあの男かどうか問い、もしそうなら人々のために害を除き、飛霞の露筋祠での恥をそそぐ」

「そういうことでしたか。すぐに飛霞に知らせましょう」

話をしていると、階上から、文雲龍が叱りつける声が聞こえた。

「やるか！」

人と争っているようだ。虬髯公と聶隠娘は、いそいで上階に戻る。

すると文雲龍が激怒し、あの黒い顔の男と手を交えていた。男のほうもひどく怒っている。

「どうしたのだ？」

虬髯公があわてて止めに入る。

「お師匠様、止めないで下さい。酒を飲み終えて下に行こうとした時、こいつが僕たち夫婦に難癖をつけたのです。なぜ夜行服を着ているのかとか、肩や足に血の跡がついているとか。

僕たちが気にせずに行こうとすると、酒代がないから店のつけにしろと強引に言って、僕たちについてこようとしたのです。

店の人が認めずに代金を求めると、こいつは逆に殴りかかりました。僕が文句を言うと、こいつは僕に手を出してきました。放ってはおけません」

そう言っているうちに、店の者が、再び金を払うよう求めた。黒い顔の男はこぶしを振りあげる。店の者が、鼻をへし折られ、満面血だらけになって床に転がった。店にいた人々が叫ぶ。

「まずい、怪我を負わせたぞ」

店員たちが数名ひとかたまりになって、男を取り囲む。黒い顔の男は、足で床を払って乱暴に道を開いて、行こうとする。中のひとりをつかまえ、大きなこぶしを振りあげ、胸ぐらをつかんで殴ろうとした。

虬髯公も腹を立てたが、酒場で争っては騒ぎが大きくなる。また、相手が誰かもわからなかったので、指を三本立てて、相手の左肩を軽く突いた。拳教にある点穴の妙法だ。どんな英雄豪傑も、虬髯公が点穴を使えば、生かすも殺すも思うがまま、恐ろしい威力である。相手も逃れられなかった。だが、虬髯公は死穴を突いたわけではない。

黒い顔の男は、突かれた肩に感じた痛みのあまり、つかんでいた人を放し、虬髯公のほうをふりむき、何か言おうとした。

虬髯公が笑う。

「この程度の腕で大きな顔をしおって。何という名だ、何をしに来た？　本当のことを言えば命までは取らないが、もしわずかでも言い逃れをしたら後悔することになるぞ」

相手はなおも、逃れようとじたばたしていた。虬髯公は、指を二本立て、相手の右肩も軽く突く。相手はまったく動けなくなって、床にまっすぐ立ったまま、大声でわめいた。

「助けてくれ！」

薛飛霞は、見るに忍びず、聶陰娘に取りなしを頼んだ。陰娘が小さな声で問う。

「虬師伯があなたに聞きたかったそうです、この男が城武県で牢破りをしてあなたを連れ出した燕子飛ですか？　あなたのことを聞きまわっていたようですが」

薛飛霞は、しばらく唖然としていたが、相手の様子を見て、言葉を返した。

「燕子飛は背が低かったですが、この男は立派な体格。知らない人です。そんなことがあったのでしたら、お師匠様と虬師伯がはっきりさせて、よしなになさって下さいませ」

聶陰娘がうなずき、虬髯公に知らせようとする。

すると、男が自分から話し出した。

「俺は臨安の者で、姓を烏《う》、名を天覇《てんは》という。友の頼みで東省まで、ある人の消息を調べに来たのだ。

先ほど酒を飲んでいた男女は夜行服を着て、重傷を負っていただろう。悪事を働いたに違いない。しかも俺がどういうことか聞こうとしたら、男は何も言わずに逃げようとした。そこで俺もいそいで下におり、追おうとしたのだ。

だが、残念なことに店主がうるさいことを言って金を欲しがった。俺は金を持っていなかったから、つけにしろと言ったのに、だめだと言うから騒ぎになった。酒を飲んでいたやつは、店主の肩を持って金を出させようとした。それが気に入らねえからやりあいになった。

説明したぞ。さあ、俺を放してくれ」

虬髯公はこれを聞くと、冷たく笑った。

「金を持っていないだと？　朝、十字街の前で盗んだ銀子はどうした？　身から出たさびだろうが！　さて、友というのは誰だ？　何を聞かされた？　何のために酒を飲んでいた男女を問い詰めようとした？」

烏天覇は、隠していたことをばらされて、恥ずかしさが怒りに変わり、態度を一変させた。

「訴えたけりゃあ訴えるがいい、恐れはしないぞ。友の名は燕子飛だ。江湖で知らない者はないだろう。

調べていた妓女の薛飛霞は、城武県の知県の甄衛にたてついて監獄に入れられた女だ。燕のやつが助け出し、露筋祠まで連れ出した。燕のやつは薛飛霞の人並み優れた才能を愛して一緒になりたいと願ったんだが、薛飛霞はうんと言わずに祠の中で頭を打ちつけて死んだ。そこで燕子飛は山東を離れて、臨安に戻った。

最近になって、急に甄衛が死んだと耳にした。しかも薛飛霞と文という姓の男が官印を盗んだのが原因で首をつったんだとか。

燕のやつは、この話を聞いて、飛霞が生きていて、おそらく文というやつの妻となったに違いないと考えた。だが、飛霞はほっそりとした力のない娘、印を盗むなどありえない。何か疑わしいから、俺に探ってきてくれと頼んだのだ。

もし飛霞がすでに死んでいるならそれでしまいだ。だがもしまだ山東で生きていて、姓を燕という命の恩人を忘れて姓を文というやつの妻になっているとしたら、すじが違うのではないか?

さっきの酒を飲んでいた男女のうちの、女の声や顔が、いつも燕のやつが言っていたのとそっくりだったのだ。男のほうは知らないが、もし姓を文というなら、こんな話、燕子飛は認めないだろうな。この烏天覇も絶対に認めない」

この話を聞いた文雲龍と薛飛霞は、怒りのあまりともに進み出て、手を出そうとした。

虬髯公が頭をふって、右手で烏天覇の肩の上をたたく。

「これでどうだ」

バン、という音とともに、頭から床に倒れていた。

雲龍夫婦は相手が死んだと思って、心がすっとした。だが虬髯公が使ったのは解除の技であった。泳がせて、燕子飛のもとにむかわせ、行方を探ろうとしたのだ。

烏天覇は、殺されると思い、骨を折られて地面に倒されたはずが、気がつくとすっかり気分が良くなっていた。両手も自由に動く。そこで虬髯公のことを江湖での友だと考えた。燕子飛と交友があるので手を出してこないのだろう。

動けるようになった烏天覇は、たちまち肝を太くして、身をひねり、店内にいる人々を殴りだした。

「助けてくれ!」

人々が悲鳴をあげて階段につめかけ、階下に逃れようとする。それにまぎれて、烏天覇も下におり、逃げ出した。

雲龍夫婦は、虬髯公が烏天覇を放したのを見て、わけがわからず、驚いて目を見はり、口をあんぐりさせる。

好き勝手を見せられて、雲龍は正義の心を燃え立たせ、師匠の前であることも顧みず、

「あんな傲慢で道理を知らないやつ、世のために成敗してやる」

そう叫んで、追おうとする。飛霞は、傷もまだ治っていないのに戦えないと思い、すぐに後を追った。虬髯公が、そっとつぶやく。

「わかっておる。これもあやつの天数だ」

床に店主が転がっているのを見つけ、残った金毛狗の髄を出して傷を治療した。その一方で、聶陰娘に、二人の後を追って、そっと手助けするように言う。

「にぎやかな街中で、むやみに人を殺すようなことがあってはならない。人のいない静かなところに誘導して手を下すほうがいい。わしも後から行く」

聶陰娘はうなずき、窓から外を見下ろす。見れば、雲龍と天霸が街中で手を交えていた。雲龍は足に傷を負っているため、いくらか足元がふらふらしていて、勝つことができない。脇から飛霞も手助けしようとしている。

聶陰娘は叫んだ。

「待ちなさい。本気でやりあうなら、こんなせまいところではなく、むこうの松林の奥で思う存分ぶつかりあってこそ好漢というものです」

飛霞は陰娘の声を聞いて手を止めた。雲龍には納得できない気持ちもあったが、聶陰娘の意を悟って拳をおさめ、大声で告げる。

「烏天覇、腕を見せてみろ、ついてこい！」

そう言って、大股で西にむかう。

烏天覇は、頭をあげて酒店の上を見た。さきほどの縮れ髯の老人と女性だったので安心し、雲龍に指を突きつけて怒鳴った。

「この烏天覇様が、きさまごときを恐れるか、誓ってもいいぞ」

飛ぶように後を追う。通りにいた人々も、ひとかたまりになって動いていく。陰娘は、彼らが行ってしまってから、階下におり、薛飛霞の後を追いかけた。

一里ほど進むと、ごく小さな荒れ山についた。だんだんと人影はなくなった。野次馬たちも、ある程度追ってもなかなか手合わせがはじまらないので、ほぼいなくなったようだ。

雲龍がふりかえると、なおも天覇がぴったりとついてきているので喜び、そっと思った。

（こいつは乱暴で力が強い。足の傷のこともあるし、頭を使おう）

山のふもとに大きな木があったので、樹上に跳びあがり、烏天覇が近づくのを待って、寒鴉撲水の勢で背後から殴りつけた。思ったとおり烏天覇は備えておらず、後ろの物音に気づいてふりむいた時には、雲龍に左脇を打たれて、痛みのあまり、ギャッと叫ぶ。

手を動かして迎えようとすると、今度は右脇に拳が飛ぶ。双龍探穴だ。天覇も知ってはいたが、止められなかった。大きく叫んで身を曲げる。足払いをかけようとしたが、雲龍は殴った後すぐ木の上に戻っている。烏天覇は腹を立て、雷のような声でののしった。

「ちょこまかと、ふざけた真似を。殺してやる！」

痛みをこらえながら、命がけで木に跳びあがる。

雲龍は日頃の技の見せどきだとばかり、両足で木の枝をがっちりはさみ、体を半ば木の外に出して、天覇がのぼってくるのを待ち受けた。

ここぞとばかり、両こぶしをこめかみめがけて全力で打ちつける。猿猴献果だ。天覇は脳漿を飛び散らせながら地面に転がる。すでに生きてはいまい。

雲龍はなおも木の上から大声で叫ぶ。

「烏天覇、起きて、かかってこい！」

そのとき、聶陰娘や薛飛霞が到着した。烏天覇がすでに死んでいるのを見て、文雲龍におりてくるように言う。

しかばねを谷に放りだして立ち去ろうとした時、雲龍は力が抜けてしまい、草の上でしばらく休んだ。丁度そのとき、虬髯公が現れた。

「天覇はどうなった？」

雲龍が子細を話し、死体を谷に捨てたと告げると、虬髯公が言った。

「してきた罪を思えば死んで当然だ。はじめは生かしておいて、燕子飛の消息をつかもうと思っていたがな。文徒弟に打たれて死んで、世の害がまたひとつ除かれた、痛快だ。

ただし、ここは荒れ山とはいえ、持ち主がいるはずだ。しかばねを化骨丹でとかしてしまおう。谷に捨て置いて、関係のない人に罪をかぶせることになってはまずい」

聶陰娘も言う。

「わたしもそう思ったのですが、丹薬を持っていませんでしたので」

「わしが持っておる。行って、すっかり消し去ってしまおう」

そして雲龍に先を行かせ、二人の仙人と二人の侠客は山中の崖から谷を見下ろして死体を捜した。しかばねは岸近くにあり、そのあたりの水が風もないのに動いていた。

谷に満ち引きがあるわけがない。いぶかしんで聶陰娘が雲龍夫婦にたずねる。

「しかばねを捨てたのは、岸近くでしたか、それとも谷の真ん中でしたか？」

雲龍が答える。

「谷の真ん中です。水で岸近くまで流されたのでしょう」

聶陰娘は何も言わなかったが、疑問を感じて、あたりを気をつけて見る。人が来た様子もなく、鳥の声もしない。変わった様子はない。

虬髯公もあたりを見まわし、何の動きもないのを確かめた。そして、上着を脱いで雲龍に手渡すと、身をひるがえして谷にひと跳びした。木の葉のように軽々としていて、力を入れている様子はない。さらに不思議なことに、両足で水面を踏み、平地のように進んでいく。沈みもしない。雲龍夫婦は、ますます敬服した。

虬髯公は谷におりると、小さな皮袋を取り出し、袋を傾けて淡紅色の薬を出し、死体にむけて指で弾き飛ばした。不思議にも、しかばねは、みるみるうちに骨までとけて血のような赤い水になり、影も形もなくなった。

虬髯公が身を躍らせて、山に飛び戻る。

そのとき、中腹の柳の木がゆれた。木の上に人がいるように思える。確かめようと思っている間に、何か烏のように黒いものが木の上から飛びおりた。人間のようだ。

「あれは何だ？」

見ていたみなが声をあげる。

黒い影は、やがて薛飛霞に近づいて来た。

飛霞は、驚いて宝剣をいそいで抜いたが、剣が抜けた時にはもう、どこへともなく行ってしまった。目が利いて手が早い虬髯公が、

「何者だ！」

と叫び、たちまち剣光に乗って飛ぶように追う。聶隠娘も上着を脱いで飛霞に渡し、剣光を使ってすぐ後を追う。雲龍と飛霞も追おうと思ったが追えるものではない。世の中にはすぐれた人がたくさんいるのだと驚きもし感心しもしながら、山中で帰りを待つばかりだった。

だが、思いがけないことに、日が西に傾いても二人の仙人が山に戻らない。二人はやむを得ず、山を下ろうと相談した。それぞれ師匠から渡された上着をかけて夜行衣を隠し、人に見られて面倒なことにならないようにした。

薛飛霞は、こういった暮らしにはうとく、雲龍にたずねる。

「どこに宿を取ればいいのでしょう？」

雲龍が言う。

「廟でも探して夜を明かし、明日、師匠たちに会えたら、この後どうするか決めるというのでどうだ？」

飛霞がうなずいて同意を示し、二人は進みはじめた。

第十二章　燕子飛

虬髯公《きゅうぜんこう》と聶陰娘《じょういんじょう》が追った相手こそ、臨安《りんあん》の極悪人・燕子飛《えんしひ》であった。燕子飛は露筋祠《ろきんし》で薛飛霞《せつひか》が頭をぶつけて死んだ後、臨安に逃げた。事件が大事になってしまったため、発覚を恐れて、行方をくらまし身をひそめて、外にも出なければ悪いこともせず、静かに暮らしていた。

そのとき、空空児《くうくうじ》が丁度、臨安でこれという人物を探していたのだが、なかなか見つけられていなかった。

ある日、空空児は、道ばたで偶然、燕子飛と出会った。背が低くて精悍で、ただ者と思えなかった。しかも動きは素早く、どこかで腕を磨いたことがありそうだ。

空空児は、わざとぶつかって、相手の腕を試そうとした。

燕子飛は目ざとく、前からぶつかってくる空空児を見て、いそいで体を斜めに傾けて、するりとよけた。

空空児は空振りし、相手の目の確かさや、足運びなど、見るべきところがあるとひそかに賞賛した。では、気性のほうはどうだろうか？　そう思った時、燕子飛が、空空児が若くて体も小さいのを見て、何を思ったか、逆に、にこにこと話しかけてきた。

「道を行く時には、どうかお気をつけ下さい。幸い俺だから避けられましたが、他の人だったら、ぶつかって怪我をしていましたよ」

空空児は、相手がなごやかに話したので、喜んで返事をした。

「いそいでおりましたので、どうかお許し下さい。ところで、哥《にい》さんはどなたですか？　どちらにお住まいで？」

燕子飛は重罪を犯した身であるので、名前や出身を聞かれて、とまどいながら、さりげなく受け流した。

「偶然お目にかかっただけのこと、名など聞かれてどうなさいます、ではこれにて」

拱手し、行こうとする。空空児は、名を教えないのを侠士の行いだと勘違いし、さらに意識して、拱手して言う。

「他意はございません。貴殿のお姿が颯爽としていて、気構えも並外れておられるのを見て、お名前をうかがい、尊敬の気持ちを表したかっただけでございます。それほどお隠しになるとは、嫌われてしまいましたかね」

燕子飛はこれを聞き、空空児の様子を観察し、悪意はなさそうだと判断して口を開いた。

「わたくしの姓は燕、字は子飛、臨安の者です。ご尊名は？」

空空児は笑って、

「名乗るほどの者ではございません。縁があれば、いずれわかります。ただ、本日は教えていただきたいことがございまして。よろしいでしょうか？」

「はっきりおっしゃって下さい」

「わたしも武芸をたしなんでおりまして、友をたずねてきたのですが、先ほど貴殿が身を避けた手足の素早さを拝見し、手練れの方とお見受け致しました。あちらの開けたところで一手ご指南いただければと存じますが、いかがでしょうか？」

燕子飛はこれを聞くと、空空児が自分よりも小さくやせていて、十四、五歳の子どもほどにしか見えなかったので、勝ったも同然と思って言った。

「私と腕を比べたいとおっしゃるのですか。造作もないことです。ただ、先にお話ししておきますが、うっかり手が当たって万一のことがあっても後悔なさいませんか？」

「もし打ち殺されても恨みは致しません。逆に、貴殿がわたしに勝てなかった時はいかに？」

燕子飛は冷笑し、何の気もなく言った。

「もし勝てなかったら、あなたを師匠とお呼びするということでいかがでしょう？」

空空児はこれを聞いて大喜びし、

「君子たる者、二言はございませんね。では、参りましょう」

二人はにぎやかな街を離れ、広々とした平らな場所を選んで手合わせをはじめた。

十数回と拳を合わせないうちに、燕子飛はすでに、相手をしきれなくなっていた。

(このガキ、これほどとは。これまであげてきた名を、こんなやつのせいで落とすことになるとは。それにしてもこいつはどこで腕を磨いたのだ。うまく引っかけられたものだ)

そこで手の届かないところに跳びだして、

「すばらしい拳ですな。あちらのあたりでもう一勝負いかがですか?」

普段から飛んだり跳ねたりには自信がある。斜めにむかってひと跳ねし、五丈ほど飛ぶように進んで、行ってしまおうとした。だが、空空児は驚きもあわてもせず、軽く身を躍らせ、すでに燕子飛の前方にいる。

燕子飛は、驚いて色を失った。

(こいつの腕は、実は俺の十倍以上だ。口に出してしまったことだし、こいつを師匠と呼んでみたらどうだろう。もしそのつもりがなかったなら、また逃げようとしても遅くないだろうし、もし本当に師匠になる気があるなら、教えを受ければ、今後は、江湖で暴れまわるどころか、天の果てまで駆けめぐれるぞ)

方針が定まると、すぐに両膝をついて跪いた。

「お師匠様、以後は決して無礼を致しません。どうか門下にお加え下さい。受け入れていただけますでしょうか?」

空空児はこれを見て、楽しそうに声をあげて笑った。両手で助け起こして言う。

「そうだな、本当に俺を師匠にしたいというなら、三つ守らなければならないことがある。それができるなら、いずれ日を選んで絶技を授けてやろう」

「その三つとは？」

「第一に、技を学んでからは、力を使ってみだりに殺生をしてはならない。第二に、女性にみだりなことをしてはならない。第三に、私怨を勝手に晴らしてはならない。

ひとつひとつをつつしんで守ると、天に誓いを立てろ。追い追い、拳術だけでなく、剣術も教えてやろう。三つの禁を犯さずにいられるか？」

燕子飛は、さらに剣術もと聞いて、これは仙人に違いないと悟ったので、よどみなく返事をした。

「ひとつひとつを肝に銘じ、決して違えません。もし誓いを守らなかった時は、乱剣の下で死にますように。

お師匠様、いつどこで再会し、お教えを賜れますでしょうか？」

空空児は、相手がすらすらと答えたので、善良な人物だと思い、喜びを禁じ得なかった。すぐに吉日を定め、杏林橋にある燕子飛の家で再会することにし、太元境から徒弟を求めに下界に下ったといった事情をすっかり明かした。燕子飛は望外のことに大喜びし、叩頭して感謝を示し、ほどなく去った。


約束した日がおとずれると、空空児は青い芙蓉剣を取り、燕子飛に机を用意させ香をたかせて拝ませた。それからあれこれと技を伝える。

燕子飛はもともと武芸に通じており、あっという間に進歩した。数日とたたないうちに、空空児はすべてを教え終えた。子飛は気を入れて学び、たちまち師匠を超えるほどに腕をあげていく。

ある日、空空児は、山東にむかった黄衫客や紅線はどうしているかと思い、子飛と別れて山東にむけて立った。ちょっと行ってくるだけのつもりだったが、そのころ、黄衫客たちは城武県で活動していて、空空児は消息をつかめず、なかなか帰ることができなかった。

燕子飛のほうは、師匠が去った後、だんだんと昔の癖が出て、薛飛霞のことを思い出した。絶世の美人が露筋祠で死んでしまったことが、ずっと心にわだかまっている。たまたま悪行仲間の烏天覇がこれを聞いて、

「燕兄貴、兄貴はずっと家で武芸を学んでいて出てこなかったから、外の状況を知らないかもしれないが。兄貴の話の薛飛霞は生きているかもしれないぜ。

城武県から戻ってきたやつが、城武県の知県の甄衛が首をつったと話していて、一人の男と一人の女が官印を盗んだ刺客として手配されているそうだ。

その女の名前が、まさにその薛飛霞というんだ。兄貴が逃げた後、その薛飛霞を救い出したやつがいるのかもしれないぜ」

燕子飛はこれを聞いて、しばらくぼんやりしていた。だが、非力な薛飛霞に刺客などできる

わけがない。信じられなかった。

烏天覇が言う。

「簡単じゃないか。近いうちに山東へ仕事をしに行くところだったんだ。兄貴も一緒に行って、真相を突き止めたらどうだ？」

「行くのはいいんだが、二人で行って、もし山東で、先に行っている師匠に、おまえの仕事のことがばれたら、まずいことになる。おまえは先に行ってくれ。何日かしたら、俺も行く」

天覇は、もっともだとうなずいた。

期日を約束して旅立ち、天覇は城武県で薛飛霞の形跡を探ったが、見つけられなかった。数日とどまって、表に出せない仕事をしたが、燕子飛はまだ姿を見せない。

そのころの県の取り調べは厳しく、よけいな悶着を起こしたくなかったので、城武県を離れ、臨安に戻ろうと考えた。そして思いがけず、劉公島で文雲龍夫婦と出くわし、戦って死ぬことになった。最後まで燕子飛とは会えずじまいだったのだが、雲龍夫婦が谷に烏天覇の死体を捨てた後、燕子飛がそこを通った。

谷で死体を見つけた燕子飛は、それが烏天覇だと気づき、いったい誰にやられたのかと驚いた。

水に入り、死体をかついで陸にあげようとしたのだが、思った以上に谷が深く、引き上げることができなかった。そこで死体を岸近くに放って、自分は山の中腹に跳んでいった。藤づるを手に入れて死体を引き上げるつもりだった。

そこへ虬髯公たちが来て、風もないのに水面が動いているのを見て疑い、あたりを見まわした。

そのとき燕子飛は、藤づるを取るのに気を取られていて、気づくのが遅れた。藤づるを集めて谷に近づくと、人の声がした。あわてて藤づるをばらまき、柳にのぼって下を見ると、虬髯公が水の上に立ち、死体をとかして消した。

さすがの燕子飛も、これを見て寒気を覚え、しばらく樹上でガタガタと震えていた。思いがけず虬髯公に見つかり、逃げ場がないとわかると、勇気をふるって木から跳びおり、薛飛霞の近くを通り過ぎながら、あわただしく観察した。はっきり顔を見ていないうちに、飛霞が剣を抜いて斬りかかってこようとしたので、そのまま飛ぶように逃げた。

虬髯公が追ってきた。さらにその後からは聶陰娘の剣光が、風のように来る。

(この二人は、おそらく剣侠だ。日頃から跳びまわる技を鍛えてきたが、こいつらの神速には対抗できない。幸い、師匠からすでに剣遁法も教えてもらった。どれほどの威力があるか、今こそ試してやる)

そう考えて、いそいで仙剣を制御し、風にむかってひとゆらし、口で秘伝を唱え、両足で登ると、はたして空中にふわふわと浮かび、進み出した。

後を追う虬髯公と聶隠娘が、まさに追いつこうという時、ふいに、ひとすじの青い光が現れ、相手を天へと連れ去った。二人の仙人は、ひそかに気づく。

（これは、一門と同じ技。ここでこのような神通を見せながら、顔を合わせようとしないとは）

疑念を抱きながら、長い時間追いかけたが、相手の剣光が自分たちと同じように速く、追いつけない。

やがて日が西に傾いた。どれほどの距離を進んだかわからない。虬髯公は思いついて、空中で剣光を収め、しばらく追うのをやめて、相手の出方を待った。聶隠娘も意を悟り、剣光を収め、空中に止まる。

燕子飛は、さらにしばらく進んだが、後ろに誰もいなくなると、ゆっくりと剣光を収めて地上におりた。かつてないほどの驚きだ。

虬髯公と聶隠娘は、近くからしっかりと見て、再び剣を動かし、先ほどの剣光が消えたところめがけてゆっくりとおりた。燕子飛の背後十丈ほどのところである。

燕子飛は気づかず、気を落ち着けて、さらに前へと道を探る。虬髯公と聶隠娘は遠くから動きを見ていた。よくわからないが、道を行く時に体を傾け、善良な人とは思えない。

聶隠娘はふいに、薛飛霞を救った時に路上で見かけた人を思い出した。同じように体を傾けて、飛ぶように走っていた。後に薛飛霞から聞いた燕子飛の姿と、この相手の姿は似ている。探していた相手がまさか、目前を走っていったとは。いそいで虬髯公に知らせると、

「わしもそうではないかと思っておった。だが、どこでこの剣術を習ったのだ。われらの教えを悪事に使わせるわけにはいかない。

もう遅いから、おそらく雲龍と飛霞は山をおりているだろう。我々はそっとやつの跡をつけ、何をするか見て、真相をはっきりさせよう」

陰娘がうなずく。

しばらく見ていると、相手は、人に道をたずねて向きを変え、とある村へと進んでいった。あたりじゅうに柳が生え、緑にけぶり、そのまま絵になりそうな風景である。村人は数百人程度だろうか。世を離れた桃源郷のような、幽雅な場所だ。


すでに夜であった。燕子飛は空腹を覚え、両開きの扉がついた、ほどよい大きさの酒場に入り、夕食を取った。虬髯公と聶陰娘も一緒に中に入る。燕子飛が二階の部屋の右のほうに座るのを見て、二人は、部屋の左のほうの遠くに席を見つけ、酒と果物を頼んだ。陰娘は子飛をよく観察し、あの姓を燕という男に八割り方間違いないと判断した。

酒店のむかい側に、高い大きな建物がある。村内で最も栄えていそうだ。燕子飛は、酒を飲む一方で、片方の目でそちらを見て、うわの空といった様子だ。食事を終えると、窓辺からも

う一度よく見て、すぐに下におり、会計をして出て行った。虬髯公と聶陰娘も金を払い、前後して店を後にする。

店を出てしまうと、聶陰娘は小さな声で言った。

「姿も行いも、燕子飛に間違いありません。さっきお酒を飲んでいる時に、あちらの建物から目を離さなかったので、今夜何かしでかしそうです。放ってはおけません」

虬髯公も小さな声で、

「道姑の言うとおりだ。今は好きにさせていいだろう。今夜静かになったら、わしはあの家の屋根にひそむ。道姑は門で様子を探り、あの悪賊をつかまえる手助けをしてくれ」

「そう致しましょう」

道にいた老人に虬髯公が話を聞くと、この村は臨安紹興府の山陰県にある柳葉村《りゅうようそん》といい、あの大きな建物は柳青《りゅうせい》という人物の家で、もとは礼部《れいぶ》の役人であったが、奸臣がはびこっているのを嫌って役を退いて帰ったそうで、好人物だという。また、先ほどの酒場は人を泊めず、毎晩戌の刻（午後八時前後）には閉まってしまうという。

二人は、朱色の扉の小さな土地神の廟で、住み込みの老道士に頼んで宿を借りた。

燕子飛を追って臨安にまで来てしまっていたとはと、その足の速さに驚き、剣術の腕も相当と思われ、各々気を引き締めた。

深夜の三更になると、二人の仙人は、庭から屋根に跳びあがり、すぐに柳家の門前についた。聶陰娘は仙剣をたずさえ、大門の外の軒端にひそむ。虬髯公は中に進み、室内に耳をそばだてたが、何の物音もしなかった。まだ燕子飛は来ていないようだ。と思っていると、家の奥で、子犬が二度ほえ、それきり静かになった。

虬髯公は身をひるがえし、奥にむかった。東を見ると部屋の一つから明かりが漏れている。その布張りの窓に、動いている人影が映った。

「ぬかった！」

虬髯公はひと声叫び、さっと屋根の上にむかう。四、五枚の瓦を取り払い、下を見ると、美しい女が寝台で眠っている。寝台の前にはひとりの男がいて、絹のとばりを開いている。手にした灯火で寝台の上が照らし出される。

「何者です、大胆な！」

女が大声で叫ぶ。

男は何も言わず、手ぬぐいを取り出して女の口に押しこんだ。声を出せないようにしておいて、片方の手で灯火を置き、もう一方で強引に服を開く。

虬髯公が見れば、まさに、あのとき追っていた相手だ。怒りのあまり、心ならずも屋根の上から大声で怒鳴りつけた。

「無礼者が！」

両足をつくと、ガラガラと音がして、三、四本の垂木が折れ、下に跳ね飛んだ。燕子飛が仰天する。灯火の中に現れたのを見れば、劉公島で水面に立ち、死体をとかした人である。泡を食って、階下に跳んで逃げようとしたが、自分も屋上から忍び込んだので、窓が開いていない。飛び出すことができず、やむなく、不慣れながら怒鳴り返した。

「何者だ、この燕子飛の邪魔をする気か。この剣を食らえ！」

言い終えると青い芙蓉剣を持ちあげ、虬髯公の顔面めがけて斬りつけた。

「やはりきさまが燕子飛だったか。燕賊、城武県でしたことを忘れたか？　引っ捕らえてやる！」

剣を取ってぶつかりあう。寝台の中の女は、屋根から飛びおりてきた髯もじゃの老人と男が武器を取って命のやりとりをしているのを見て、汗を流し、ぶるぶると震えている。と、急に、口に詰められた手ぬぐいを取り出し、大声で叫んだ。

「誰か助けて！」

小さな足で寝台のへりをたたき、太鼓のようにドンドンと打ち鳴らした。柳青夫婦をはじめ家じゅうの者が驚いて目をさます。「どうした」「何があった」と、こけつまろびつ、四、五人が駆け込んできた。

部屋の中には剣戟の響きが満ち、老人と背の低い男が殺しあっている。柳氏は驚いて後ずさりした。何が起きたかわからないが、どちらかは悪者に違いない。柳氏は下僕に命じた。

「いそいで銅鑼を鳴らせ。強盗が入ったと近所のみなに知らせて、捕らえるのだ」

たちまち銅鑼が響いて、村じゅうの人に知らせがまわる。燕子飛は人が多くなると逃げにくくなると思い、あわてて手をすべらせたふりをして、虬髯公が打ちこんだところで、芙蓉剣をひと振りして上に跳び、屋根の上から飛ぶように逃げた。虬髯公も見のがさず、剣光に乗って追う。大門を守っていた聶陰娘も、家の後ろからひとすじの青い光がさしたのを見て、燕子飛が逃げ出したに違いないと思い、屋根を使うまでもなく、斜めに駆けだすとともに剣光をあやつり、きびしく追った。


半里ほど先に、松針嶺《しょうしんれい》という険しい高山がある。虬髯公は大急ぎで追いながら考えた。

(こんな苦しい思いをして駆け回って、どこで追いつけるかもわからん。剣を飛ばして斬って、人々のために害を取り除くにしくはない。うむ、よい考えだ)

考えがまとまると、剣を収めて峰に降り、手にした屠龍宝剣を放りあげ、宙を飛ばせて、燕子飛の背後から斬りつけた。

屠龍剣もまた、仙家の至宝。黄衫客の飛龍剣と同じぐらいの力を持つ。ただ、飛龍剣は一対、屠龍剣は一本だ。

ひとすじの剣光が、雪よりも明るく輝いて燕子飛の背後に落ちかかる。だが、子飛が乗っている剣遁の速度は極めて速い。耳元で、ビュッという音がし、突然、冷気が来て、燕子飛はひどく驚いた。

あわててふりむくと、剣が飛んでくる。相当な切れ味と思われる。およそ二尺の近さにまでせまっていたため、魂が抜けてしまう思いがし、

「ここまでか」

避けられそうにないとわかると、青い芙蓉剣を力いっぱい、後ろにむけて打ちつけた。屠龍剣が、まさに斬ろうとした時だ。剣と剣がぶつかる。

ドーンという音とともに、あたりの山々までもが震えた。虬髯公は、思ってもみない反撃に、ひどく驚いた。

燕子飛のほうは、剣光を動かしてしまったので空中に立っていることができず、下にむかって落ちていき、地面に転がった。天も地もなくくるくるとまわり、手も足も思うようにならない。

子飛が山頂に転げ落ちると、屠龍剣は目がついているかのように、きびしく後を追いかけ、寒々とした光を放ちながら、後ろから斬ろうとした。

「うわっ！」

燕子飛が声をあげる。

と、幹がひと抱え以上ある太い木がかたわらにあった。子飛は、木のまわりをくるくるとまわって剣をかわそうとした。せわしなく動いて、わずかさえ立ち止まらない。すると、天を震

わすような音が響いて、大木が真っ二つになって倒れた。

燕子飛は目ざとく、驚蛇入草の勢で斜めに飛んで間を縫って逃げた。わずかでも遅れれば大木に押しつぶされているところであった。

聶陰娘は星あかりの下で、屠龍剣が大木を切り割るのを見た。だが、燕子飛を斬ることはできなかった。激しい怒りをあらわに、手にした穿虹剣を飛ばして燕子飛を斬ろうとする。たちまち、ひとすじの虹となって子飛にせまる。

燕子飛は、ちらっと見て、

（一本でも手に負えないのに、もう一本とは。今夜はついていないようだな）

やむを得ず、芙蓉剣の力に頼って、命だけでも長らえようと、いそいで心を落ち着かせると、穿虹剣が近づいた時を見計らって、剣をあげ、力いっぱい迎えた。ぶつけて間をあけ、機を見て逃げようとした時、またしても後ろから屠龍剣がまっすぐに飛んできた。燕子飛は体を回転させ、剣で防ぐ。

たちまち、三本の仙剣がチンチンカンカンと、山頂で激しくぶつかりあう。だが、青い芙蓉剣は五花剣の中で最も切れ味が良い。燕子飛の手足もまた、はなはだよく動く。このため、屠龍、穿虹の二剣は、なかなか勝てない。

およそ半時、燕子飛はなんとか相手をして、息を切らせ、汗だくになったが、足に乱れはなく、心も落ち着いていた。虬髯公と聶陰娘は、奇妙に思った。

やがて五更を過ぎ、夜が明けてきた。この松針嶺は荒れ山ではなく、明るくなれば人が行き来する。遠くから足音がして、十数人の野菜売りの里人が、野菜をかついで通りかかった。山陰県の朝市にむかうのである。

これを見た燕子飛は、一計を案じ、芙蓉剣で五花蓋頭の勢を使って二本の剣から身を守り、体を丸くかがめて、両足で山の下方へと跳び、飛虎離山の勢で十丈ほどの高さを飛びおり、里人の前におりた。

「助けてくれ！」

大声で叫ぶ。里人たちは、みな驚いて、野菜を放りだし、あわててたずねる。

「どうしたんだ？」

「俺は臨安に住んでいて、昨日親戚を探しに来たんだが、途中、この山の上で男一人女一人の二人組の強盗にあって、荷物を奪われた。さらに殺されそうになったんだ。幸い、少し武芸をたしなんでいたので、山頂で長いことやりあって、なんとか殺されずにすんだ。みなさんが来てくれて助かった。二人の強盗は山をおりて逃げるかもしれない。どうか憐れと思って、盗人をつかまえるのを助けて、害を除いてくれ。ついでに荷物も探してくれ」

人々は、これを聞いて驚き、

「この松針嶺には盗人など出たことがない。強盗はどっちから来たんだ？　今はどこにいる？

詳しく教えてくれ。送っていこう」

燕子飛は山の上のほうを指さし、

「あの山頂に立っているのがそうじゃないか？　ひとりは老人で、ひとりは女だ」

人々が顔をあげて見ると、朝の光の中でぼんやりと、男女二人が山の上に立っているのが見える。雪のようにきらきらとした二本の宝剣を手にしていて、その冷たい光が山の下にまで届いている。人々は声をそろえた。

「なるほど、盗賊だ。すぐにつかまえてやる」

いっせいに、集まって山を登りだした。

虬髯公と聶隠娘は、斬ろうとした燕子飛が山の下に逃げ、人々が集まっているのを見て、朝のおぼろな光の中で見誤って近くの人を傷つけることを恐れ、仙剣を収めて峰の上に立ち、追うか、別の機会にするか考えていた。

そのとき、燕子飛にだまされた人々が、がやがやと山に登ってきた。聶隠娘は話をしようとしたが、虬髯公は、話の通じない相手に話をしても無駄だとして、近づいてきた人々を、大声で叱りつけた。

「手を止めろ。わしたちを強盗だと思って、捕らえて突き出そうと思っているようだがな。そっちの背の低いやつこそが悪人だ。そいつもつかまえるのがすじだろう。わしたちの話も聞いてほしい。でなければ、この件には関わらないことだ」

里人たちは笑って言う。

「あいつはおまえら二人に荷物を奪われたと言っていた。悪人なものか。つべこべ言わずにおれたちと県の役所に行くんだ」

言いながら、腕をさすってつかみかかろうとする。虬髯公は、ものわかりの悪さを見て、ハハハと笑い、

「年寄りの話を聞かず、そいつを野放しにすると、やがて県じゅうを騒がすぞ。だが、これも天命であろう。しばらくは命を預けてやる。わしらは去るぞ」

そう言うと、剣をきらりと輝かせ、影も形もなくなった。聶陰娘も虬髯公に続いて剣遁に乗り、空中から声をかける。

「事情も知らずに禍根を残すとは。きっと大事になりますよ」

言い終わらないうちに、どこに行ったかわからなくなる。人々は呆然と目を見開いて、

「強盗ではなくて、本当の仙人だったのか」

次々と両足で跪いて、地面に頭をすりつけた。

燕子飛は人々の多くが空にむかって拝礼しているのを見て、逃げる好機と思った。

軽く仙剣をゆらして、剣光に乗って東にむかう。

叩頭を終えた人々が話を聞こうとした時には、すでに姿を消していた。みなはまたしても

あっけにとられる。あたりの山を探しても探し出せず、こう言いあった。

「きっと妖怪だったんだ。天の決まりを破って、仙人に殺されるところを、俺たちが放してしまったのかも」

「妖怪が化けていたんだ」

人々は、ああだこうだと、たあいもないことを言って時間をつぶし、ずいぶん長い間、山に集まっていた。

第十三章　悪僧

燕子飛は、運良く虎口を逃れ、松針嶺を離れて東にむかった。二里ほど行くと、腹が減り、体にもひどい疲れを覚え、店を探して食事をし、体を休めようとした。

剣光を収めて地に降り、道を行く人にたずねると、ここは山陰県の北門までそこそこ距離がある大きな街で、三岔道《さんたとう》と呼ばれているという。三つの道の合流地点だ。北に行けば山陰県の北門まで、およそ五里。東に三里ほど行けば九折岩《きゅうせつがん》という険しい高い山。西には先ほどの松針嶺。ただ南だけは道がなく、大きな河が流れている。

燕子飛は宿屋を兼ねた飯屋を探して朝食を取り、先も大変そうだし体も万全ではなかったので、部屋の戸を閉めて、ぐったりと寝込んだ。

夜になって、ようやく起き、ぼんやりと室内に座って昨夜のことを思い出した。まったく危ないところだった。

（あの年寄りと女は、いったい誰だ。薛飛霞はなぜ死んでいなかった。しかも動きから見て、武芸を身につけていたようだ。脇をすり抜ける時に、剣で斬りつけてきた。極めて切れ味のいい剣だった。飛霞と一緒にいた若い男が文雲龍に違いない。あいつも腰に剣をさげていたな。

おそらく武芸の心得があるだろう）

（それにしても、烏天覇は無残だったな。あれでは死因も調べられない、まったくやっかいだ。いつになったら仇が討てるやら）

あれこれと考えていると、店員が部屋の戸をたたいた。

「お目ざめでしょうか、調子はいかがですか？　昼食は召し上がらなかったようですが、夕食はどうなさいますか？」

子飛は部屋の戸を開けて答える。

「少し早いが、夕飯を持ってこい」

頼んでしばらくすると、店員は酒と食事を並べ、一対の明かりをつけて、子飛が食べ終えるのを待って食器を下げた。

「火の元にお気をつけになり、明かりを消してからお休み下さい」

「わかった」

再び扉を閉め、明かりを吹き消して、寝台で寝ようとした。だが、昼のうちに寝すぎていて、横になっても眠れない。道を行く人の声もしだいに途絶え、亥の刻（夜十時頃）近くになったが、まだ目がさえてしまっている。子飛は、起き上がって窓のそばに寄った。

（そう言えば、昨夜は柳葉村で女をものにしそこねたな。金銀の一錠さえ盗れなかった。人気のない今夜を見のがす手はない。ちょっと外に行って金目の物を盗ってこよう、それがいい）

そう決めると、芙蓉剣を取り、軽く窓を開き、屋根の張り出しへと跳びあがった。足先を軒に鉤のように引っかけて身をひねり、窓を閉めると、さっさと大股で、家々が密集しているところを選んで進んだ。

道をよく知らなかったので、宿屋を出て南にむかった。二、三百軒行く間、小さな店はいくらかあったが、財を集めていそうな大きな店はなかった。やがて、大河についた。道がなくなったので引き返し、足にまかせて北にむかう。今度は少し見られる様子になってきた。さらに二百軒ほど行くと、花屋街で二間ほどの店を見つけた。前面が店で、裏が住まいになっている、なかなかの構えだ。

燕子飛は立ち止まり、あたりを見まわして、盗みに入ろうとした。そのとき、東の塀でタッと音がして、一人の人がそっと跳びあがるのが見えた。昨夜の縮れ髯の老人かと思って驚き、あわてて剣を抜き、身をゆすって剣光で姿を隠し、跳び過ぎながら様子を見る。

それは二十歳あまりの太った和尚だった。袖の小さな黒い僧服を着て、頭には黒い僧帽をかぶり、足には底の薄い僧鞋。腰には戒刀を挿し、衣服と思われる小さな包みを手に持っている。屋根から軽く跳んで地面におりていった。

(妙だな)

燕子飛も相手の後を追って下におりた。声はしない。気づかれていないようだ。

見れば相手は脇にある寝室へとあわただしくかけていく。部屋の戸を指で軽く二度はじくと、中から美しい夫人が現れた。二十歳ほどで、少し古びた青い上着をはおり、薄い赤の褲子《ズボン》だけで上に裙子《スカート》もつけていない。足には睡鞋（就寝時用の柔らかい靴）を履いていて、動いても音がしない。和尚を見ると、とても嬉しそうに手を引いて部屋に入る。

燕子飛は、すぐにピンときた。この悪和尚と婦人は会う約束をしていたのだ。

（まだ若いようだが、家の者もあるだろうに、大胆なことをする。ひとつ驚かせて、女を手に入れてやろう。薛飛霞ほどの美貌ではないな。昨夜の柳葉村の女と同じぐらいか）

そう思うと、部屋の戸を軽くたたいて、「悪者を捕らえろ」と、押し殺した声で叫ぶ。するると、和尚が戒刀を手に、素早く飛び出してきた。女のほうもおびえて、和尚を押しだす。

燕子飛は、戸が開くのを見ると、身を片側によせ、逃げて行かせようとした。だが、和尚は目ざとくて、部屋から走り出ると、刀を抜き、燕子飛の肩に切りつけた。子飛は体を斜めにしてかわす。刀が空を切り、和尚は前にぶつかった。その隙に、子飛は、パッと部屋に飛びこむ。和尚は戒刀を収め、身をひるがえして室内へと追って入る。

婦人は、見知らぬ人が部屋に入ってきたのを見た。家の者でもなく、しかも武器を手にしている。何が起きたかわからず、ぶるぶると震えながら叫んだ。

「何者です」

子飛は、さっと近づき、いそいで左手をのばして婦人の口を塞いだ。一方で、和尚が室内に戻って近づいてくるのを見て、右手で剣を起こし、頭の上へと飛ばす。寒々とした光がせまり、和尚はまぶしくて目を開けられなくなった。戒刀で刺そうと思った時には、子飛の剣を顔に受け、光る大きな頭を二つに切られて、鮮血を飛び散らせて息絶えていた。

子飛は倒れて音を立てないように、剣の先でしかばねを止めて、軽々と庭へ蹴り出した。庭じゅうには草が生えていて、柔らかくて音が立たない。奇妙なことに戒刀はなおも手の中にあって、地面に落ちていなかった。仙剣がどれほどするどいかがわかる。

婦人は驚いてガタガタと震えながら、地面に跪いて、「命ばかりはお助けを」と連呼する。

子飛は宝剣を収め、女を手で引き起こし、耳元で言う。

「声を出すな。聞きたいことがある。この悪僧は何という？　どこの寺にいる？　来るようになってどのぐらいたつ？　ここは誰の家だ？　おまえは何者だ？」

「この僧は性空《せいこう》といい、近くの鉄仏寺の僧侶です。小さい頃から武術に通じ、生鉄仏と自称していました。ここへ来るようになってひと月未満です。焼香に行ったのが最初でした。この家は賈《か》という姓で、私の実家は刁《ちょう》という姓、夫の名は仁《じん》。家にはさらに正室がいますが、子どもはありません。花を商っています。すべて本当です。好漢さま、どうか命ばかりはお許しを」

「そうか。許してくれというなら、許してもいいが、ただひとつ頼みたいことがある」

刁氏が言う。

「どのようなことでしょうか？」

子飛は笑いながら、

「言うまでもない。髪のないやつが死んで、髪のある俺がここにいる。これまでのように、夫に隠れて毎晩来る、というのはどうだ？」

刁氏はもともと軽薄なたちで、賈仁のおかげで衣食に困らないとはいえ、夫は四十歳を超えており、しかも正妻のところにばかりいて面白くないので、夫に気づかれないように男を引き込んでは楽しんでいた。燕子飛の話を聞いて、灯火の下で見てみれば、背こそ低くてやせているとはいえ、年は若くて楽しめそうだ。そこで、気持ちを抑えて嫌がるそぶりをして答えた。

「そうおっしゃられても、性空が殺されたばかりです。部屋じゅう血だらけ、死体が庭に放りだされています。明日、夫や家の者に見られたらどうするのです？　死体を何とかして下さらなければ、うんと言えませんわ」

返事を聞いて、燕子飛は喜び、低い声で言う。

「どうということはない。おまえは部屋の血を拭き、俺が死体を荒れ地に捨ててくる、それで終わりだ。俺のことさえ思ってくれるなら、何も恐れることはない」

そう言うと、明かりで照らして刁氏に破布《ぼろ》を水で濡らして血痕を拭かせ、自分は庭に降り、死体を背負って戒刀を脇に放ると、「ちょっと行ってくる」と言うなり両足で屋根の張り出しに跳びあがり、飛ぶように外にむかった。

刁氏は、気を落ち着けてあたりじゅうの血をぬぐいながら、よく考える。

(この人はいったい誰かしら、こんな技量があるなんて？　生鉄仏もかなり強くて、抜きん出ていたけれど、意外にもあいつに殺された。戻ったら名前を教えてもらおう)

すぐに部屋の戸が動いて、早くも子飛が戻る。

刁氏が先にたずねた。

「どこに捨ててきたのです？　ずいぶん早かったけれど？」

「西に二、三里ほど行ったところにある荒れ山の中だ。この山は曲がりくねっていて歩きにくく、人が行かないだろうから、安心しろ。これでおまえは無関係だ」

「よかった。あなたは臨安のなまりがあるように思えるけど、名前は？　どこに住んでいるの？」

「そのとおり、俺は臨安の者だ。臨安はここからそう遠くないから、燕子飛という名を聞いたことがあるだろう？」

刁氏はこれを聞いて驚いた。燕子飛といえば、臨安近隣の住民で知らぬ者はない、有名な飛賊だ。各地の役所から手配されていても、まだ捕らえられていない。凶悪で、眉ひとつ動かさずに人を殺すという。その誘いに乗ってしまったのかもしれないと思うと、恐ろしくてならない。あわてて顔色を変え、

「臨安に燕子飛という飛賊がいると聞いていたけど、それがあなただと？」

「飛賊」という悪口が出たので、燕子飛は不愉快になり、凶悪な本性を出した。

近づいてきたので、刁氏は何も言えなくなった。

燕子飛は、さっと剣を抜いた。

「何だと？」

「さっさと言え。燕子飛が何だと？」

刁氏は、ますますおびえて、ひと言さえも言葉が継げない。ただ両手を不規則にゆらし、

「剣を収めて。収めてくれたら話します」と叫んだ。

子飛は、事をうまくいかせたいと思っている一方、刁氏の雪のような白い手に、一対のくすんだ黄色の金の腕輪がはまっているのを見た。たちまち、女を手に入れようという高ぶりが、人を殺して物を奪うという考えに変わった。剣を振りおろす。

白くてなよなよとした両手が、たちまち切り落とされ、刁氏は寝台の前に気を失って倒れた。子飛はさらに首の上に剣を振るい、命を奪った。ひと声叫ぶことさえかなわなかった。

子飛は地面から金の腕輪を拾いあげ、ふところにしまった。ふりかえって、化粧台の上に化粧箱を見つけて開けると、少し首飾りが出てきたが、たいして金にならないと見て、盗らなかった。現金を探そうかと思ったが、正室の部屋にでもあるのだろう、ここには一錠さえなかった。

五更を知らせる太鼓が鳴り、天が明るんできたのを見て、長居せず、大股で部屋から出ると、屋根の張り出しに跳びあがり、来た道を引き返した。まさに神にも鬼にも気づかれないほどの

人知れない動きである。

翌日、賈仁夫婦は、昼近くなっても刁氏の部屋で物音がしないのに気づいた。正妻の尤《ゆう》氏が夫に、こんな時間になっても起きてこないとは、としつこく刁氏の悪口を言った。賈仁は我慢できず、刁氏の部屋を見に行くと、部屋の戸が開いていて、部屋からたくさんの血が外へと流れ出ている。驚いて中を見ると、刁氏が寝台の前にできた血だまりの中で息絶えていた。両手が断ち切られており、首は血肉にまみれて、見るに堪えない。

「殺されている。だめだ！」

声に気づいて、あわてて尤氏が部屋に駆けつけた。これを見て、驚きのあまり全身をぶるぶると震わせ、大声で叫ぶ。

「こ、こ、こ、殺されている？　さ、昨晩は、な、何の物音も、し、しなかったのに、な、な、なんてこと」

夫婦二人はどうしていいかわからない。

しばらくして、賈仁は少し落ち着きを取り戻し、何かなくなっていないか調べはじめた。刁氏が手につけていた金の腕輪がなくなっている他は、服も装飾品も動かされてはいたものの、なくなっているものはなかった。寝台の横あたりを調べると、青い包みがあり、開けてみると僧衣と僧帽が入っていた。庭からは戒刀も見つかった。戒刀の柄に名前が彫られていなかったので、持ち主が誰かわからない。僧衣と僧帽は長くて大きかった。そういえば、尤氏と刁氏が子を願う願掛けに焼香しに行っていた鉄仏寺の性空という僧が並外れて体が大きく、この僧衣に釣り合いそうだ。

尤氏は、刁氏が性空と浮気をしていて、金の腕輪が欲しくなって性空が刁氏を殺したのだと決めつけた。逃げる時にあわてたので、服の包みと戒刀を忘れていったのだろうと。賈仁は半信半疑であったが、商売仲間の多くも、「性空は出家だが、生鉄仏というあだ名もあるほど武芸に通じており、戒律もきちんと守っていなかったから、おそらく性空のしわざだろう。包みと戒刀を証拠として、山陰県に訴え出て、つかまえてもらうべきだ」と勧めたので、告訴状を作り、県の役所に訴え出た。


山陰県の知県は、姓を方《ほう》、名を正《せい》といい、河南開封府祥符県の人で、科挙に合格した進士であった。人となりは生真面目で正直、山陰を任されて上手に治めたため、上からの覚えもめでたく、栄転の声もあがっていたが、山陰の民から慕われ、よい政治が行われていたので、有力者からも留任を求める声が高く、未だに異動されていなかった。

ある日、役所で仕事をしていると、賈仁の案件がまわってきた。方正は殺人という重大事件であったので、賈仁に少し尋問をし、訴状を受け取った。

死体を検め、犯人を逮捕するため、命令を出し、刑事事件担当役、検死官、書記などとともに現場にむかうことにする。

動き出そうとした時、ふいに太鼓が響いて、当番の役人が跪いて報告した。

「柳葉村の礼部員外の柳青が、家族の柳昇を遣わし、訴えがあるとのことでございます」

柳葉村はおだやかな土地だ。そこの最有力者が何を訴えるというのだろうと、方正は驚き、すぐに訴状を見ることにした。

それによれば、前夜、小さな体の飛賊が娘の柳絮才の部屋に押し入り、さらに素性のわからない黒い顔で縮れた髯の老人が来て、室内で殺し合いをしたという。体の小さいほうは燕子飛と名乗ったが、老人のほうは名乗らなかった。姓を燕というほうは城武県で事件を起こし、人を殺して屋根にのぼって逃げたことがあるという。金銀や財物は盗られなかったが、十七歳の柳絮才が驚きのあまり病気になり、死んでしまった。そこで、犯人を捕らえ、罪を追及して娘の仇をとるとともに、害を除いてほしいという。

方正は、訴えを見てしばらく黙って考えた。臨安で有名な飛賊の燕子飛は数々の事件を起こしており、各地で事件を起こしてまた臨安に戻っているなら、捕らえなければと思う一方、城武県で何があったのかはわからず、黒い顔で縮れた髯の老人が何者で、なぜ燕子飛が深夜に柳家に押し入ることを知ったのか、どんなつながりがあるのかなど、謎は深まるばかりだった。

まずは、三岔道の賈家で刁氏の死体を調べてから、柳青に会って詳細を聞き、再び考えることにし、訴状を受け取って柳昇を帰らせた。

方正は、大轎《かご》に乗り、役人たちを従えて三岔道に検死にむかい、賈家の室内に席を取った。

まずは、殺人があったのに見のがした昨夜の巡察官の怠慢を問題だとして、四十回、板で打たせる。

次に賈仁に詳細をたずねる。話が終わると、

「供述によれば、刁氏の部屋とは、一部屋しか離れていなかったのに、昨夜は、人が殺されたにもかかわらず、何の物音もなかったと申すか？」

賈仁が言う。

「まったく、何の音も致しませんでした。よく眠れたから早起きもした次第で」

方正は、賈仁の正妻の尤氏を連れてこさせた。

「なぜ包みの中の品や戒刀が鉄仏寺の僧・性空のものだとわかった？　人命にかかわることだ、嘘偽りなく申せ」

「私めたち夫婦には子がございません。そこで夫は刁氏を第二夫人としたのですが、未だに子どもができません。このため毎月一日と十五日に心願をかなえようと鉄仏寺に焼香しに行っておりました。私めと刁氏は二度一緒に行き、寺の中に住んでいる性空という僧が、体が大きいのを見ておりました。包みの中にあった服と帽子は性空のものです。私めがこの目で見たのです、嘘は申しません。ですが、戒刀のほうは存じておりません」

「なるほど。本県に就任してから今に至るまで、何度も婦女が廟に行って焼香するのを禁止したはずだが、おまえたちはなぜ表だっては法に従いながら、裏では従わないのだ。愚かにも、

仏に子を求めるとは。子どもは神頼みでできるものではない。自らの心を正せ、仏を拝んで経を念じるより十倍も勝る。愚かな夫婦がこの理を知らず、焼香して子を求めたのが原因で、今回のような事件が起きたのだ。今後は、迷信を信じず、間違っていたと悟るがよい」

尤氏は、ぶるぶると震えながら、「おおせのままに」と何度も繰り返し、叩頭して退く。

方正は、さらに隣近所や仕事仲間から話を聞く。

「人が殺されたのは深夜でしたので、まったく気づきませんでした」

多くの者がそう言うので、方正はさらにたずねた。

「賈仁夫婦の普段の人となりはどうだ？　刁氏に醜聞はないか？　性空が来たことは？」

「賈仁夫婦は普段から人付き合いを好み、姿身なりもきちんとしていて、物腰も柔らかです。刁氏に愛人がいたかどうかはわかりません。普段から化粧をし、嬉々として身を飾っていました。性空は昼の間は托鉢しており、いつも行き来していました。夜に見かけたことはありません」

方正はいちいちうなずき、次に検死官の報告を受けた。

両手が腕の同じあたりで切られているが、致命傷になったのは首の傷で、長さ七寸三分、深さ三寸八分。のどから後ろへと切られていて、切り口から見て利器による傷と判断される。他に傷はない。

方正は、自分でも気をつけて確かめ、室内外を調べ、賈仁にたずねた。

「家の門や戸に、こじ開けられたり穴を開けられたりしているところはないか？」

「ございません」

役人を屋根にのぼらせ、屋根瓦に割れているところがないか調べさせる。

包みと戒刀を検分する。包みの中の衣類は、緑がかった黄色の僧袍、黒い絹の僧帽、淡黄色の布製の厚みのある僧鞋だけで、他は何もない。戒刀は、広さ三寸、長さ三尺あまりで、わずかさえ血の跡はついていない。死体の首の傷と比べると、傷は戒刀でつけられたものではなく、もっと鋭利なものによる傷だ。さらに疑惑が生まれる。

しばらくすると、屋根を調べていた役人から知らせが来た。

「屋根の上には、いくらか瓦の割れているところがありましたが、多くは古いものです。新たに割れていたのは三枚で、屋根から出入りした跡は見られません」

方正は長いこと黙って考えた末、賈仁を呼んで伝える。

「検死は終わった。これで刁氏は棺に収めてよろしい。ただし、傷は戒刀によるものではなかった。おそらく他の事情があるのだろう。役所に戻った後、調査することとする」

言い終わると、包みと戒刀を持ち帰るよう命じた。賈仁が叩頭して感謝を示す。

方正は、一度役所に戻って、付き従う者の数を減らし、柳葉村で柳青に面会し、夜間に柳青の娘が脅《おびや》かされて亡くなった件について、詳細をたずねた。

話を聞き終えた方正は、役人に屋根を調べさせた。

「瓦が割れているところはございませんでした。ただ、寝室の後ろの屋根の上で子犬が殺されていて、死体はすでに腐っていました」

このため、方正は賊が普通のこそ泥ではないと悟った。三岔道の事件と同一犯かとも思われた。重大事件でありながら、どちらも戸を開けた形跡さえなく、屋根の上にも跡がほとんどない。世に稀なほど身軽な者のしわざに違いない。

方正は、柳青に、先ほどの検死のことを伝え、同一犯と思われるが、縮れ髯の老人や賈家の僧衣や戒刀の謎を突き止め、犯人を捕らえ、真相をはっきりさせると約束した。

柳青が同意すると、方正は立ち上がり、柳青に見送られて役所に帰った。

方正は、役所に帰っても気が晴れなかったが、すぐに二枚の朱笠を用意させた。片方は役人の黄義《こうぎ》に渡して鉄仏寺の僧・性空を捕らえて尋問するよう命じ、片方は捕吏の花信《かしん》に渡し、三日の期限をつけて重大犯の燕子飛を捕らえてくるよう命じた。

黄義と花信は、朱笠を受け取り、それぞれに散った。

第十四章　父と娘

花信《かしん》は、この件は難しいと思い、捕り方たちを集めて相談することにした。なにしろ、燕子飛は住まいも持たず、聞くところによれば屋根を飛び壁を走る、凄腕の凶悪犯だ。

一方の黄義《こうぎ》は、ぐずぐずせず、すぐに鉄仏寺に行き、客僧や小坊主たちを問いただした。

「性空は昨日出て行き、戻っておりません」

そう客僧たちが言うので、黄義は、隠しているのではないかと疑い、重ねて問い詰めた。

「本当にいないかどうか、調べさせてもらうぞ」

黄義は七、八歳の小坊主を静かなところに連れて行き、こまごまと詰問した。

「お師匠様は結局、どこに行ったのだ？　普段は毎晩寺にいたのか、それともしばしばどこかに行っていたのか？」

小坊主は正直に返事をした。

「お師匠様はめったにお寺にいませんでした。昼は托鉢をしに行き、夜もどこかに出かけて行きました。二更ぐらいに出て行って、五更か空が明るくなる頃には必ず戻ってきました」

「出て行く時は、どんな服を着ていた？　戻った時の様子はどうだ？」

「昼に出る時は長い上着を着ていて、夜は短い上着でした。戻る時、空が明るくなっていたら、必ず長い上着でお帰りでした」

「そうだったか。上着を見れば、師匠のものかどうかわかるか？」

「もし、お師匠様のものなら、わからないわけがありません」

黄義は喜び、客僧たちに話をして、役所に小坊主を連れ帰った。


黄義は方正に朱笠を返し、報告する。

「性空はおりませんでしたが、小坊主を連れて参りましたので、御尋問下さい」

方正は小坊主を執務室に通させ、黄義の話を聞いてから、僧衣、僧帽、僧鞋、戒刀を見せた。

「間違いありません、お師匠様のものです」

小坊主が断定する。

「昨夜、おまえの師匠が出て行ったのを知っているか？」

「昨夜は二更すぎに出て行きました」

「寺に婦人の出入りはあったか？」

「いいえ。お師匠様はご婦人と知り合いだったかもしれないけど、ご婦人がお寺に住んでいたことなんてありません。でも、ご婦人がお師匠様に来てくれと頼んでいたら、誰も気づかなかったと思います。本当です」

方正が言う。

「三岔道で花を商っている賈仁の夫人の刁氏と、おまえの師匠に行き来はあったか？」

「その方でしたら、よく焼香をしに来ていました。瓜実顔で、背が高くてやせていて、目が笑っているようで、足が小さくて、年は二十歳ぐらいです。あの家にはもう一人年上の女の人がいて、賈仁さんの奥さんだということでした。最初は二人が一緒にお寺に来ました。刁さんは本当に真面目で、その後も毎月、一日と十五日に一人で来て、しだいにお師匠様と話をするようになりました。

先月の初めから来なくなり、来た時は必ずお師匠様の禅室に寄るようになりました。きっとそのころ誘惑されたんです。近頃お師匠様が毎晩出て行って、あの家に行っていたのかどうかはわからないけど」

この話から、方正は性空と刁氏が関係を持っていたのは間違いないと悟った。だが、刁氏が性空に殺されたとは限らない。嫉妬から事件になった可能性もある。性空も殺されて、死体がどこかに隠されているのかもしれない。もっとよく調べる必要がある。

しばらくためらってから、言いつけた。

「小坊主には褒美として銭を与える。菓子を買って食べさせよ」

黄義に小坊主を送り返させ、寺にいた僧たちに、性空が戻ったらすぐに知らせるように伝えさせる。さらに黄義には、性空の生死を確かめるように言う。

一方で、花信を呼び、三岔道の賈仁の一件と、柳葉村の柳員外の一件は、同一犯のしわざと思われ、燕子飛を捕らえなければ話が進まないから、各所と協力して、しっかり事にあたるように言いつけた。そして、燕子飛を捕らえた者には銀三百両、捕らえる手がかりには銀百五十両、性空を捕らえた者には銀二百両、捕らえる手がかりには銀百両というふれがきを四つの門にかけさせた。

うわさはすぐに広がり、山陰県のみながこのことを話すようになり、やがて燕子飛の耳にも届いた。


燕子飛は三岔道の賈仁のところで刁氏を殺して金の腕輪を奪い、深夜に宿に戻った。

いつもであれば、人殺しなどの重大事件を起こした後は早々に高飛びするのだが、今はここにとどまっていた。というのは、空空児を師匠として剣術を学び、自分のことを世に稀な、いや、天下無双だとうぬぼれて、その土地の役人が捜査しにきても、捕らえられないと高をくくっていたからである。そして大胆にも、以前のように宿に居座り、病気だからと昼は部屋の戸を閉めて眠り込み、夜になると、そっと起きだし、何度か女に手を出したり人を殺して物を奪ったりしたが、宿の者は誰も気がつかなかった。

この三岔道の街道は長く、南への道を除けば、あちこちに通じている。今夜は東、明日は西、大通りを行ったかと思えば、翌日は小さな路地を進むといった具合だ。街には金持ちの家がたくさんあったし、これと思うような美しい女もいくらでもいて、すっかり思うとおり。

（こんなちっぽけな山陰県の郊外に、これほど金持ちや美人が多いとは思ってもみなかった。話によれば、山陰の知県が懸賞金を出し、柳葉村で女のところに押し入った燕子飛と賈家の刁氏を殺した性空和尚を捕らえようとしているようだが、笑えるぜ。性空はすでに姓が燕というやつが殺しているんだ、刁氏を殺せるものか。いったいどこでつかまえるつもりだ？

役人などぼんくらよ。事件の裏など考えてもみず、やたらに懸賞をかけて人を捕らえようとしていやがる。しかも柳葉村の件など、誰も殺していないし、何も盗っていない。それに重賞をかけて俺を捕らえるのに、たった三百両の銀だと？　三百どころか三千出したって、烏天覇を殺したあの縮れ髯の老人以外に俺の相手ができるやつがいるものか。

役人は役人で賞金をかけ、俺は俺の事情で動く。まあいい。すでに賞金はかけられているんだ、ここでさらにいくつも事件を起こして、どう出るか見てやろう。いずれ良くないことになるさ。官帽だって、いつまでかぶっていられることやら）

そんな悪い考えで、すぐに三岔道で多くの事件を起こす気になっていた。

ある夜、東街の延月巷で、路地の中に裕福そうな家を見つけた。三部屋が並び、中庭をはさんで五度門をくぐるほどの立派な家だ。燕子飛はすぐに盗みに入った。

家の持ち主は姓を金《きん》、名前を満《ばん》といい、ケチで有名だった。夜の半分が過ぎた三更になってもまだ一方の手に帳簿を持ち、もう一方に算盤を握り、何やら計算している。

燕子飛は屋根の上に立ち、およそ一更待ったが、まだ算盤をカチャカチャと鳴らし続けている。子飛は待ちきれなくなり、両足で屋根の張り出しの先をはさみ、金鉤倒掛の勢で、体を前に動かして中を見た。

金満が座っている机の脇に大きな箱があり、中にたくさんの銀子がある。かたまりあり、細かくされたのあり、封をされたのあり、散らかっているのありだ。

金満は一度計算し終わると、散らばっていた銀子を包んで封をしてしまい込む。

（金を前に何をしているのかと思えば、帳簿を締める度に包みを作っているのか。おそらくこの銀は使用人への給金だろう。たっぷりいただけそうだな）

だが帳簿を見れば、まだまだ残りがある。いくらか面倒になった。

腰から剣を抜き、バッとばかりに窓を切り開いて飛びこむ。

「計算ご苦労。燕子飛様が来たぞ、数十両ほど金を貸せ、どうだ？」

突然のことに金満は、魂が抜けるほど驚いて、大声で叫ぶ。

「命知らずの強盗め、こんな深夜に押し入ってわしの銀子を奪うだと。おーい、みな、どこだ！　こいつをつかまえろ！」

言いながら、震える手で銀箱を守ろうとする。

燕子飛はののしるのを聞いて冷笑し、剣を振りおろして金満を殺すと、すぐに箱の中から六個の大きな銀の包みを選んだ。ひとつ百両前後だろう。これ以上は重くて運べない。すぐに悠々と屋根に飛び去る。

金満の家の者たちが声を聞いて駆けつける。金満は普段、この部屋には召し使いはもちろん、妻さえ滅多に入らせなかった。このため召し使いたちは部屋の外で叫ぶばかりだったので、妻の黄氏が一人で真っ先に部屋に入り、死体を見つけて大声で泣きわめく。召し使いたちも次々と部屋に入り、大騒ぎになった。

金満を殺した悪者が名を名乗ったのを、かすかに聞いていた者がいて、最後が飛らしく思え、その前に二文字あったが、はっきり聞き取れなかったという。

夜が明けると、犯人は名前の最後に「飛」がつく人物だから捕らえてくれと県に訴えを出し、やがて方正が検死をしに到着した。

方正は話を聞き、死体を調べた。ついていた傷は、賈家の刁氏の傷とそっくりだった。そこでますます、賈家の刁氏の事件と柳葉村の事件は燕子飛ひとりによるものだと確信した。

一方、燕子飛を捕らえるように命じられていた花信は、力不足で捕らえきれないと思い、役所に帰ってから広間で方正に訴えた。

「平素より公務に携わっておりますが、しばらく任務をご猶予下さいませ。明日までに凶徒を捕らえ、違えれば鞭打ちとのこと、厳しすぎます」

花信は叩頭して言う。

「知県様のご命令を奉り、重大犯の燕子飛と鉄仏寺の性空和尚を捕らえようと、連日、仲間たちを至るところにむかわせておりますが、居所がさっぱりつかめません。今、さらに重大な事件が発生しており、ますます注意が必要です。明日だけでは捕らえるのは難しく、数日のご容赦を求める次第でございます」

方正は花信を近くに呼んで言う。

「この件が難しいことは、わしも承知している。だが、すでにおまえに任せた以上、辛いなどともらしたりせず、重罪人を捕らえ、重賞に預かるのだ。

おまえは本県でも有名な捕り方ではないか。もしこの事件をすぐに解決できなければ、おまえのこれまでの名声が一日にして失われるばかりではない、二度と本県で勤められなくなるであろう。

期限を延ばすこともできぬ。賊を捕らえるのが一日遅くなれば、この土地の傷害事件はますます増え、取り返しがつかなくなる。すみやかに逮捕し、おまえの英名に恥じないようにし、わしの憂いを払ってくれ。よく考えるのだ」

花信は、「わかりました」と何度も言い、立ちあがって広間を後にしようとした。

そのとき、突然、たくさんの人が訴えを起こしに役所をおとずれた。

方正は当番役に命じて人々を連れてこさせて、話を聞いた。

三件の事件が発生していた。

第一の事件は、三岔道の東街にある臥虹橋の端に住む渠家の十六歳の娘・彩香が、昨夜四更以降に強姦され、殺されたという。

第二の事件は、三岔道西街の宝飾店で起きた。店主は姓を賈、名を珍といい、賈仁の親族である。前夜三更頃、飛賊が塀を越えて侵入し、真珠二十粒、東珠の大玉二粒、玉の釵十本、真珠製の鳳凰飾り一対を盗み去った。就寝中の店員が気づいて、起きて捕らえようとしたが、賊に右腕を切り落とされ、今日の午後死亡した。

第三の事件は、三岔道の北街の貴金属店で、昨夜の夜明け頃、黄金五十両あまり、金の釵十二本、金の耳輪八対が盗まれ、見習いが一人殺され、頭がなくなっていたという。

訴えを聞き終えた方正は、

(大胆な燕子飛め。毎晩動き、いくつもの傷害事件を起こすとは。この土地の民が罪もなく毒手にかかっていいわけがない。一刻だって許しておけぬ)

すぐに命を下し、検死官や書記などとともに三件の現場にむかった。花信も同行した。

検死をして帰った方正は、花信を呼び、重ねて言いつけた。

「わしは常日頃、おまえたち役人を厚遇していた。『千日軍を養うのは一日用いるため』と言うであろう。燕子飛を捕らえるのだ。事情は差しせまっている、影響は大きいのだ。この土地でまたも、次から次へと事件が起きている。

先ほど、おまえもその目で見たであろう。男は腕を切られ、人間の頭はなくなっていて、女は血だらけの無残な姿だった、悲惨極まりない。民の父母たる知県として、賊を除いて民を安心させなければならぬ。このような傷害事件が度重なっていては、民の上に立てぬ。

おまえは長年公務についていて、経験豊かだ、わしは一目置いているのだ。もしこの事件の解決がさらに遅れれば、必ずまた別の殺人が起こる。ますます数が増えたらどうするのだ？　このことを考え、すみやかに捕らえよ。強盗殺人者は強者であろうが、怖じ気づくな。明日までに捕らえて戻らなかった時は、何百回も板で打たせ、罷免する。必ずやり遂げるのだ」

花信は跪く。

「閣下のご厚恩を賜っている身、事にあたって恐れたりは致しません。燕子飛は神出鬼没で難しゅうございますが、私めは、戻り次第、多くの捕吏仲間をあちこちに派遣して捕らえるつもりです。この賊はしばしば凶行を行っているので、見つけたらすぐに後を追います。おそらく、捕らえようとすれば戦いになるでしょう。万一殺してしまっても罪をおとがめにならないで下さいませ。それであれば、命がけで捕らえます。もし私めが悪賊にやられた時は、棺を賜って弔っていただければ、死の国で感謝致します」

方正は難しい顔をした。

「燕子飛の罪は大きく、悪事は極まりない、死んでも償いきれないほどだ。本人であれば、殺してしまってかまわない。そのときはわしが取り計らい、おまえに罪がかからないようにするばかりか、重賞を与えよう。なぜそのようなことを言い出したのだ、早く行け」

花信も失言したと気づき、いそいで、「おおせのままに」と叩頭し、広間を出て、役所の捕り方仲間を集め、家で協議することにした。

仲間たちの多くはすでに燕子飛と性空和尚を捕らえる件を知っており、平素から花信を兄弟のように慕っていたので、助力を惜しまず、すぐに花信の家に来た。

花信には娘がいて、名前を珊珊《さんさん》といい、年は二十歳。美しいのだが、幼い時に母を亡くしているため、両足に纏足をしていなかった。平素から花信が武術を教え、珊珊のほうもよく学び、大きくなるとすばらしい腕となった。さらに五本の飛刀の扱いを覚え、百歩離れたところにいる鳥や獣にも百発百中の腕となって、花信を喜ばせた。

他には子どもがなく、妻が死んだ後、家が貧しくて後妻もなく、父と娘二人で互いを命として暮らしていた。いずれは婿を取って老後に備えたかったが、なかなか釣り合う相手がなくて今に至っている。珊珊は親孝行で、ずっと父とともに暮らしていたいと願っていて、結婚のことなど眼中になかった。日々、ただ、父の身に重大なことが起きさえしなければ、彼女は幸せだった。

厳しい案件があった時、驚いたことに彼女が力を貸し、老いた父が賊を逮捕するのを助けた。何名もの江湖の大盗賊を捕らえたため、山陰県には「女中傑」がいると名をあげていた。

花珊珊

柳葉村と三岔道で燕子飛と性空による殺人事件が起きてから、花珊珊は、父の年を思って、私的に出かけてあれこれと調べていたが、数日たっても手がかりがつかめない。

この日、父はうなだれて帰り、役所で公務に就いている兄弟《なかま》たちを連れ帰り、家でこの件について協議した。花珊珊も出席し、捕り方仲間たちに頭を下げて言う。

「父上ならびに伯父様叔父様がたに申し上げます。私めの考えでは、燕子飛と性空の件は、性空が戒刀や包みをなくしており、生きているか死んでいるか予想がつきません。ただ、燕子飛を捕らえれば性空がどうなったかわかるのではないかと思います。

あいかわらず燕子飛は形跡もなく行き来していますが、事件の多くは三岔道の通り沿いで起こっており、そのあたりにいることは間違いありません。昼は出歩かず、夜になると必ず出てきます。南は河なので除いて、東、西、北の三カ所で待ち伏せしましょう。東は城門に通じているので、最もにぎやかで、最も重要です。父と私が参ります。西と北には伯父様叔父様がたが分かれてむかって下さい。

それぞれ信炮を身につけておき、賊を見つけたら信炮をあげて合図し、一カ所に集まって捕らえます。街道は長いといっても、まっすぐです。夜間で寝静まっている時ですから、信炮の音はよく聞こえるでしょう。さらに街の人が驚いて起きれば、手助けになり、一緒に賊を捕らえられます。みなさんのお考えはいかがでしょうか?」

た。

「いいぞ！」

みなが賛成する。花信も、理にかなっていると思い、みなが喜んで従うのを見て、うなずいた。

話がまとまり、みなが帰った後、もう遅い時間であったので、花信は娘と家で夕飯を取った。夜、二更すぎになると、二、三人でひと組になって門を出た。花信と娘も服を替え、武器を身につけて、一緒に門を出る。花信は夜行衣に二本の短い棍棒。珊珊は黒い上着に黒い短い褲子《ズボン》をはき、頭を黒い布で包み、足には少し刺繍のついた古い平底靴を履き、手には倭刀（日本刀）。腰につけた八宝袋の中には五本の飛刀と信炮がいくつかしまってある。

父と娘は家を出て、戸締まりをし、三岔道へとむかい、東に進んだ。二更を過ぎて三更にかかる頃で、道を行く者はなく、街は静まりかえっている。一月下旬で、北風が怒号をあげ、かすかに春の雪が舞っている。

花信は寒さを感じて、しばらく進むと、一軒の家の軒下に立ち止まって風を避け、再び進む。花珊珊は父のこの様子を見るに忍びない。すぐに燕子飛を捕らえられないのが恨めしい。いずれ引退して、別の仕事を探そう。自分には裁縫もできるから、生活の足しになるだろう。五十過ぎの人が、夜半の三更にまだ外でこんなつらい目にあわなくてはならないだなんて。

すっかりみじめになり、気落ちしていると、突然、ひとすじの青い光が空を走った。

「変だわ！」

両足で屋根に跳びあがり、はっきり見ようとする。

花信は娘が上がったのを見て、寒さを我慢して、自分も屋根に跳び、そのひとすじの光が近くの立派な家の中に落ちていくのを見た。

父と娘は異変に気づき、光が落ちたところを、一歩一歩探し歩いた。花信が前を行き、珊珊が後ろだ。

そのあたりについて、よく見たが、何の変わりもない。花信は一計を案じ、屋根から三、四枚の瓦を取って下に投げ出した。ガチャンと音がして、あたりに散らばる。家の中の人が驚いて目をさますだろうと思ったのだ。

「驚いて賊が出てきたら追おう。相手は必ず屋根の上に逃げてくるだろうから、無駄なことをせずに捕らえられる」

珊珊は父の考えを知って、いそいで刀を抜いて準備した。

しばらくして、はたして下から人の声や物音がして、庭から一人の人が飛びあがってきた。はっきりわからなかったが、体が小さくてやせており、おそらく燕子飛だろうと思われた。

珊珊は一方の手で刀をつかんだまま、反対の手で八宝袋から信炮を取り出し、火をつけて合図しようとした。

相手はすでに花信の目前だ。花信が棍棒を振りあげる。相手は備えておらず、ひと打ちされて、「うわっ！」と叫び、屋根から転げ落ちそうになった。

珊珊は父が戦いはじめたのを見て、まだ信炮に火がついていなかったが、あわてて駆けつけ、刀を振るって助戦した。

相手は手に宝剣を持っていて、花家の父娘と屋根の上で激しくやりあった。相手は屋根の上であることも一人で二人を相手にしていることも、みじんも気にかけていない。

（恐ろしい腕だ）

花信は、相手の技量に驚きを隠せず、手足の動きが少し遅れた。そこへ相手の剣が来る。棍棒が二つに折れ、しりもちをつく。相手は勢いに乗って、わざと剣を大きく振って隙を作り、飛ぶように逃げた。

花信はひどく驚いたが、いそいで折れた棍棒をつかみ、刀を取って近づいてくる娘に言いつけた。

「はやく信炮を放て！　私は追う」

いつもの技量を見せて、相手を背後から追う。珊珊は二個の信炮を取り出し、縄に火をつけて空へと投げた。

たちまち、ドーンという音が二度響く。驚いた人々が街のあちこちで目をさまして騒ぎ出す。捕吏たちもそれぞれ、音がしたところに駆けつけた。珊珊は屋根の上で、何度も大声をあげた。

「賊をつかまえろ！」

街の人々と捕吏たちが、いっせいにときの声をあげ、下から応援する。

珊珊は喜んだ。父と相手を見れば、すでに十数丈も進んでいる。飛刀を投げて一刀のもとに殺そうかと思ったが、月も星もない暗い夜で、前にいる父がはっきり見えなかったため、手を下さず、いそいで後を追う。

燕子飛は、あたりじゅうから声がして、後から追ってくる者もあるのを見て、またもややすやすとは逃げられなくなり、手の中の宝剣をゆらし、剣遁の法を使って落ちのび、たちまち見えなくなった。

花信父娘は追いかけたが、追いつけるものではない。花信は年を取っており、走り疲れて手足に力が入らなくなり、やむを得ず屋根から飛びおり、娘が来るのを待って、ため息をついて引き返す。

帰りは、とぼとぼと地面を歩くことになった。

道を確かめると、半里と遠くないところに、複雑に折れ曲がった山道があり、極めて険しい。両手で父を引き、言葉をかけて安心させる。

まわりに捕り方仲間はいない。相手を追って速く走りすぎたので、誰も追ってこられなかったのだ。

父と娘が暗い顔で一歩一歩と進んで、九折岩まで来た時、空は明るくなっていた。

ふいに、谷川の水面に、いくつか人間の頭が浮いているのが見えた。水がほぼ赤く染まっている。いつどこでとはわからないが、あの賊がまた人を殺したのだろう。また訴えが起こされるに違いない。驚きと疲れのあまり、花信は、「うっ！」と口から血を吐いて、気を失って地に倒れた。

「父さん、どうしたの？」

花珊珊は驚き、両手で支えようとしたが、支えきれない。地面に伏せた父にむかって、

「父さん、目をさまして。一緒に帰りましょう」

大声で呼びかけたが、ひと声も返事がない。

しばらくして、両足を突き出し、両手で宙をかきむしって、さらに口から鮮血を吐き、とうとう悲しいことに閻魔大王のいる森羅殿へとむかった。あわれ老英雄は、山陰県の捕吏として数知れない事件の解決に尽力し、幾多の強者を捕らえてきたのだが、今、燕子飛を捕らえることができないまま、怒りのあまり亡くなった。享年五十六歳。今際の際に娘に言葉さえも残さなかった。

花珊珊は、心臓を刀でえぐられる思いで、両膝をついて跪き、ひとしきり大声をあげて泣きじゃくった。それから、服の袖で父の唇の血痕をぬぐい、しかばねを背負い、身をかがめて倭刀を拾って腰につけ、いそいで家に帰った。

門の鎖を解いて、しかばねを家に入れ、父の寝台の上に寝かせ、胸にすがって、またも大泣きする。

近所の人たちも、日頃の花信の人となりを知っており、昨夜、父娘が悪人を捕らえに出かけ、今日、珊珊が涙ながらに父を背負って帰り、声をあげて泣いていたので、悪いことが起こったのだろうと、一人、また一人と様子を見に来た。

捕吏仲間たちも、朝早くから花信の家に首尾を聞きに来た。花信の死を知ると、兄弟のように親しんでいたみなは、涙を流して悲しんだ。

その中には年上の者もいて、ため息をつきながら珊珊に助言した。

「死んだ者は生き返らない。嘆いていてもはじまらない。花の大哥《にいさん》の家は貧しいから、すぐに知県様に知らせて、救済金をもらい、棺を買って収めるといい。知県様は情け深いから、きっとなんとかして下さる。昨夜の悪賊を捕らえようとした話も、すぐに報告すべきだ。別の仲間が派遣されて捕らえるだろう。だが、花大哥が死んだとなると……みなには悪いが、他の誰に大哥ほどの腕があるだろう、他の誰に姪御さんの助力が得られるだろう。

この事件はまったく手強い。どうしたものか」

珊珊はこれを聞いて、涙をこらえて答える。

「伯父さん叔父さん、お教えをありがとうございます。私めは女ですので、どなたか知県様へのご報告をお願いします。いくらかいただいて父を弔い、役人が派遣されたら、それが誰であっても、お助けして賊を捕らえ、父に代わって仇を討つと誓います」

「それはわれらにも願ってもないことだ。みなで知県様に報告しよう。花大哥の葬式のことはみなが面倒を見る。知県様が金を下さらなかった時は、日頃から大哥によくしてもらっていたみなが三両、五両と金を出しあうのが当然だ。心配しなくていい。すぐに行ってくる」

捕吏たちは役所にむかい、方知県に面会すると、昨夜のことを報告し、花信の棺代を求めた。方正は燕子飛がまたしても殺人事件を起こし、花信が死んだと聞いて、驚き、また惜しんだ。そして、九折岩の人間の頭について調べさせるとともに、銀百両を花信の棺代として娘に与えることにした。

また、燕子飛を捕らえる役人として、花信の手下であった、姓を武《ぶ》、名を剛《こう》という、勇猛な三十未満の捕吏を遣わすことにした。武剛は朱笠を受け取り、叩頭する。

「ご命令に従い悪賊を捕らえて参ります。ですが、燕子飛は飛ぶように跳ねまわり、花信殿でさえ捕らえられなかったもの、私めでは相手になりません。花信の娘の珊珊をともにむかわせていただければ成功するかと思われます、どうかお聞き届け下さい」

「よいだろう。だが、花珊珊は女だ。父の腕と比べられるほどというのはまことなのか？」

「知県様に申し上げます。花珊珊は女ですが、腕は花信に劣りません。最近も大事件を解決する時に、花信はたびたび娘の力を借りています。娘の助けがあるから、大胆に動けたのです。娘のほうも父の仇を求めております。その願いに応えてお許しを。

私めは戻ってみなに知らせ、どうすればいいか相談致します」

「花信には女丈夫の娘がいると聞いてはいたが、得がたい人材だ。であれば、わしが特別に一筆したためて花珊珊に与え、おまえが凶賊を捕らえるのを助けさせよう」

そう言うと、すぐに机にむかって筆を起こし、「凶徒を捕らえよ、重賞を与える」という一枚の朱書きの命令書を書いて武剛に渡し、珊珊に届けさせた。

武剛はみなと花家に行って事情を話し、銀子と朱書きの命令書を珊珊に渡した。

珊珊は恩を感謝し、すぐに棺を買い、死に装束を用意し、忙しく立ち働いて、夕方、支度が調うと父を葬った。涙も枯れてしまって泣き声が出るばかりなのを、捕吏たちがなぐさめる。幸い、祖先の墓に葬ることができて、別に土地を買う必要はなかった。みなはしばらく珊珊とともに泣き、一度解散し、三更になったら再び集まって協議することにした。

花珊珊は、みなを送った後、一人だけで寂しく部屋で休んだ。悲しみが深くて眠ることができない。ぼんやり目を閉じていると、突然、父が帰ってきたように思えた。花信は、手で鬚をひとつかみしてひねり、くるくると丸めるような動作をしてみせ、珊珊に言う。

「悪賊の燕子飛を捕らえるには、これに気をつけておきなさい。ではな」

「どこへ行くの?」と止めようとした時には、すでに姿はなかった。驚いて目をさますと、夢であった。そこへ、丁度、三更を知らせる太鼓が聞こえ、捕吏たちが門をたたく。

珊珊は気を落ち着け、門を開けてみなを入れると、先ほどの不思議な夢のことを話した。武剛たちが言う。

「不思議な夢だ、きっと何か知らせたかったのだろう。今はまだわからないが、よく気をつけておいて、もしそんな老英雄に出会ったら助けを求めるのがいいだろう」

そして、九折岩での検死の結果を教えてくれた。

「残されていたのは、人間の頭が六個と、死体が一体だ。頭のひとつは貴金属店の見習いで、体はすでに見つかっている。残りは男の頭が三つと、女の頭が二つ。体もなく、訴え出た者もいない。死体は、どうやら嵊県《じょう》（浙江省紹興）の有名な重大犯・雲燕飛のもののようだ。燕飛は、ここから百里ほど離れた嵊県に住んでいて、大事件を何度も起こしていたが、まだ捕まっていない。燕子飛と何があったかわからないが、昨夜、燕子飛に殺され、死体を谷に捨てられたようだ。

知県様が問い合わせの文書を送り、嵊県の趙知県から、昨夜、雲燕飛が村で一家五人を殺す事件を起こしたという連絡があった。捜査中だが、首がなかったというから、おそらくこの件に関係しているだろう。調べによれば、血痕が点々と、山陰県の境まで続いていたので、犯人が県境に隠れているだろうから協力してほしいとかなんとか。

知県様はこれを受けて、我々に、すみやかに事件を解決するようにと重ねて命じられた。

性空和尚を探す件は、すでに谷から死体が見つかった。日数が立っていたので死体は腐っていたが、身につけていた衣服から、あの寺の僧だとわかって、黄大哥は問題なく捜査を終えた。

俺たちの仕事は、さらに難しくなった。知県様は、性空の一件は燕子飛がやったに違いないから、ただちに賊を捕らえて審理を進め、罪に問いたいとおっしゃった。

珊瑚殿、今夜は万全の策を出さなくてはなりません」

これを聞いて珊瑚は眉をひそめる。

「賊が草を刈るように人を殺すのを許すわけにはいきません。しかし、高いところでも自由に行き来できる腕の持ち主、あたしの数倍は腕が上です。しかも昨夜の殺人の件では、人間の頭を百里以上も離れたところに放りだしていて、どれほど速く行き来していることか。加えてそれが夜の前半のことに違いありません。後半は私たちが追っていたのだから、そんなことはできなかったでしょう。

今夜も、また三岔道を守って待つのがいいと思います。伯父様叔父様がたのうち、高いところでも動ける人はあたしと班を作り、高いところにのぼれない人は街で班を作って、二人ひと組になって縄を持ち合います。賊の姿を見かけたら、あわてず、そっと縄で罠を準備し、声をあげるのです。

賊が逃げて罠にかかったら、捕らえられるかもしれません。もし逃げられて追わなくてはならないことになったら、必死で追うだけです。みなさんのお考えは？」

武剛たちの多くが賛成する。

「指揮をとってくれ。我々はすべてきちんと従う」

話がまとまると、武器の他に二人で一本の縄を持ち、持たない者は鉄鎖を代わりにした。しばらくすると、すでに四更となったので、すぐにみなは花家を出た。

珊珊とともに屋根の上を行く捕吏は、合わせて八名だったので、四組に分かれた。他の者たちは三岔道の街に埋伏し、持ち場を守る。

さらに一更が過ぎたが影も形もない。今夜は現れないか、別のところを通ったのではと思っていると、ふいに北東の角の遠くからひとすじの青い光が飛んでくるのが見えた。

珊珊は昨日も見ており、それと見て、みなにそっと、気をつけるように言う。二十間ごとに、店の前に縄を仕掛けてある。縄が二本、鉄鎖が一本だ。珊珊は倭刀を、武剛は二本の萱花板斧を持つ。備えがあると思わせて脅かし、罠のあるところに追いこむつもりだ。

たちまち青い光が近づいてきて、一人の人の姿が見えた。空を飛んでいるかのように、両足で空を踏んでいる。ちらっと見て、珊珊は驚いた。さらに後ろから、もうひとすじの光が飛ぶように追ってきている。誰だかはわからない。

珊珊は、今は気にせず、燕子飛が近づいてくると、そっと武剛に知らせて、それぞれ身を伏せて、音を立てないようにした。相手が通り過ぎ、縄を準備してあるあたりまで進むと、大声をあげる。

「燕子飛、今夜はどこへ行く?」

後ろから、わざと追うふりをする。

燕子飛は驚き、ふりむきもせず前にひた走る。縄のあるあたりにつくと、隠れていた捕吏たちが喜び勇んで、「ここだ！」と怒鳴り、真っ暗な中で縄を横に渡して燕子飛を動けなくする。後ろから花珊珊と武剛が駆けつけて、捕らえようとする。

そのときだ。

シュッと音がして、子飛の手中の宝剣が動き、縄を二つに切った。そして逃げる。

二本めの綱も同じことになった。

三本めの鉄鎖は、警戒されて、先に断ち切られてしまった。

「うわっ！」

捕吏たちが、切られた縄や鉄鎖を手に、顔を見合わせる。珊珊と武剛が驚いて叫ぶ。

武剛がなおも追おうとしたが、無駄だと珊珊が止めた。天がかすかに明るんできている。

意外なことになり、「だめだったか」「失敗か」と、みながつぶやいた。

屋根でがやがやしていると、ふいに、またもひとすじの光が、星が飛ぶようにまっすぐ飛んでいく。珊珊は目ざとく、ぼんやりながら、黒い顔で巻いた髯の仙人を光の中に見つけた。夢の中での出来事を思い出す。

（もしかして、この巻いた髯の人のこと？）

一歩近づき、屋根の上で両膝をついて跪き、大声で呼びかける。

「老英雄、お止まりを。ご挨拶をお受け下さいませ」

捕吏たちは、あわただしい中、花珊珊が屋根の上で空にむかって拝礼しているのを見て、わけがわからず、近づいてきた。見れば、目の前に、手に宝剣を持った五十歳ほどの、黒い顔で、顔じゅうにもじゃもじゃとした髯の生えた人がいる。どこから現れたのかと驚きながら、それぞれに跪く。

この人は、もちろん、仙侠の虬髯公である。

あのあと、剣仙、剣侠たちは、山陰県で燕子飛が悪事を重ねていると聞き、害を除くとともに、空空児が下山する時に持っていった青い芙蓉剣を本当に燕子飛が持っているのかなど、疑惑をはっきりさせるために、みなで山陰にむかった。

山陰県に着き、みなは、三岔道の西街にある悦禅巷にある了性庵に落ち着き、燕子飛の動向を探った。そして、毎日のように重大な犯罪が起きているのを聞いて、夜の三更になると東、西、南、北、南東、南西、北東、北西の八方を、四人の剣仙と四人の剣侠がそれぞれひとりずつ見まわり、ひそかに捕らえようとした。

虬髯公は東を受け持ち、うまい具合に十字街の端で燕子飛に出くわし、話もせずに剣で打ちかかった。

燕子飛は、星あかりの下で、相手が誰だかわかると、大慌てでした。すでに二度手合わせをして、自分では腕が及ばないとわかっているので、戦おうとせず、いそいで剣光に乗って飛んで逃げる。虬髯公も剣光に乗って追う。その途中で珊珊に呼び止められたのだ。

「お話がございます」

屋根の上に娘が一人跪いていて、後ろにたくさんの筒袖の短い上着を着て手に縄や鉄鎖を持った人たちがいる。県の捕吏だろうと思われた。

（燕子飛は西に逃げていったが、西では紅線がつかまえようとしているし、北西には白素雲がいる。心配ないだろう）

剣光を収め、立ち止まって、みなにたずねた。

「なぜ行く手をはばんだ？」

花珊珊が、これまでのことを話し、虬髯公の名をたずねる。

「悪賊を追っていらしたのですよね。あいつはすでに逃げてしまい、夜も明けてまいりました。お力をお貸しいただきたいのです。再び今夜、あいつを捕らえていただけませんでしょうか？」

虬髯公が聞き終えて返事をしないうちに、西からひとすじの紅い光が飛ぶようにやってくるのが見えた。

（紅線が来たようだ。どうなったのだろう？）

虬髯公はそう思って、光の中を指さして言う。

「しばらく待つのだ。あちらに用事がある」

そして、呼びかけた。

「道姑、待ってくれ。わしはここだ」

するとシュッという音がして、空中から一人の紅ずくめの服を着て宝剣を手にした中年の女性がおりてきた。珊珊や捕吏たちは、明らかに常人と違う姿を見て、みな何度も叩頭する。紅線はどういうことかと両手で珊珊を助け起こし、みなにも身を起こすように言う。

虬髯公は、花珊珊たちが知県の命令を二度受けて、燕子飛を捕らえようとしたが捕らえられず、花信が死に、珊珊が民のために害を除くとともに父の仇に報復しようとしているという話をひととおりしてから、紅線にたずねた。

「賊を見かけたか？」

「西を守っている時に、空中をひとすじの青い光が飛び、それかと思って捕らえようとしていると、ふいに下に落ちていって見えなくなりました。青い光が落ちたあたりを探ると、一軒の宿屋が見つかりました。賊が泊まっていると思ったのですが、残念ながら夜が明けてしまい、手が出せませんでした。捕らえる方法を相談しようと思い、道長をお探ししていたのです」

珊珊が礼をしてたずねる。

「その宿は、三岔道の街中ですか？　大きな建物でしたか？」

「そのとおりだ」

「もしかして、『悦来居』という店名で、宿屋だけでなく、酒場と茶館も兼ねていませんでしたか？　すぐに参りましょう。そこに泊まっているかもしれません。店主にたずねてみましょう」

虬髯公が言う。

「ありそうな話だな。夜も明けたし、悦来居に行くに問題はない。賊がそこにいたならば、朱笠もあるようだし、事情を知って逃げられる前に手を打とう」

珊珊たちは喜び、また何度も跪いて感謝を示し、二人の名をたずねた。

虬髯公は以前のように「裘善」と言い、紅線は姓だけ「紅」と名乗った。

そして、二人を先に地面におり、あちこちに散っているみなに知らせを出し、悦来居の茶館で落ち合うことにした。

紅線や珊珊も一緒に悦来居にむかったが、こんな時間から女性が茶館で茶を飲んでいたら怪しまれるので、聶陰娘、白素雲、薛飛霞とともに外で待機し、他の者たちだけが茶館に入った。

第十五章　大捕物

捕吏たちがそろうと、武剛は、珊珊から聞かされていたように、店主に手配書を見せて、疑わしい人物がいないかたずねた。

「多くのお客様がいらっしゃいますが、みなさま静かにお過ごしです。大半はおなじみの方です。ただ、お一人だけ、臨安なまりの方が、こちらにいらしてから数日、病気で寝ていらして、どんな方なのかわかりません。金離れはいいお客様ですが」

武剛が問う。

「そいつは背の低い、二十歳ぐらいの男か？」

「おっしゃるとおりで」

「今、どこにいる？」

「今日は、どういうわけか早くお目ざめになって、すぐ外に出られました。おそらく茶館に朝食を召し上がりに行ったのではないでしょうか。親分が、ご自分でいらしてみては？」

「そうしよう」

武剛は店主と別れ、身を返して、飛ぶように茶館にむかう。

はたして、背の低いやせた男が、東の壁際の部屋に座っていた。卓の上には一碗の茶と、まんじゅうの乗った大きな盆があり、そこで食事をしているようだ。

武剛が来たので、捕吏たちが目くばせし、動き出そうとする。武剛は、早朝に出会った姓を裘という髯もじゃの老人と姓を紅という女がいなかったので、首を横にふって外に出た。虬髯公は燕子飛に顔を知られていたので、見破られて驚いて逃げられないように階下で待っていたのだ。

武剛は、階下で虬髯公を見つけて話を聞き、再び珊珊と打ち合わせをする。これで準備万端だ。

すぐに大股で階段を上がり、捕吏たちに手で合図する。

「関係ない者は立ち去れ、犯人を逮捕する！」

いっせいに声をあげ、わらわらと燕子飛の目の前に押し寄せる。短刀という短刀が抜かれ、鉄尺という鉄尺が振りあげられる。昨夜切られた鉄鎖を軟鞭のように振りまわす者もいて、十数人が一度に襲いかかった。

黄衫客と雷一鳴、文雲龍の三人も、みなが動き出すのを見て、仙剣を制して燕子飛にむかわせ、斬ろうとする。茶館で茶を飲んでいた人たちは、「犯人を逮捕する！」という声を聞いて、役人が踏み込んできたと知り、誰が逮捕されるかわからず、驚いてぶるぶる震えながら、あわてて外に逃げた。

燕子飛は青天の霹靂、何も武器を持っていなかったので、両手で卓や椅子をひっくり返し、二本の卓の足を武器にして、人々をなぎ払った。道を開き、窓から下を見て、他の建物に飛び移って逃げようとする。

だが、建物のまわりにも多くの人が待ちかまえている。縮れ髯の老人と紅い服の女、それに二度も子飛を捕らえようとした若い娘もいる。驚いて、あたりのみなと命がけでやりあおうとふりむくと、手にした二本の卓の足が、黄色い衣の道士と白い顔の書生の剣を受けて四つに切られた。さらに背が高くて力のありそうな男が頭めがけて剣で斬りかかってくる。燕子飛は手足をむやみに動かし、身を低くして右足で地面をなぎ、人々をはらいのけた。

何かないかと、きょろきょろと見まわした先に、囲炉裏があった。炉の上には二個の銅の大壺が残されていて、茶を入れるための湯がシュンシュンと煮え立っている。

燕子飛は、これだと思い、くるりと前転して近づくとともに反動で身を起こし、大壺をつかみ、あたりにいたみなの頭の上に放りだした。ザバッとばかりに煮え立った湯が飛び散る。予想外のことに、武剛や捕吏たちは頭や顔に湯を浴びせられて、たちまち火ぶくれができ、皮膚がただれて、痛みのあまり声をあげて撤退しようとする。

黄衫客、文雲龍、雷一鳴の三人の仙侠も体に湯がかかったが、幸い、顔ではなかった。

燕子飛の手に、もうひとつ壺があるので、不用意には近づけない。数歩退かざるを得なかった。

子飛はこの機に乗じて、身を返して窓にかけより、

「それっ！」

声とともに、またもザバッとばかりに、壺ごと煮え湯を下に放る。街路に立っていた人は湯を浴びて、頭を抱え叫び声をあげて逃げない者がない。虬髯公と聶陰娘も丁度見上げていて、顔にたくさんの湯を浴びた。仙人となった身であっても、ひどい痛みを感じて、顔をおおって動けなくなった。子飛は喜んで、さらに大声で叫ぶ。

「命が惜しかったらそこをどけ！　行くぞ！」

バッと下にひと跳びし、大股で歩き出し、飛ぶように進む。

紅線、素雲、飛霞は遠くに立っていた。大壺の湯はせいぜい二、三十碗分だったので、そう多くの者にまでかからない。三人は無事だったが、虬髯公と聶陰娘が顔をおおって退いたのを見過ごすことができず、傷の様子を見にむかい、子飛を追う気は失せていた。

ただ花珊珊だけは、聶陰娘と一緒に立っていて頬に湯を浴びて肌を腫れあがらせながらも、仇を討ちたい一心で、左手で傷をさすりながら右手に刀を取り、以前のように命がけで燕子飛を捕らえようとした。子飛が窓から飛びおりると、逃さず、足先に力を込めて後を追う。

燕子飛は、後を追ってくる音を聞き、誰とはわからないまま、ふりむきもせず、いつもの腕を見せて、両手に十分な力を込めて人混みをかき分ける。ぶつかった者で、地面にしりもちをつかない者はない。こうしてひとすじの道を開き、悠々と進んでいく。

あわれにも珊珊は独りで狂ったように後を追う。前をはばむ者はなく、一刻とたたないうちに燕子飛は幾重にも取りまいていた囲みから逃げ出していた。珊珊はなおもきびしく後を追う。だが、燕子飛が逃げたのは南だ。南は大河ではばまれている。珊珊は心の中で喜んだ。

（あいつの悪事もここまで。河まで行けば、もう逃げられない）

燕子飛はあわてて方向を間違えた。はじめは気にも留めていなかったが、大河に近づき、遠くに白い水の輝きが見えると、うめき声をあげた。

「しまった！　この道は絶路だったか。どうする？」

やむを得ず、身を返して立ち止まり、他の道へ逃げようかと考える。珊珊の足は速く、すでに目の前に追いついている。倭刀を振りあげて燕子飛めがけて斬りおろす。

燕子飛は、追って来ていたのが、他でもない、連夜屋根の上で彼を捕らえようとした女だと見てとると、相手の力量が並とわかっているので、いくらか気をゆるめた。刀が振りおろされる前に見切って、右足を相手の腕めがけ、さっと蹴りあげる。命中だ。

花珊珊は、蹴られた腕じゅうがしびれて、刀を持っていられなくなった。カラッと音を立てて、刀が地面に落ちる。

子飛は勢いに乗じてさらにひと蹴りし、珊珊の脇腹に蹴りあてた。珊珊はしっかりと立っていられなくなり、仰向けに倒れた。子飛が喜んで近づき、拳を振りあげる。と、珊珊が鯉魚攻水の勢を使ってまっすぐに飛び起き、逆に子飛の心臓めがけて拳を入れる。

子飛は避けきれず、あわてて体を傾けたが、肋骨の上を打たれた。ある程度力はあるが、重い拳ではない。子飛は顔をしかめ、拳を受けた。

「蓮っ葉が！　いい加減にしろ！　今日は死ぬまで戦ってやる」

捨て身になり、珊珊にむかって拳を連打した。

二人はひとかたまりになって戦った。はじめは優劣がつかなかったが、十度と手を合わせないうちに、珊珊はしだいに相手をしきれなくなった。さらに三、四回手を合わせると、息を切らせ、汗だくになる。子飛は、わざと隙を見せ、珊珊が蹴りあげてくると、右手を上げて独劈華山の勢で足をつかみ、一丈ほど遠くに投げ倒した。さらに寒鴉撲水の勢で殴りつけ、地面に倒れている間に、もう起き上がれないように、右足で腰と肋骨を押さえ、拳を振りあげて上も下もなく乱打した。花珊珊はあちこちに青あざができ、体じゅう傷だらけになって、今にも命を落としそうだ。

燕子飛は、先ほど花珊珊が落とした刀が近くに落ちているのに目を走らせ、手をのばして拾いあげ、斬り殺そうとした。

そのとき、忽然と、目の前にひとすじの光が走り、耳のそばで大きな声がした。

「燕子飛、なぜ人を殺す。手を止めるんだ！」

叱りつけられて燕子飛がふりむくと、師匠の空空児が来ていた。あわてて刀を捨て去り、両膝で跪いて迎える。

「お師匠様、いつここに？　ご挨拶申し上げます」

空空児は手で引き起こし、返事をする。

「そんなことはしなくていい。それよりも聞かせるんだ、この娘は誰だ、なぜ殺す？」

子飛は、すでに重傷を負って地面に倒れている珊珊が、しゃべれそうにないと見て、嘘をつく。

「お師匠様に申し上げます。お師匠様がお出かけになった後、しばらくは家で何事もなく過ごしていましたが、何かしたいと思い、私も家を出て、やがてここについたのですが、病を得て、前方にある三岔道の大街にある悦来居に泊まっておりました。

朝になると熱が出て夜になると寒けがして、病気がかなり重かったのですが、今日はいくらか体が楽だったので、早起きをして宿屋の茶館で朝食を取っておりました。すると、この女も茶館にやってきて、いあわせた客たちの金を盗み取ろうとしました。弟子はそれを見て許せず、その場で怒鳴りつけました。すると女が刀を抜いて斬ろうとしてきたため、迷惑にならないようにここに誘い出したのです。

痛い思いをさせてこらしめるつもりでしたが、道理をわきまえようとせず凶暴にも武器を取って何度も斬りつけてきて、弟子の命を取ろうとしました。そこで弟子は刀を蹴り落とし、地面に押し倒して殴りつけました。

こういう連中をのさばらせておくわけにいかない、民のために害を除こうと思い、斬り殺そうとしたところに、丁度、お師匠様がいらしたのです。この女の刀をお確かめ下さい」

空空児はこれを聞くと、近づいて刀を見た。倭刀の柄には「花珊珊佩」の四文字が篆書で刻まれていて、宝剣ではなかったが、十分に鋭利で、この女に武芸の心得があるのがわかる。うなずいて、さらに子飛に問う。

「おまえの宝剣はどうした？」

「宿の部屋にあります。持って出なかったのです」

「武器を持っていなかったのか」

「はい」

空空児はしばらく考え、燕子飛の話を信じて、それが真実だと思いこんだ。

本来なら空空児も珊珊を殺そうと考えるところだが、見ればまだ若い上、娘はずいぶんとひどく痛めつけられていて、憐れに思えた。

「この女のしたことは、殺されても仕方のないことだ。だが、見れば重傷を負っていて、明日をもしれない命だろう。放っておいても死ぬ。もし死ななくても以後は改心し、行いを改めるだろう。ただ、おまえはすでに大街でこんな騒ぎを起こした。この女に何かあれば、悦来居にいられなくなる。俺と一緒にすぐに別のところに移ろう」

「お師匠様のお言いつけに従います。ただ、宿に弟子の宝剣や荷物がございますので、取りに行きませんと」

「もちろんだ。今夜一緒に荷物を取りに行こう」

燕子飛は、あえてそれ以上言わず、空空児とともに北にむかった。

花珊珊は、燕子飛に重傷を負わされ、空空児が来ていた頃、かすかに意識はあったが、やがて気を失い、人事不省となった。

武剛たちは、珊珊の姿が見えなくなったので虬髯公たちに報告し、手分けして探した。

そして紅線に発見されたのだが、そのとき珊珊は、口から泡を吹き、息も絶え絶えであった。紅線が、いそいで背負って悦来居に連れ帰ると、丁度、黄衫客と武剛が店内にいて、店主とともに燕子飛の荷物を検めていた。荷物からは、金、銀、珠や翡翠など、貴重な品々が数え切れないほど出てきた。多くは盗まれた品だ。そこで武剛は、県の役所に運ばせ、ひとつひとつ出所をはっきりさせ、元の持ち主に返させた。

一方、燕子飛が使っていた剣だけは、探しても見つからなかった。多くの者は、燕子飛が持って出たのだろうと言う。だが、黄衫客は、

「やつは手ぶらで、何の武器も持っていなかった。宿のどこかに隠してあるはずだ」

みなはあちこちを探すのだが、まだ探しあてられない。そうこうしているうちに紅線が珊珊を背負って戻った。命が危うくなっているとわかり、みなは驚いて集まった。武剛が言う。

「ここでは治療できない。家に運ぼう」

みなも同意し、仙侠たちと捕吏たちはそろって店を出て、花家にむかった。

悦来居の店主は、来歴がわからない人物を泊めていたので、燕子飛とは無関係だと役所に申し出た。来客簿上、燕子飛は偽名を使っており、事情を知らなかったので、かくまったわけではないとされ、注意を怠った罰として四十回板で打たれただけで帰された。


花珊珊は、紅線に背負われて家に連れ帰られ、寝台に寝かされた。

黄衫客が右手を唇の上にあてると、かすかに息がある。いそいで捕吏仲間に酒を買ってこさせ、燗をつけさせる。袋の中から起死回生丹を十粒取り出し、紅線に渡し、酒にとかすように言う。また、聶隠娘、薛飛霞、白素雲らに、花珊珊の口をこじ開けて薬を飲ませるように指示した。

しばらくすると、腹の中からゴロゴロという音がして、薬が効き目をあらわした。

「あいたた！」

叫び声をあげて、珊珊が息を吹き返す。

紅線たちが何度も話しかけるが、珊珊はなおも口をきけず、枕に頭をつけたまま感謝を示す。やがて激しい腹痛を訴え、大量の血を下した。だが、痛みが続いており、すぐにまた気を失ってしまった。

黄衫客は不思議に思い、いそいで脈を取り、ていねいに診断する。肝脈が強く動いていたので、傷が肝経を動かしているのだとわかった。幸い混元湖で白獺を倒して獺肝を手に入れていた。獺肝は肝疾によく効く。黄衫客は袋から獺肝を一葉取り出し、白素雲に命じて水でといて口に入れ、ゆっくりと飲みこむのを待たせた。

はたして霊験があり、珊珊はゆっくりと目をさました。やがて仙侠たちに返事をし、燕子飛を追って返り討ちにされ、あわやのところに背の低い人が来て燕子飛を叱り飛ばし、意識を失ったところを幸いにも救われたといったことをひととおり話す。

話を聞いて、黄衫客がたずねる。

「背の低い人というのは、何歳ぐらいであった？　どのような服を着ていたか思い出せるか？」

珊珊が答える。

「年は、およそ二十歳前後です。黒い色の袖口の広い服を着ていて、商人のようでした」

黄衫客が喜んで言う。

「そうだとすると、おそらく空空道兄が来たのだろう。もしそうなら、なぜあの賊を倒さなかったのだろう」

虬髯公、聶陰娘、紅線も何度もうなずく。文雲龍と白素雲は、詳しいことを知らず、ともにたずねた。

「なぜ空空師伯だと思われたのですか？」

虬髯公が言う。

「まだわからないか？　われらは太元境から下山する時、五本の仙剣を分けてたずさえてきた。公孫道姑が煉ったもので、五花剣と呼ばれ、青、黄、赤、黒、白の五色の剣だ。今、雷徒弟が得たのが葵花剣、色は黄色。薛徒弟のは榴花剣で赤色。文徒弟のは薊花剣で黒色。白徒弟のは桃花剣で白色。だが、あの青い芙蓉剣は、空空道兄が誰に伝えたかわかっていない。

芙蓉剣は五本の剣の中で最も鋭利で比べるものがない。動かす時はひとすじの青い光がまぶしく輝く。

二度にわたって、わしと聶道姑はあの賊を捕らえようとした。毎回、やつの手にした宝剣は青い光を放っていた。文徒弟と薛徒弟も見たであろう。

由緒があるに違いないとは思ったが、芙蓉剣であるはずがない。わしも聶道姑も見極めがつかず、黄衫道兄が来るのを待った。道兄は眼力に優れているから、必ず見極められるだろう。うまい具合に、やつは、今日はまだ剣を使っていない。どこかに隠してあるのだろうが、まだ見つけられていない。

今の花さんの話によると、賊に殺されそうになった時、背の低い商人風の男が来たという。年の頃も空空道兄と一致するし、姿も似ているから、他の者とは考えにくい。きっと選び間違えて、誤って盗人を徒弟にして剣を授けてしまったのだろう。ために数多くの犯罪が起きてしまった。

すみやかに空空道兄を探し、あの賊がしてきたことを、ひとつひとつ知らせ、剣を取り戻すように言おう。そうすれば燕子飛もすぐにつかまえられるだろう」

一鳴と素雲も理解した。


時は移り、空はもう真っ暗だ。仙侠たちは商議し、今夜先に空空児を探し、その後で燕子飛を捕らえることにした。空空児が仙剣を取り戻してからであれば、事はたやすくなる。とはいえ、空空児をどうやって探すかについては、すぐに話がまとまらない。黄衫客が言う。

「貧道が思うに、空空道兄は燕子飛の一方的な言葉を信じたのだ。子飛は悦来居に荷物を置きっぱなしにした。おそらく仙剣も店内にあるだろう。今夜、もしかすると二人で一緒に取りに来るかもしれない。我々が先に悦来居に行って様子を見てはどうだ？」

虬髯公が言う。

「黄道長のおっしゃるとおりだ。ただ、花さんの傷が重いから、誰か看病する者は必要だ。わしが思うに、今夜は空空道兄の助けがあるから大人数はいらない。紅道姑、聶道姑と薛徒弟、白徒弟らはここでつきそっていてくれ。我々二人と雷徒弟と文徒弟が行こう。黄道長のお考えは？」

「虬道兄の考えに従おう」

話がまとまると、各々服を調え、次々と出発した。そのとき、捕吏たちはまだ花家に残っていた。黄衫客たちが悦来居にむかうと聞いて、武剛が言う。

「われわれもお供しましょうか？」

虬髯公が返事をする。

「必要ない。連夜、みな大変だっただろうから、今夜はそれぞれ家に帰って、よく眠ってくれ。我々がもし凶悪犯を捕らえられたら、明日早朝に花家に来てもらって、おまえたちに犯人を引き渡し、県の役所に連行してもらう」

武剛たちは叩頭して感謝を示し、それぞれ帰っていった。


虬髯公、黄衫客、文雲龍、雷一鳴の師弟四人は悦来居にむかった。店に着くと、三更を知らせる太鼓が鳴った。店主を驚かせないように、屋根に跳びあがり、長い間待っていると、ふいに庭にふたすじの光が見えた。一方は紫で、一方は青く、まっすぐ上にのびている。

黄衫客は、紫の光が空空児の紫電剣が変化したものに間違いないと見抜いた。そして自分の仙剣を抜き、風にむかってひとゆらしする。と、こちらもふたすじの光に変わり、あたりを照らし出す。すると、紫の光が収束して、一人の人が現れた。まごうことなく空空児である。青い光のほうは弦を放れた矢のように、あっという間に南西に飛んでいく。

黄衫客は怒りをあらわにし、虬髯公に空空児への対応を任せ、自分は剣光に乗って後を追う。

文雲龍と雷一鳴はまだ剣遁を習得していなかったが、屋根の上を進む腕に自信があったので、それぞれ飛ぶように追いかける。

空空児は事情を知らず、虬髯公にたずねた。

「あいつらは、どこにむかったんだ？」

そして、これまでのことをたずねたので、虬髯公が答える。

「話せば長くなるが」

そしてかいつまんでこれまでのことを話し、たずねた。

「なぜ燕子飛を徒弟にした？　剣術は伝えたのか？　先ほど、青い光が南西にむかったが、あれがやつか？」

「そのとおりだが、虬道兄はなぜ知っているんだ？」

虬髯公は足を踏みならして、

「あんなやつに、なぜ剣を学ばせた！　このままでは、われらの教えがすっかり悪党のものになって、我々が下山して道を伝えてきた苦労が無駄になってしまう！　先ほど、黄道兄師弟と貧道の徒弟の文雲龍は、やつをつかまえにむかったのだ。

空空道兄、我々に力を貸して、あの悪者をすぐに捕らえて害を除き、道兄がしでかした罪を償うんだ」

空空児はひどく驚き、

「虬道兄、あの燕子飛がしたことに何か問題があったと？」

虬髯公は冷笑した。

「燕子飛は極悪人だ。嬉々として女を手籠めにし、悪事を数え切れないほど積み重ねている。他の土地でも山のように犯罪を起こしているのは言うまでもない。この山陰県の三岔道でも、やつが来て数日で、強姦、強盗、殺人……事件を起こさなかった夜がない。県できびしく捕らえようとし、捕り方の花信が怒りのあまり亡くなった。花信の娘の珊珊は、女傑として父の仇を討ちたい一心で、上官の代わりに民のために害を除こうとして、やつにひどく打たれて命も危ういところだった。これはすでに道兄もその目で見ただろう。わしは道兄に怨みはない。悪人ばかりを信用するから、こんなことになったのだ。今夜、ここに来ると思っていた。やつは仙剣をなくしているから、必ず盗み出して取り戻すだろうと踏んでいたのだ」

この話を聞いて、空空児は口を開けて目をぱちくりさせるばかりで、ひと言も返せない。虬髯公がたたみかける。

「もっと聞きたいことがある。あの剣遁は道兄がやつに伝授したのか？　下山するときに話をしただろう。もし伝えるべき者にめぐりあえたとしても、吐納の術まで教えてはならないと。道兄はなぜ善し悪しも考えず、勝手に秘法を授けたりしたのだ。今起きているようなことは、あいつが残忍なことをしたというだけでなく、天地の和を傷つける。道兄は公孫道姑や仙侠たちに反することをしている。このままでは将来、世の中の人は、『侠』の字を見れば見るほど悪くとり、盗賊同様に扱うようになる。道兄は、後日、どんな顔をして山に帰るのだ？」

空空児は虬髯公の話を聞いた。一句一句が手厳しく、燕子飛がそんな人物だとは夢にも思っていなかったので、悔やんでも悔やみきれない。すぐに捕らえてしかばねを切りきざみたい思いで返事をした。

「虬道兄、責めないでくれ。あの賊が、すでにそんなに悪事をなしていたとは！俺の失敗だ、見そこねたのだ。誤って剣術を伝えてしまった。俺もすぐに黄道兄たちを助けてやつを追い、仙侠たちとともに始末をつけ、罪を償う。かまわないだろうか？」

虬髯公が答える前に、南西にひとすじの剣光が見え、星のように黄衫客が飛び帰った。

第十六章　妙手空空

空空児は、燕子飛が捕らえられたのだろうと思い、喜んで近づいた。

「黄道兄、御首尾は？」

黄衫客は剣光を収め、頭を横にふった。

「聞かないでくれ」

虬髯公は黄衫客が独りで手ぶらで戻ったのを見て、おそらく以前のように失敗したのだろうと踏んだ。だが、文雲龍と雷一鳴が戻ってこない。いそいでたずねる。

「文と雷の二人はどこへ行った？　会わなかったのか？」

黄衫客が言う。

「二人はまだ後ろだ。すぐに来る。悪辣な燕子飛の奴め、貧道が追ってくると気づくと、一里ほど遠くで剣光を収め、大胆にも貧道と手を交えた。およそ、二、三十合戦うと、文と雷の二人が追いつき、貧道に加勢する。賊は形勢不利と見ると、わざと失敗したふりをして剣遁に乗って逃げた。文と雷の二人が追えるわけがない。

貧道はしばらく追った。やつも催剣の法を会得しているなどとは信じられなかったのだが、やつは剣を催し、たちまち影も形もなくなった。この剣の運用法は、貧道の飛龍剣の運用と違いがない。あせって追いかけて、ますます遠くへと逃げられては捕らえるのがますます大変になると思い、さらに二、三里追ってから、追いつけないふりをして、剣を収め、脇に身を伏せた。

やつは剣光が消えたのを見てふりむき、追ってくる者がないと見て、すぐに南西の荒れ果てた山のふもとにある古い廟の中におりた。貧道はなおも行って捕らえようかと考えたが、道兄がたも自らの手でとお望みなのではと思い、また文と雷の二人が道に迷うのを恐れて、一度戻ることにした。

やつがこのように宝剣を扱えるなら、どうすれば捕らえられる？　そうでなくても、やつがあの剣で身を守っているのでは、簡単にはいかないだろう。道兄がたのご高見をおうかがいしたい」

虬髯公が言う。

「空空道兄が誤ってやつに剣遁の術を伝えてしまったのが、こうなった主な原因だ。すぐに宝剣を取り戻さねばならないが、それは空空道兄にしかできない。第一に、師匠と弟子だから、あやつも師匠を尊んで、そうそう無礼なことはしないであろう。第二に、空空道兄は、もともと妙手空空の名で呼ばれている。もしやつが師匠に従わずに剣を返さなかった時は、盗んだものを盗み返せばいい。徒弟のためだ、盗みをしてはならないという戒律を破ることにはならないだろう」

空空児はこれを聞いて、真っ赤になって言う。

「虬髯道兄、今さら、からかわないでいただきたい。俺も他に思いつくこともないので、今晩、剣を取り戻そう。だが、あの悪者は今どこにいるのやら。黄道兄、一緒に行ってくれ。探しても見つからないなどということのないように願いたい」

黄衫客が言う。

「もっともだ。貧道は道兄とともにむかおう。虬髯道兄も行けるだろう。今晩、やつを捕らえることができれば、すばらしいではないか」

虬髯公がうなずいて同意する。


三人が商議している時、雲龍と一鳴が帰った。二人はハアハアと息を切らせ、こんなに寒いというのに、走って汗だくになっている。

「あの剣遁は、信じられない速度です。走ったのでは、到底追いつけません」

虬髯公が言う。

「剣遁は一刻に三、四十里進むことができる。走ったのでは十五、六里程度までだろう。止まらずに走ったとしても、追いつけるわけがない。

おまえたち二人は、今夜も得るものがなかったな。すぐに花家に行って休め。みなにも報告して、落ち着いて眠るように伝えてくれ。我々は行って、もう少し探す」

二人が承知して去ると、空空児、虬髯公、黄衫客の三人は、すぐに剣光に乗って南西にむかった。黄衫客が先に行き、空空児が続き、虬髯公が後ろだ。

例の荒れた山に着くと、それぞれ剣光を押さえて地面に飛びおりた。はたして、ひどくいたんだ古い廟がある。廟に進んで四方を見まわしたが、燕子飛の姿はない。黄衫客は残念に思った。空空児が廟の中をひとまわりし、眉間にしわをよせて二人に言う。

「あの悪者はすでにどこかに行ったようだ、どうしたものかな？」

虬髯公が言う。

「行ってしまったとなぜわかる？　もっとあちこち探すべきではないか？」

空空児が言う。

「虬道兄、疑うのか？　ここから門の外まで、あやつの足跡がいくつも残っている。逃げていないわけがなかろう」

虬髯公はこれを聞いて、気をつけて床を見ると、斜月がかすかに照らす中、廟内に厚く積もったほこりの上に、多数の足跡がある。ようやくはっきりと悟った。

（さすがに空空道兄は慣れたものだ。見ただけで出て行った足跡を見つけるとは）

頭をかすかにふって言う。

「すでにあやつがいないのであれば、ここにいても益はない。他を探そう」

黄衫客がため息をつく。

「ここにいてくれればよかったのだが。すでに別のところに逃げたとなると、他のどこかを探すより、まず花家に戻り、明日また動いたほうがよかろう。空空道兒のお考えは？」

空空兒が言う。

「道兒がた、しばらく待っていてくれ。もう一度、廟の外を探してくる」

そう言って、大股で廟の外に出て、あたりを見まわす。草がぼうぼうと生えているばかりで、鳥の声ひとつしない。いくらか草が踏まれた跡はあったが、とうとうひづめの跡も人の跡も、月光の下では判別がつかなかった。

見終えると、やむを得ず身を返し、虬髯公と黄衫客に知らせる。

「思うに、今夜は見つかるまい。明日手分けして、やつがおりたあたりを探し、夜になったら事を行うのがいいだろう」

虬髯公と黄衫客にも他の方法はなく、意気消沈して、花家に戻ってしばらく休むことにした。

空空兒は聶陰娘、紅線たちに花家で再会し、剣仙たちに、別れてからのことや、気がかりについて話した。

聶陰娘と紅線は、薛飛霞と白素雲に、空空兒を「空空師伯」と呼ばせて拝礼させた。空空兒は剣仙たちがすでに門人を得ているのを見て、ひどくうらやましがり、自分だけが誤って悪者に剣を授けてしまったことを深く後悔した。

黄衫客は花珊珊の傷の様子を確かめ、すでによくなっていたので安心した。

夜の残りは短く、すぐに翌日がおとずれた。珊珊はもう寝台で起き上がれるようになり、空空児に挨拶し、燕子飛の行動についてこまごまとたずね、さらに質問する。

「みんなが探しても見つからないなんて、あの剣は、いったい、どこにあるのでしょう?」

空空児は花珊珊が女とはいえ生まれつき意気盛んなのを見て思った。

(昔から、「天地霊秀の気は男子に集まらず」というが、こういう意味か)

「あの悪者は、黄衫道兄によれば、南西に逃げたそうだ。仙剣の隠し場所は、信じられないかもしれないが、寝床の下にある小さな穴の中だった。だからみなが探しても見つけられなかったのだ。

俺はかつてやつに、なぜそんなにしっかりと隠しておくのかたずねたことがある。やつはこう答えた。『室内に放りだしておくと、夜に光り輝いて人目につくので』」

珊珊が言う。

「あの剣は危険すぎます。剣に頼ってあいつが乱暴を働くのも当たり前です。今、あいつは南西に逃げたそうですが、南西は臨安に続いています。臨安にむかっていないともかぎりません、どうでしょうか?」

「安心しなさい。俺が今日、すぐに出かけて聞いてくる。居場所をつかんだら、まず剣を回収し、それからあやつを捕らえ、役所に突き出して裁いてもらう。そうしなければ、俺の面子が立たない」

黄衫客がこれを聞いて、挑発するように言う。

「空空道兄、そう軽く言うが、あいつをつかまえるのは、道兄であっても手こずるだろう。弟子の腕が師匠を超えるのはままあること。勝てなかったらどうする？」

空空児は不満そうに、

「黄道兄、口が過ぎるぞ。不才ながら俺は、道を極めて仙となった剣侠だ。燕子飛がどれほど修行を積んだというのだ。俺が徒弟にしたのだ、捕らえられないわけがない」

虬髯公も歯に衣を着せずに言いつのる。

「道兄の剣術ということであれば、お弟子の数倍は勝っているだろう。だが、紫電剣ではお弟子の青芙蓉剣に勝てるものではない。もし手を交えるなら、心に留めておくといい」

空空児は不平を募らせた。

「青芙蓉剣は確かにいい剣だが、俺の紫電剣が負けているだと？　本来であれば、道兄がたと一緒に行って、あの悪党を捕らえて戻るところだが、虬道兄や黄道兄がそんなことを言うのなら、今日は、俺独りで行ってやる。捕らえられないなどと言わせはしない」

そして、怒りのままに腰の紫電剣を取り、風にむかってひとゆらしして叫ぶ。

「すぐに行ってくるぞ」

剣光に乗り、空を切って飛び去った。聶陰娘と紅線が引き止めようとしたが、間に合わなかった。二人を激しくなじると、黄衫客がかすかに笑って言う。

「道姑がたは空空道兒と仙山で集まるようになってまだ日が浅いから、あいつの性格を知らなくても仕方あるまい。あいつに何かさせたかったら、頼むより怒らせるほうがよいのだ。もし怒らせなければ、捕らえようとしないだろう。ましてやあいつらは師匠と弟子として長く過ごしてきたのだ、絶技を繰り出したりできまい。

そこで貧道と虬道兒は話を合わせて、いらない話をしてあいつを怒らせたのだ。きっと、何か手がかりをつかんでくるだろう。戻ってくるのを待って、再度手を打とう」

虬髯公も同じようなことを言ったので、紅線と聶陰娘もその心を知り、また、空空兒が誤って悪人に剣を授けたために仲違いをしたのではないとわかり、こんな話はやめにした。


さて、空空兒は、負けん気を出して花家を飛び出し、剣光に乗って、まっすぐに南西へむかった。百里ほど行き、山の斜面を選んでおりる。人にたずねてみると、ここは臨安の銭塘県に属する土地で、回燕坡と呼ばれているという。三方が山で、一方が銭塘江に面していて、間を大きな道がひとすじ通っている。沿道にはたくさんの人家があるが、多くは丘の上で、とてもにぎやかであった。空空兒は考える。

(燕子飛はどこに行ったのだろう。なぜかこの山は名前にうまい具合に「燕」の字が入ってい

る、気をつけてたずねてみよう）

到着してから半日あまり、さっぱり所在がつかめないうちに空が暗くなった。気が塞いできたので、酒でも飲もうと酒場をおとずれた。

店に入るとすぐ、四、五歳ほどの子どもが大声で両親を呼んだ。

「さっきチビがただ飲みしたと思ったら、またチビが酒を飲みに来たよ」

空空児はこれを聞いて、もしやと思った。

子どものことなので、気にせず、階段を上がり、席を選んで座った。給仕が酒肴を運んでくる。空空児はひと壺の酒と、いく盛りかの瓜《うり》を取り、後はいらないと断った。酒を飲みながら給仕にたずねる。

「先ほど小さな子が、『チビがただ飲みした』とか言っていたが、チビというのはどんなやつだ？　どんな身なりだった？」

「お客様、小さな子どもの話など気になさらないで下さい。

今朝早くのことです。あの子はよくわからずに、お客様の背が低いのを見て、あんなことを言い出したのです、腹をお立てにならぬよう」

空空児は笑って言う。

「世の中に背の低い者はいくらでもいる。腹など立てるものか。

ただ俺は、ある背の低い男の居場所を訪ねようと思っていて、それで聞いたのだ、勘違いしないでくれ」

「お客様、本当にあいつのことを聞きたいのですか？　あいつはこの臨安の者で、年は二十歳前後、黒い服を着ていました。今朝ごく早い時間に来て、二斤の酒と大盛りの麺を食べた後、腰を探ったが半文さえ持っていなくて、無理矢理つけにさせようとしたのです。見たことがない相手だったので名をたずねたところ、『燕子飛』と名乗って、駆け足で逃げていきました。

我々は臨安で生まれ育ちました。燕子飛の顔は見たことがありませんでしたが、名前を知らない者はありません。屋根を飛び壁を走り、草を刈るように人を殺す極悪人です。そこで、争ったりせず、立ち去らせました。お客様がお訪ねになろうとしている背の低い男というのは、まさかやつのことではありませんよね？」

空空児はわざと答える。

「俺が探しているのは別人だ。だが、その燕子飛というのがそんなに好き勝手しているのに、なぜこの土地の役人は捕らえないんだ？」

「ここの知県様は他の省の長官なので、事件が起きても、何一つ解決しようとしません。昨年度も、たくさんの重大事件が起きたのに、一度だって取り調べをしていません。今では状況は、さらに悪化しています。

聞けば、燕子飛は、山陰県で何度も強盗殺人を起こしたそうです。山陰県の方知県様は、極めて公明正大で有能な好官です。知県様の下には、たくさんの有名な捕り方たちがいるそうですが、それでもあの燕子飛を捕らえられないのです。今、またもやつが逃げ戻ってきたとは、まったくこの土地のみなは運が悪い」

「その燕子飛というのは許しがたい大悪人だな。そんなやつに、自分の家以外に落ち着けるところはあるのか？　今朝早くここで酒を飲んだそうだが、夜はどこにいるんだ？　手助けしている者があるのか？」

「もともとここには烏天覇という友がいて、いつもやつの家にいます。この二人は一緒に、さんざん仕事をしていますが、近頃は、久しく見かけません。あの手合いは大胆で、宿屋ではなく庵や道観や寺院に泊まります。お客様、ずいぶん熱心にお聞きになりますね」

空空児は少し頭を下げて言う。

「教えてくれてありがとうよ」

丁度、酒も飲み終えたので代金を払い、給仕と別れて階段をおりながら考えた。

（賊は、そう遠くまで行っていないはずだ）

ひそかにあちこちをおとずれてみたが、なかなかたずねあたらない。しばらくすると初更となったので、一軒の宿で休み、明日また動くことにした。

翌日、再びあちこちをたずね、たっぷり一日が過ぎた。回燕坡の大通りも細い路地も、ほとんどすべて行ったが、さっぱり見当たらない。だが、こんな話を耳にした。

「街の南のほうに王という裕福な家があり、昨夜、賊に入られ、眠り香で眠らされている間に、家じゅうからたくさんの金銀を盗まれた上、十七歳の娘が殺されて、役所に通報したらしい」

空空児は、賊のしわざに違いないと思い、怒り、また苦しんだ。

そして、その晩は宿を取らず、二更を過ぎると剣光に乗り、山の前後をぐるぐると行き来して見まわった。三更を過ぎると、真北にひとすじの青い光がさし、南東にむけて飛んでいった。

空空児が確かめると、まさに燕子飛であった。いそいで紫電剣をうながし、きびしく後を追う。

あと少しで追いつくかと思われた時、青い光はふいに落ちていって見えなくなった。

空空児は剣を収めた。下に目をむけると茅葺きの庵がある。三間ほどの小屋だ。ここのようだ。

（おりていって、やつに仙剣を返すように説明して、受け入れられなかったら戦うことになるかもしれない。こんなせまいところでは力を使えない。ましてや、やつは仙剣で身を守っている。もし勝てなければ笑い話では済まないのではないか？　やつが眠ってから、虬髯公の戯れ言のように、まず仙剣を気づかれないように盗み出してしまおう。それから再度、方法を考えて、やつを捕らえても遅くないだろう）

考えがまとまると、屋根の上に軽く伏せ、下を見ると、まさにその部屋だった。はじめは細い灯火の光が現れ、銀錠がぶつかりあう音がした。今夜もどこかで盗みを働いたに違いない。

しばらくして、明かりが消え、静かになった。

空空児はもうしばらく待ち、屋根の上から二枚の瓦を下に落として、熟睡しているかどうか確かめた。はたして、物音も動きもない。空空児はいつもの腕を見せ、下に飛びおりた。落ち葉よりも身が軽い。これが、もともとの彼のやり方だ。黄衫客ら剣仙の中で彼が最も素早い。かつ、これも他のみなが持っていない絶技だが、夜目《よめ》を煉り鍛えてあり、暗いところでも物をはっきりと見分けることができる。

今夜は月が昼のように輝いているとはいえ、室内にまではあまり届いていない。

空空児が下におりて神眼を開いて様子を見ると、部屋の後ろに小さな開き戸があり、出入り口だと思われた。しっかりとかんぬきがかけてある。幸い、戸の隙間が広く空いていたので、すぐに軽く剣先を起こして隙間にさしこんで動かし、かんぬきをはずして体で押して入りこむ。

仏座には送子観音の像があり、左右に善財童子と龍女が立っていた。間に供え物を置く台があり、子飛が台の上で大いびきをかいている。台の四方の地面には、香炉や燭台が散らかっていた。子飛が台から落としたのだろう。他には何もない。宝剣はどこに隠してあるのだろうか。

空空児は、燕子飛が悦来居で言っていたことを思い出した。「室内に放りだしておくと、夜に光り輝いて人目につく」と言っていたから、室内のどこかの地面を掘って埋めたのではないだろうか？　だが、地面の土があるところに掘ったり動かしたりした跡はなく、どこを探せばいいかわからない。

どうしようかと思っていると、ふと燕子飛が寝返りを打った。空空児はひとすじの冷気がせまるのを感じて、身震いした。

（今夜は確かに寒いが、室内に風は来ない。なぜ骨まで冷えるのだろう？）

不思議に思い、気を落ち着けて台の上を見ると、あの青い芙蓉剣がある。燕子飛が服でくるんで背に敷いていたのだ。寝返りを打ったので、剣先がわずかにあらわになり、寒気を感じたのだ。空空児は大いに喜んだ。だが、背に敷かれているものを、どうやって盗む？　眉根をよせると、いい考えが浮かんだ。

空空児は自分の紫電剣を腰から取って短い髪を数本手に入れ、左手で持って、燕子飛の耳のあたりで振った。

子飛はもうろうとしながら、耳のあたりに異変を感じ、驚いて目をさまし、飛び起きた。

空空児は相手の体がどいた瞬間に、右手をのばして芙蓉剣を引っぱり出し、剣を包んである衣服ごと手の中に収めた。何も言わず、左手で紫電剣をいそいで抜き、燕子飛の顔に突きつける。

燕子飛は、真っ暗な中、ぼんやりとしており、師匠が来るなどと思ってもいなかったので、仙剣を盗まれて、たいそう驚いた。あわてて頭を傾けて剣を避ける。

「誰だ、この燕子飛様の宝剣を盗みに来るとは、死ぬのが怖くないのか？」

暗い中、手で地面の鉄香炉をさぐり当て、持ちあげて投げつける。それが体の脇を飛んでいくと、空空児は怒りを爆発させて怒鳴りつけた。

「おまえのような悪者に剣を伝えてしまうとは！　悪事を行ってはならないと教えたのは誰だ？　今日で悪事はおしまいだ、もう人前で悪事を働くことは許さぬ！」

言い終えるや、再度剣で切りつける。

子飛は、空空児の声を聞いて、並の驚きようではなく、ふてぶてしく強弁しようとしたが、すでに剣で斬りかかってきているので、ひと言も言えずに、パッと庭に跳びだし、屋根に飛びあがった。

「お師匠様、お許し下さい。弟子から申し上げることがございます」

空空児は子飛が屋根に上がったのを見て、自分も剣光を輝かせて屋根へと追い、大声で叱りつけた。

「普段からあれだけのことをしておいて、今さら、何を言うつもりだ？」

頭めがけて、また打ちかかる。

屋根の上には月光の白い光が差している。子飛ははっきりと見て、避けられないとわかると、逆に手をのばして迎えた。白手接刃だ。手練れだけが危険を顧みずに習得を目指す技だ。

幸い空空児は機敏であったので、子飛が素手で受けようとしたのを見て、わめき声をあげた。

「大胆な悪《わる》が！　師匠に腕を見せびらかす気か！」

たちまち剣を収めたので、燕子飛は空をつかみ、前のめりに膝をつき、あやうく屋根から落ちるところだった。はっきり相手にならないと悟り、いつもの力を尽くして、むかい側の山にむかって命からがら跳ねていき、でこぼこした道をむやみに跳ねて、山頂にたどり着いた。

「逃がさんぞ！」

空空児が叫んで、飛ぶように追ってくる。剣遁は足で進むよりはるかに速い。追ってくるのを見て、子飛はあわてて動き、うまい具合に山のふもとにいばらの茂みをいくつか見つけた。人間の背よりも高い。すぐに知恵を働かせて、目を閉じ、両手をのばして、頭を山のふもとにむけてすばやく転がりこんだ。とげだらけのいばらの茂みの中でしばらく休む。

空空児も相手が山の下に転がったのを見て、剣光に乗って近づき、追いかけて山を下った。山のふもとは、いばらの茂みにおおわれており、どこを探していいかわからない。

転がったあたりに何か跡が残っていないかと思ったが、子飛はすでに十二分に軽身の法に熟達しており、わずかな痕跡もなかった。ひととおり探したが、たくさんのいばらを切り開かなければ到底見つけ出せそうにない。

「妙だな」と何度も言いながら、長い時間探していたが、

（今晩は捕らえられなかったが、剣は回収できた。他のみなと面会し、交代しよう。

燕子飛は好き勝手に悪事を働いていたが、やつとはずっと師匠と弟子だった。傷つけたり命を取ったりはしたくない。戻ってみなに知らせて、再度捕らえる方法を考え、つらい思いはここまでにしよう）

そう考え直し、ゆっくりと歩き去った。

燕子飛はいばらの茂みの中に長い間伏せ、人の気配がしなくなってから、頭をあげて探りを入れ、空空児がすでに遠くまで行ってしまったのを見て、大いに喜んだ。絶体絶命のところを命拾いしたのだ。そして芙蓉剣のことを思い出した。

（何か方法を考えて、必ず取り返し、身を守らなければ。つかまえに来る者も多い。手練れたちに遇ったらどう戦う？）

しばらくためらってから、這いずり出て、歩き出す。空空児の後をつけ、機を見て取り返そうと考えた。空空児は歩いていったから、追いつけるかもしれない。

だが、姿が見えないうちに、空がすっかり明るくなった。すでに銭塘県を出ている。手を出せないまま、さらに一日進んで、ようやく山陰の花家にたどり着いた。

子飛は、他の家の戸口に立って、空空児が門を押して中に入っていくのを確かめてから、ゆっくりと歩き去った。

夜になると、いろいろな考えが浮かぶ。

（あの剣を取り返すには、以前のように盗むしかないだろう。他にいい方法はなさそうだ）

そこで勇気を出して、人が寝静まった後で道を戻り、花家まで進むと、技量を出して、軽々と屋根に跳びあがった。まったく音を立てない。

解毒剤の龍胆石を口に含む。追魂香を焼いてみなの意識を失わせてからおりるつもりだ。瓦に手をのばした、まさにそのとき、月光の下に、シュッという音が響き、雪のように輝く小刀が飛んできた。

「うわっ！」

叫んで、頭を低くしてやり過ごす。

カラッと音がして、小刀が屋根の上に落ちる。同時に、またもまっすぐに飛んできた。

「まずいぞ！」

蹴り開けた片足の下を、小刀が抜けていった。

さらに三本めの小刀が飛んでくる。

第十七章　芙蓉剣の剣主

空空児は、燕子飛が後をつけてきていることに気づいていた。だが、道に人も多いし、師弟のよしみを思うと忍びないしで、手を出さず、そのまま花家までついて来させた。

花家に到着すると、みなに仙剣を取り戻したと報告するとともに、今晩にも燕子飛が芙蓉剣を取り戻しに来るだろうと知らせた。これを受けて、黄衫客がみなを花家の八方にひそませる。虬髯公が東、聶陰娘が西、紅線が南、黄衫客が北、雷一鳴が南東、文雲龍が南西、白素雲が北東、薛飛霞が北西。空空児と花珊珊は中央で対応し、残りの武剛たち捕吏は屋内にいて、縄や鉄鎖を準備して捕らえる手はずだ。

燕子飛は北西から侵入してきた。北西には薛飛霞が伏せていて、燕子飛が現れると、そのままやり過ごし、黄衫客と聶陰娘に知らせた。すぐに手配がなされ、燕子飛が瓦を手に取ろうとした時には、屋根の上はもう、遠巻きに取り囲まれ、準備が整っていた。

燕子飛は自分の足に自信があったので、あたりを注意していなかった。

花珊珊は五本の飛刀を持っていて百発百中の腕なのだが、これまでは真っ暗だったり人が多かったりしたため、誤って人を傷つけるのを恐れて使えなかった。だが、今夜は月が昼のように明るく照らしており、仙俠たちは遠くに身を伏せている。まさに使い時だった。珊珊は袋から取り出した飛刀を燕子飛にむけて放つ。一本めを顔に、二本めを斜めから、三本めは後ろから。

「うわっ！」

燕子飛が、頭を低くして一本めをやり過ごす。すぐに二本めが、まっすぐに飛んできた。

「まずいぞ！」

蹴り開けた片足の下を、二本めの小刀が抜けていく。

二度までかわしたが、つづいて後ろでシュッという音がした。

後ろから飛んでくることまではわかったが、避けきれない。子飛は、あわてて身をひねり、口中に含んでいた龍胆石を吐き出し、口を大きく開けて、飛んできた小刀をうまく噛み止めた。

花珊珊が驚き、四本めを飛ばそうとする。燕子飛はすでに見とがめていて、口の飛刀を手の中に握り、珊珊の喉元へと飛ばした。

「まずい！」

あわてて身を曲げる。小刀は珊珊の頭の上を、まっすぐに飛びすぎていった。

驚きのあまり真っ青になって、大声で叫ぶ。

「仙長がた、道姑がた、いそいでつかまえて！」

その言葉が終わらないうちに、いらいらしていた空空児が、青い芙蓉剣を手に、大声で叫ぶ。

「いまいましい奴め、手を止めろ。俺が相手だ！」

屋根の一番高いところから、背後へと飛びおりる。

燕子飛は剣が空空児の手の中にあるのを見て、今晩は盗むのは難しいと悟り、返事もせずに、南西へと逃げ出した。

するとすぐに、一人の女が道をはばんだ。白装束を身につけている。道士の服だ。剣を手に声を張りあげる。

「逃げるな、白素雲が相手をする！」

剣で横薙ぎに切りつけた。

燕子飛は武器を持っていないので、戦おうとせず、西へと道を変えた。

そう進みもしないうちに、またしても一人の女が道をはばむ。全身赤ずくめ、紅線だ。子飛の頭めがけて切りつける。子飛は、ちらっと見て数歩退き、足を斜めに運んで東へと急ぐ。

東には聶陰娘がいて、やはり剣で切りつける。燕子飛は方向を変えて南に逃げる。

長い間待っていた黄衫客が叱りつける。

「燕子飛、今夜は逃がさんぞ、わしの剣を食らえ！」

燕子飛は四方すべてで待ち伏せされていたので、魂魄が抜けてしまうほど驚いた。身の置き所がなく、黄衫客と決死の一戦を交えて道を開いて逃げようと思った。そこへ、耳の後ろからシュッという音が響く。またも飛刀が来たのかと、頭をひねって確かめると、ひとすじの青い光が空中から飛ぶように落ちてくる。空空児が青芙蓉剣で襲ってきたのは明らかだ。

燕子飛

子飛は、驚きもしたが、喜びもした。驚いたのは、この剣は鋭利で、対すれば命の危険があるからだ。喜んだのは、幸い初めに吐納の法を身につけていたので、剣光が来たら納剣の法で納めれば、もしかすると持ち主のもとに戻るのではないかと思ったからだ。

行動が決まると、わざと黄衫客にむかって拳を繰り出し、脇に打ちかかった。ほぼ同時だ。燕子飛の手がまだのばされず、黄衫客の飛龍剣がまだ戻らないうちに、あの青芙蓉剣が燕子飛の目の前に飛んできた。

子飛はいそいで左手で剣訣を作り、右手で仙剣をひと招きした。

「来い！」

叫ぶと、驚いたことに、その剣が手元に飛んできて、すぐに動きを止めた。

子飛は望外の喜びようで、すぐに五本の指を広げ、剣の柄を握りしめ、手中に収めた。

「お師匠様、仙剣をお返しいただきありがとうございます！」

ひと声告げて、左手の剣訣をほどき、右手で剣を持って黄衫客に斬りつける。

黄衫客は、あっけにとられてぼんやりするばかり。空空児は雷のように怒ったが、悔やんでも悔やみきれない。両足で屋根を踏みならして大声で叫ぶ。

「悪党が！　きさまを捕らえないうちは、誓って山に帰らんぞ！」

そう言うと、いそいで腰から自分の紫電剣を取り、子飛に斬りつける。子飛はこのとき仙剣を持っていたので、虎に翼が生えたように、先ほどのように戦いを避けたりせずに叫んだ。

「お師匠様が先に剣を飛ばして弟子を傷つけようとなさったのです、ご無礼をお許し下さい」

剣をあげて空空児に斬りつける。

これを見て黄衫客が怒りをあらわにし、飛龍剣を使って空空児を助けて二人で子飛の相手をする。子飛はおびえも恐れも見せず、左にはらい右に突き、相手にしがたい勇猛ぶりだ。

虬髯公たち仙侠は、空空児と黄衫客が勝てないのを見て、みな怒りを抱いた。

虬髯公は、さきほど空空児にむかって、「燕子飛を助けたいから手を出さないのだろう」などと言って焚きつけた。それで空空児が剣を飛ばしたので、今、剣を奪われて、後悔し、ますます憎しみの炎を燃え立たせた。手にした屠龍剣をゆすって、仙侠たちとともに、いっせいに子飛を取りまく。

燕子飛は勇気をふるって、五人の仙人、五人の侠客と戦って、わずかのおびえも見せない。

下にいる武剛たち捕吏は屋上で戦っているのを知り、ときの声をあげて助勢した。その声に驚いて、あたりに住む人々が次々と目をさます。凶悪犯の燕子飛を捕らえようとしているとわかると、気の小さい者は出てこようとしなかったが、いくらか肝のすわった者の中には、服をかぶって中庭から顔をあげて見る者あり、屋根にのぼって遠くから様子をうかがう者あり。

月光の下で無数の色鮮やかな光が踊りまわる。青がひとすじ、黄色がひとすじ、赤がひとすじ、黒がひとすじ、白がひとすじ。ひとすじが東にむかえばひとすじが西に走り、中秋の名月のながめよりさらに見応えがある。だが、光の輝きが強く、ほとんどの者は目を開けていられれない。

中には、さらに五すじの輝きがある。ひとすじは深い黄色、ひとすじは淡い紅色、ひとすじは紫色、ひとすじは深い緑色、ひとすじは浅い碧色。この五すじの光が囲む、まさに中央に、ひとすじの青い光がある。不意に上がり、あるいは下り、高くなり低くなり、あたりをかき乱し、最もすさまじい。他の光はやや暗くなったり明るくなったりで、青い光に比べて散漫だ。

十すじの宝光の他に、ひとすじの冷たい光がある。青に似ているが青ではなく、白に似ているが白ではない。それもそこで一緒に飛びまわっている。これは花珊珊の使う倭刀だ。しかし青や黄色の光とはほど遠い。

しばらく見ていると、ふいに深い黄色のひとすじの光が二すじに分かれて青い光の中につっこんでいった。これは黄衫客の飛龍双剣だ。さらに紫色の光も動き出し、淡紅色、浅碧、深緑の光とともに、みな空へと飛びあがる。紫色のは空空児の紫電剣、淡紅色のは紅線の飛虹剣、浅碧のは聶陰娘の碧雲剣、深緑のは虬髯公の屠龍剣だ。

これを見て燕子飛は、みながそれぞれの仙剣を飛ばして自分を不意打ちにして殺そうとしていると悟った。子飛は目も早く機敏である。自分も手の中の芙蓉剣を空に飛ばし、左手でつまむようにして剣訣を作り、右手の三本の指を立てて上を指さし、ひと声叫んだ。

「急げ！」

すると芙蓉剣は海で蒼龍が戯れるかのように、空中を止まることなく舞い踊って、五本の仙剣の相手をし、おりてこようともしない。

見ていた者たちの多くは度肝を抜かれ、「すごい剣だ！」と、ひそかに喝采する。

空空児は燕子飛が芙蓉剣を飛ばすのを見ると、喜んで、以前子飛がしたように左手で剣訣を作り、右手を上にむけて何度か手招きして叫んだ。

「止まれ！」

だが、剣はまったく動かず、おりてこなかった。止めようとしても止められず、取り返すこともできない。なぜなら、燕子飛が先に手を打って、剣を飛ばしても剣訣を作ったままにしていたからだ。依然として剣は子飛の手の中に握られているも同然だ。

空空児は腹を立てたあまり、相手に怒りをぶつけずにいられなくなった。逆に紫電剣を何度か指さすと、剣光が増し、この上なく鋭くなる。そのまま芙蓉剣にむかわせようとする。

黄衫客たちもそれに呼応して剣をうながし、流星のように素早く、まっすぐにせまる。五本の仙剣はひとかたまりになり、五色に輝くひとつの彩雲となって上を取り、下になった青芙蓉はようやくいくらか遅れを見せた。

とはいえ、燕子飛も同じように催剣の法を会得している。もし仙人たちが桃花、葵花、榴花、薊花などの剣を使ったとしても、当然、芙蓉剣が最もすぐれている。ましてや飛龍、紫電といった剣は、黄衫客や空空児らが平素煉成したもので、どれほど時と手間をかけたかわからないが、青芙蓉剣と比べられるものではない。

だが、敵の数が多いので、またも相手をしきれなくなってきた。燕子飛は形勢不利と見ると、極度に剣を急がせた。脇から見上げていた人や下にいた捕吏たちには、見ようとしても見えず、ぼんやりするばかりだ。

文雲龍、雷一鳴、薛飛霞、白素雲は自分の手の中を見る。仙剣はあるとはいえ、ここまでの使い方は学んでおらず、無謀なことはできない。もし仙剣をなくしたらどうなるだろう？　このため、誰一人として動かなかった。

ただ独り、花珊珊だけは、燕子飛が頭をあげて仙人たちと激しく剣を戦わせ、上半身を防いでいるのを見て、下が手薄だと思った。そこで残った二本の飛刀の一本を飛ばして足元をねらう。手をのばしてシュッと飛ばした小刀が、燕子飛の足に飛ぶ。

はたして子飛は防げずに、足の脇まで来てから気づき、「うを！」と、いそいで飛燕帰巣の勢を使って両足で斜めに跳ねた。飛刀は空を切り、まっすぐ前へと飛んで、逆に白素雲を傷つけるところだった。幸い素雲はすばやく身をかわし、飛刀は足の脇をかすめて屋根瓦へと落ちる。花珊珊は思う。

（この五本の飛刀。いつも百発百中だと思っていたのに、今夜はもう四本も飛ばし、あの野郎にすべて避けられた。思い切って最後の一本も飛ばしてしまおう。もし当たらなくても、命がけで芙蓉剣を破ろうとして、あわてさせ、そこにたたみかけて倭刀で刺し殺すというのはどう

かしら)

そして、五本めの飛刀を手にし、子飛の背中めがけて、シュッと投げつけた。

子飛は仙剣を見上げていたとはいえ、耳を澄ませており、背後で物音がすると暗器だと気づき、あわてて身を伏せた。小刀が頭の上を飛びすぎる。黒い頭巾が切りそがれ、四、五ふさの頭髪が切り取られた。魂が飛び出すほど驚いて、大声をあげる。

「蓮っ葉が！　何度も飛び道具など使いやがって。必ずつかまえてやるからな。俺の仙剣を味わわせて、恨みを晴らしてやる！」

そんなことを言っていると、気が散って手の剣訣がゆるみ、芙蓉剣が下へと沈み、まっすぐに落ちてきた。飛龍、紫電などの五本の剣が、大風が雲を吹き飛ばすような勢いで燕子飛にむかって押し寄せる。子飛は真っ青になり、あわてて芙蓉剣を取り、風にむけてやたらに振って、いそいで剣遁に乗って逃げようとする。

花珊珊は、すでに近づいていて、倭刀で子飛を横薙ぎに切ろうとした。

子飛は受けきれず、片方の足を上げて宙を踏み、芙蓉剣を倭刀にむけて切り下げた。

ガチャッという音がして、極めて鋭利な倭刀が、刀の先から削られて半分になっていた。まったくわずかな力もかかっていない。珊珊は自分の刀が子飛の剣にやすやすと傷つけられたのに気づいただけで、まだ理解できていない。突然刀が少し軽くなったのを不思議に思って、よく見ると、刀の残り半分、棟だけが手の中にあり、刃がすべて削り取られていた。たちまち驚いて色を失う。

仙侠たちも目を走らせる。花珊珊の倭刀は本来、宝刀であった。以前、珊珊から聞いた話によれば、珊珊の父の花信が海賊を捕らえた時に手に入れたもので、重さは十四、五斤前後、長さはおよそ二尺、幅はおよそ二寸。刃はごく薄く、紙を乗せて息を吹きかければ真っ二つに切れるほどの鋭利さだった。それが今、芙蓉剣によってそぎ落とされたのだ。芙蓉剣の、鉄を削ること泥の如しという言葉に恥じない鋭利さに、みなひそかに感嘆する。

雷一鳴は、燕子飛が剣光をゆらして両足を動かし、剣遁に乗って逃げようとするのを見て、いそいで葵花剣を取り、足が地面を離れる前に斬りつけようとした。だが、そこへ削り取られた倭刀のかけらが降りそそぐ。

雪のようにキラキラとしたものが肩の上に落ちてきたのを見て、一鳴はあわてて歩を進めて避けた。花珊珊の刀の破片とは思い至らず、燕子飛が暗器を放ったと勘違いしたのだ。その機に乗じて燕子飛は剣光を近づけ、一鳴がどいて空いたところへまっすぐにつっこみ、逃げ道を作って逃げた。一鳴が地団駄を踏んだが遅い。

空空児、虬髯公、黄衫客、紅線、聶陰娘の五人の剣仙は、逃がすまいと、それぞれ仙剣をうながし、入り乱れて後を追う。一鳴たちは剣遁を会得していなかったので、追っても無駄なのがはっきりしていたから、屋根の上で待った。珊珊も、断たれた刀を捨て、大きくため息をつき、呆けたように屋根の張り出しに立ちつくした。

第十八章　船上の戦い

燕子飛のほうは、重囲から脱出したものの、ふりむくと後ろで剣光があちこちに現れている。そのひとつひとつが稲妻のように、四、五丈ほどの距離のところを次々と追ってくるのを見て、ひどくあわてた。左手の三本の指をつまむようにして剣訣を堅く結びしめ、もっと速くできれば追ってこられないのにと夢想する。追ってくる仙人たちも催剣の法を心得ており、子飛よりさらに速い。しばらくすると、距離の差は、二、三丈にまで縮まっていた。

子飛はあわてたがどうしようもない。と、前方にひとすじの大河が道をはばんでいるのを見つけた。川はばは二、三十丈はあり、どのぐらい深いかわからない。これこそ、三岔道の南にあった河だった。以前、花珊珊をひどく打ったのもここだ。

水はみなぎり逆巻き、夜の静けさの中、激しい水流の音が響く。夜間であり、一隻の舟もない。子飛はこれを見ると、急に考えが浮かんだ。

（他に道はない。わずかな時間も無駄にできない。危険は承知だ。だが、剣光に乗っていこうにも、この大河だ、空を行くにも勇気ばかりでなく力が足りないかもしれない。河の半分も行かないうちに落ちたら、生きてはいられまい）

あれこれと思っているうちに、小さい頃、泳ぎを練習したのを思い出した。水の中に一、二時辰も隠れていたりできたではないか。久しぶりにやってみよう。今夜は、危険を承知で動くのだ。さらに烏天覇のしかばねのことを思い出した。縮れ髯の老人は水面を進むことができたが、腕はそんなものではないだろうなどと思えば思うほど心細くなり、気持ちが定まらないまま河辺に到着した。

白々と広がる万もの波頭や、寒々とゆれる千もの波影が見えた。早朝の風が吹き、残月が沈もうとしている。春の冷え込みは厳しく、手足も凍ってしびれるほどだ。

子飛は、自暴自棄になり、河辺に着くと、寒さに耐え、思い切って剣光を走らせ、空中に飛びあがり、河を飛び渡ろうと夢想し、危険を承知で行くのだと考えた。だが、河面を二、三丈進めただけだった。下を盗み見ると、足元で激しい波が天までうねり、体はふらりと水面の上をただよっている。今にも落ちそうに思えて、心が乱れ、手の剣訣が少しゆるんだ。

とたんに、くるくると、剣ごと空中から河に転げ落ちた。

「助けてくれ！」とわめく。

両目を閉じ、手足をじたばたさせ、さらに歯をきつく食いしばって、水底へと沈んでいく。たちまち、水中にもぐって消え、影も形も見えなくなった。

空空児たちが追いつくと、水面に丸く、波紋がいくつか残っていたが、他には何もない。みなは不思議がった。

聶陰娘が言う。

「あいつが渡るのをこの目で見ましたが、しばらくすると見えなくなりました。泳ぎが得意で、河に隠れたのでしょうか？」

虬髯公がうなずいて言う。

「そうかもしれぬ」

空空児が言う。

「あの悪党が泳ぎを習ったことがあるなどとは聞いたことがない。おそらく足をすべらせて落ちたのだろう。この大河だ、生きてはいまい。悪事を重ねてきた報いだ」

黄衫客が言う。

「空空道兄のおっしゃるとおりだ。ただ惜しむべきは青芙蓉剣が水中に落ちてしまったこと。後の日に、公孫大娘にどうお話ししたものか。とはいえ、あの悪党の腕は並ではない。水につかって半日や一日では死なないだろう。我々が逃がしたからこんなことになったのですぞ。貧道が思うに、道兄がた、道姑がたが、再度ご自分で下におり、探して捕らえるのがよろしいでしょう。もし本当に死んだのならしかばねを引き上げて、武剛たちに報酬を受けさせればいい。もし生きているのなら、水中で捕らえればいいでしょう」

四人の剣仙たちは同意し、各々の仙剣を動かして、東西南北の四方の水面下を探した。

黄衫客は中央に行って探した。一時辰ほど、大河の河底の水までひっくり返すほど探したが、子飛の行方はさっぱりわからない。剣仙たちはひととおり探し、波を踏んで岸にあがり、一カ所に集まった。

「奇妙だな」

すでに日は高い。黄衫客は、これ以上探しても無駄だと、剣仙たちと商議し、とりあえず戻ることにした。ただ、子飛は生きているに違いないので、再び消息をさぐり当て、方法を考えて捕らえることにする。

河に落ちた燕子飛のほうは、命からがら、仙剣を握りしめて両目を閉じ、七、八丈ほどの深さまで水中に沈んでいった。およそ人がうっかり河に落ちた場合、生きていれば流れに逆らうし、死んでしまっていれば流れに流される。

子飛が河に落ちた時、丁度、潮が満ちてきていた。この河は銭塘江に通じていたため、潮が満ちると、激しく渦巻き、逆流する。

子飛は、三岔道の大河から流れにもまれて、何度も曲がりくねりながら上流へと流された。このため、空空児たちが探しても見つからなかったのだ。

およそ二、三時辰たつと、あたりの潮もおさまり、風も弱まり、波も静かになった。子飛は息も絶え絶えで、生きのびられるなどと思ってもいなかった。うまい具合に、とある水際の砂地の左に流れ着いて体が止まった。ここは水流が極めてゆるく、山陰県の最も西、灎《えん》澦《よ》灘《たん》と呼ばれている。三岔河からは十里以上離れており、漁師たちが集まって住んでいるところだ。

子飛はここに流れ着いた。網で魚を捕っていた漁師が、砂地のあたりで水の中から光を放っているものがあるのを見つけて他の漁船に知らせたため、何があるのかと、たくさんの漁師たちが見に来た。泳ぎが得意な者たちが、入り乱れて水に飛びこんで探ると、他でもない、ひとつの死体が見つかり、大騒ぎになった。押してみると柔らかく、まだ生きているとわかった。

人ひとりの命を救うのは七重の塔を造るに勝る善行だと信じられていたので、よってたかって岸に引き上げてみると、二十歳ほどの男で、手に宝剣を持っていた。きつく握りしめていて、不思議なことに、手から離そうとしても離れない。いそいで伏せた腹の下に竹の板をさしこみ、一人が右足で軽く背を踏むと、すぐにたくさんの水を吐き出した。そこで板を取り去り、生姜湯を少し飲ませて、地面に寝かせた。

しばらくすると、とうとう息を吹き返し、しだいに意識がはっきりしてきた。漁師たちが集まっているのを見て、生き返ることができたのだとわかると、なんとか身を起こして感謝を示そうとした。

漁師たちは、生きているとわかると、名前やなぜ水に落ちたのかをたずねた。子飛は本当のことは言わずに返事をする。

「姓を於、名を飛といい、絹織物を商っています。昨夜、三岔河で強盗に遭い、持ち物をすべて奪われた上、水に落とされ、ここに流れ着いたのです。お救い下さってありがとうございます。真の命の恩人です。後日、必ずお報い致します」

漁師たちは言う。

「強盗にあった商人だったのか、かわいそうに。三岔河のあたりには昔から事件など起きたことがなかったが、近頃は燕子飛というやつが現れて、あたりをひっかきまわしていて落ち着かない。きっとそいつの仕業だろう。またしても罪を犯したのか。あの賊はいつになったら捕まるのかねえ、まったく腹が立つ」

子飛は漁師たちが面とむかって自分のことをののしるので、やむなく、いくらか言葉をあわせてののしる。やがて、一人の年老いた漁師がたずねた。

「お客人、腹は減っていないか？　このじじいの船で食事を用意するが、食うか？」

「かたじけない。昨夜からずっと、何も食べていないんです。ご老人のここまでのご恩にどう報いればいいかお教え下さい」

「たかが一食、気にするな」

すぐに子飛を舟に連れて行き、食事をさせる。漁師たちはそれぞれに散っていった。

老漁師は姓を陳《ちん》、名を実《じつ》といい、この土地の人だった。魚を捕って水上で暮らしてきて、年はすでに六十七歳、鬚も眉も雪のように白い。他の家族はなくなり、舟には雪貞《せってい》という十八歳の孫娘だけがいる。漁師の格好をしていて化粧っ気もないが、生来の軽やかな肢体には独特の愛らしさがある。

子飛が舟に着くと、陳実が孫娘に後ろの船室から飯を運ばせた。飯の他に焼き魚とエビの炒め物、それに大きな碗一杯の高粱酒が運ばれる。子飛は、災いにあったことなど忘れ、色心を起こして、まじまじと雪貞を見つめた。食事が終わると、疲れを覚えて、しばらく舟の中で休ませてもらえないかと陳実に願った。陳実は疑いもせず、すぐに許して言う。

「今日は寒くて魚も捕れない。好きなだけ舟で休むといい」

子飛は喜び、とうとう横になって眠ってしまった。目がさめた時は、すでに夕方近くだった。わざと、「失礼しました」と繰り返し、身を起こして去ろうとする。陳実は好意で言う。

「もう夜だ。お客人は陸に上がっても金も荷物もない、どこへ行ってどこに泊まるんだね。この小舟にしばらくとどまって一夜を明かし、明日また考えればよかろう」

子飛はこのひと言を待っていたので、わざと感激したというような話をして、その晩は舟の中に泊まった。

ただ雪貞だけは、子飛が舟に乗りこんできてからの軽々しい挙動や、あいまいな物言いを見て、はたして本当に災難にあって救われた人なのかといぶかしんだ。様子も変だし、手の中に雪のように輝く剣を握って片時も離さないことから、良くない人物なのではと警戒した。

（おじいさんは年を取っていて、私は若い娘、舟には他に誰もいない。こんな恥知らずな若い男を招き入れて泊めるべきではないわ。何かあったらどうしよう）

だが、舟はせまく、陳実は少し耳が遠くて、やめてほしいと伝えることができず、そっと気をつけておくことにした。

二更を過ぎた頃。陳実はすでに眠りの郷に入り、大いびきをかいている。ふと、舟のへさきがかすかに動くのを感じて、十分に警戒していた雪貞は、たちまち夢からさめて、あたりに耳を澄ませた。同時に、物音を立てないように気をつける。

しばらくすると、後ろのほうから物音がした。明らかに何か起きている。

叫び声をあげようかと思ったが、相手は武器を持っているに違いない。さわいで驚かせて荒っぽい気を起こされたら、命が危ないかもしれない。となると、説き伏せて逃げるしかないと思えた。

どうしようかと思っていたそのとき、ふっと香りが鼻をついた。かいだことのない、変に強い香りだ。雪貞は、古来この種の犯罪者がよこしまなことをする時には、まず香をたいて人を気絶させてから手を下すと聞いていた。そこでこの香りを怪しみ、いそいで身を横たえ、綿の掛け布団を頭の上にまでかぶって手足を縮め、しっかりともぐりこんで、じっとしていた。すみずみまできちんとしめてかぶったので、風をまったく通さず、あの香りもとうとう入ってこなかった。

やがて、船尾のむしろが開いて、一人の人が飛びこんできた。極めて身軽で、小舟だというのに、まったくゆれない。雪貞はさらにおびえて心ここにあらずだ。その人は船室に入ってくると、右手で剣を持ったまま、左手であたりじゅうをあちこちさぐりはじめた。相手が、もぐりこんでいるところの近くまで来ると、雪貞はどうしていいかわからなくなって、叫び声をあげた。

「誰ですか、暗い夜に来て何を？」

相手が逆にひどく驚いて跳びあがった。もちろん、燕子飛である。追魂香をたいて雪貞を気絶させて事を行い、声をあげさせないつもりだったのに、雪貞が気絶していなかったのだ。驚かずにいられない。

（何百回とこの追魂香を使ってきたが、一度だって効かなかったことがない。なぜこの小娘は気絶していないんだ？　舟の上で風通しがよすぎて香りが吹き飛んで集まらなかったのか？

こうなったら、叫び声をあげられてもかまうものか。まず先に、少しうまいことを言って口説こう。従わないようなら力尽くってことにすればいい）

そこで、ほほえみながら答える。

「この子飛めは、御祖父様にお救いいただき、お泊めいただいたご恩にお報いするために、お嬢さんと結婚し、この先、一生御祖父様にお仕えしてはどうかと考えております。どうかお許し下さい」

雪貞は、ぶるぶる震えながら拒絶する。

「恩を知り、恩に報いるなら、なぜこんな禽獣のような真似を？　明日、祖父に知らせて結婚の許しを得ましょう。あなたは人並みすぐれていらっしゃるし、愛おしんで慕って下さるというなら、結婚してもかまいません。ですが、今夜のような行いは礼法にかなっていません。絶対にだめです。どうか今夜はすみやかに身をお慎み下さい」

子飛はこれを聞いて、そっと思った。

（頭のいい娘だ。もう少しいいことを言って、気持ちを探ってみよう）

そして軽く言葉を返した。

「お嬢さんのお気持ちをうかがい、これに勝る幸せはございません。とはいえ今夜は風も清らかで月も明るい素敵な夜です、無駄にはできません。どうかお憐れみを。言い訳はなしにして」

話しかけながら、手で布団をめくろうとする。

雪貞は、すぐに無理強いする気だと恐れて、あわてて説き伏せて去らせようとした。

「そうまで愛して下さるのですね、お気持ち確かに。ですが、あなたは昨晩、強盗にあって水中に落とされたばかりではありませんか。さぞ冷たかったでしょう、くれぐれもお体を大切になさって下さい。かなうならば、明日、祖父に報告し、良縁を結びましょう。そうすれば末長く一緒にいられます。今宵一時だけではありません。よくお考えになって下さい」

子飛はこれを聞いて含み笑いをする。

「お嬢さんは俺が昨夜河に落ちたと言ったが、今日、この体のどこに悪いところがある？　隠さずに言うと、もともと俺は武芸を修練していたんだ。偶然に水に落ちたところで何ともない。水中に二、三時辰もぐって身を隠していたって平気だ」

雪貞は、なぜこんな話をしたのかと思い、相手のことを聞き出そうとして、言葉でたぶらかした。

「あなたがそれほどの腕をお持ちなら、昨夜はなぜあんなことに？　お金や荷物を取られただなんて、その燕子飛には、きっとたくさん仲間がいたのね。それで、あなたでは相手にできずに、ひどい目にあったのでしょう？」

子飛は、ここぞとばかり、隠すのを忘れて、べらべらと答える。

「まったく隠さないで言うとだ、きみの言う燕子飛がどんなやつかと言えば、俺こそがその燕子飛なんだ。今日は御祖父様や漁師がたに疑われないように、姓名を隠していた。昨晩は、道で仇に出くわしたんだ。あいつらは十数人、多すぎた。それでしくじったが、いずれ、すぐに必ず報復する」

雪貞は、相手が自分から燕子飛だと名乗ったので恐ろしくなったが、しぶとく、気持ちを強く持って答えた。

「聞いた話では、燕子飛は万夫不当の腕で、人知れず行き来することができて、昔の本に書かれている剣仙を彷彿とさせるとか。みなに敬われ慕われています。あなたは臆病で弱そう、そんな人であるものですか、笑わせないで」

「信じないのか？　他にも言おう。この芙蓉剣を見ろ。これこそが俺・燕子飛が自在に行き来するのに使っている宝なのだ。お嬢さんが心から頼ってくれるなら、いずれ欲しいという金銀財物、すべて好きなだけあげよう。これを使えば余裕だ、本当にすごいものなんだ」

雪貞はうなずきながら、心の中でそっと思う。

（この賊が好き勝手に暴れまわっているのは、この剣があるからなのね。今、各地の役所が莫大な懸賞をかけて捕らえ、民のために害を除こうとしている。今夜は舟の中にいるから、機会を逃さずに、色仕掛けで宝剣を手に入れてしまいましょう。それからさらに上手なことを言って、夜が明けたら漁師のみなに知らせて協力してもらってつかまえればいい。袋の鼠ね）

考え終えると、身をひるがえして座って言う。

「そうでしたか。まさに、燕剣仙様ではありませんか。

その芙蓉剣にそれほどの力があるのでしたら、この陳雪貞にも御縁がありますわ。

昨夜、不思議な夢を見たのです。夢の中で一人の白い鬚の老人が、私に宝剣を下さって、『おまえの一生はこの剣にかかっている。しっかりとしまっておくのだ』とおっしゃったのです。

今日、はたして剣仙様にお目にかかれるとは。これこそまさに良縁の前触れだったのね。この剣を結納の品として、これからは舟の奥にしまっておきましょう。そうすれば光り輝いて人を驚かせることもないし、人に盗み見られて騒ぎになることもないでしょう」

そう言って、子飛に手をのばす。

子飛は、さっと手を引っこめた。

「お嬢さん、待ってくれ。この剣を俺・燕子飛は、一刻だって手放せないんだ。もし必要なら他のものを結納品にする。これはやれない」

雪貞はこれを聞くと、ぽかんとしてみせる。

「燕剣仙様のお気持ちがわからないわ、どうなさりたいの?」

子飛は言う。

「俺の気持ちは、今晩、先にお嬢さんと結婚し、明日になったら御祖父様に報告だ。そうしてきみを引き受ければ、当然、この剣の上に一生がかかることになる。この剣をしまっておいて何になる?」

雪貞はこれを聞くと、すぐに返事をできず、驚きあせって、涙をぽろぽろとこぼしながら、何度も声をあげて泣き、しばらく何も言わなかった。身を震わせたので、小さな舟がこきざみにゆれる。子飛が気づいて、あわててたずねる。

「お嬢さん、どうした?」

雪貞は引き続き、口を開こうとしない。子飛が軽く言う。

「怖がらなくていい。わかったよ、俺が剣を手にしているから、剣が光って怖いんだろう。しかたがないな、それならしばらくこの剣をきみの布団の中にしまって光らないようにしよう。

だから怖がらないで、いいことをしよう」

とうとう仙剣を軽く放り、一方の手で掛け布団の角を引いてかぶせて光をさえぎり、もう一方の手で雪貞をつかもうとした。気づいた雪貞は、ひどく腹を立て、剣に近づくと、勇気を出して両手で剣を持ちあげ、子飛が開いたむしろの外へと力いっぱい、ビュッと放った。

子飛は色情を抑えられなくなっていたところで、気づいて奪い取ろうとしたが、すでに間に合わない。

ボチャンという音とともに、剣が水に落ちた。

子飛がすぐに激しく怒り、手を出そうとするより先に、雪貞が大声で叫ぶ。

「いそいで、賊をつかまえて！」

驚いて、陳実や近くの舟の漁師たちが目をさまし、騒がしくなった。

子飛は頭にきて、雪貞の顔を打とうとする。だが舟は小さく、戦う場所ではない。子飛が拳をかまえ、こぶしを突き出そうとする前に、後ろにのばした腕が船縁の木の板にぶつかった。

ガッという音を立てて板が割れ、バラバラになって水に落ちる。小さな舟が転覆しそうになって、子飛は立っていられず、「うわっ！」と叫んで仰向けになり、頭を下に、上半身が水につかる。ただ両足だけが、まだ船縁に引っかかっている。

雪貞はいそいで櫂を一本取り、足の骨めがけて思いっきりぶつけた。それほどの力はなかったが、うまく足首に当たった。とたんに子飛は、痛みのあまり足を引っかけていられなくなり、水に転げ落ちた。舟もあやうくひっくり返るところだったが、幸い雪貞が手にしていた櫂を隣の舟にむけて、力いっぱい支えたので、なんとか支えることができた。

やがて陳実と隣の舟の漁師たちが起きてきて、雪貞に何があったのかたずねた。雪貞はみなに、燕子飛をうっかり救ったのは間違いだったと訴えた。

漁師たちの中には泳ぎが得意で大胆な者がいて、賞金をもらおうと思って、十数人が命がけで水に飛びこんで捕らえようとする。

水の中の燕子飛のほうは、あわてもせず、必ず雪貞を殺して怒りをしずめなければと思った。だが、宝剣を捨てられてしまい、両手に何もないのが恨めしい。恨みを晴らすには、まず宝剣を探さなければ。宝剣さえ手にすれば、漁師たちなど怖くはない。

そこで水面に頭を出して四方を見ると、砂地のあたりにたくさんの漁師たちがいて、手に手に銛や竹竿、櫂などを持ち、勇んで水に飛びこんでいた。

子飛は気にせず、あの宝剣が落ちた場所だけを注意して見た。はたして、水中に剣光が透けて見える。キラキラと目を奪う輝きだ。岸からそう遠くない場所だと喜ぶ。

すぐに水中を泳いでそのあたりにたどり着くと、手をのばして下を探った。はじめは底に手が届かなかったので、水にもぐって探り、ついにつかんだ。そして鯉魚攻水の勢を使って上半身を水から出し、すぐに岸辺へと泳ぐ。

漁師たちは水中を探していたが、水面に人が現れたのを見て、「あそこだ!」と、蜂の巣をつついたような騒ぎで集まってくる。

「来てみやがれ！」

子飛が叫んで、水中で剣を振り、一人を殺す。みなは驚いて、誰も相手になろうとせず、わめき声をあげながら下がっていく。子飛は勢いに乗って泳いで追う。多くの漁師たちが命からがら岸に押し寄せる。子飛も岸に上がる。

雪貞と陳実はこれを見て、魂が抜けるほど驚き、あわてて櫂を取って舟をこぎ出した。

漁師たちもそれぞれ舟に乗り、大慌てで舟を出す。子飛は漁師を追わず、陳実の舟に照準を合わせると、二、三丈を、パッとひと跳びし、へさきに飛び乗った。

「助けてくれ！」

陳実が大声で叫ぶ。雪貞もあわてた。どうしていいかわからない。

そのときだ。砂地の上にひとすじの光が現れ、飛ぶように、またも一人の人がおりてきた。

こちらも手に宝剣を持ち、へさきに飛びおりる。

陳実は、燕子飛の仲間だと思って、驚きのあまり声をなくした。

現れた人も口を開かずに、燕子飛の頭めがけて剣で斬りつける。

子飛は不意のことに、相手を漁師だと思って、芙蓉剣をあげて受ける。

ガツンという音とともに剣が打ち合わされ、火花が乱れ散った。

ようやくそれが仙剣であると知った子飛は、思いもしなかったため驚きを隠せない。さらにこう考えた。

（へさきはせまい。やりあえる場所ではない）

すぐに宝剣を収めて、剣遁に乗って逃げようとした。

二人はへさきに立っている。剣は長く、舟は小さい。子飛の剣先が相手の頭の上の黒い頭巾をそぎ、水へと落とした。相手は驚き、いそいで身を伏せ、燕子飛の足元をなぎ払う。子飛は受けられず、上へと跳び、三尺あまり舟から離れて剣を避けた。その勢いのまま、相手を頭から斬りおろす。

「しまった！」

相手が後ずさりする。子飛の剣先に裂かれて、服が大きく切り取られた。驚いて冷や汗をかく。

雪貞は、やってきた相手が結局、子飛の敵ではないとわかったが、幸い、燕子飛の仲間ではなかった。舟を戻して漁師たちの助けを得て、ともに悪賊を捕らえるのがよさそうだ。

心を決めると、いそいで櫂の柄を引き、ギシギシとこいで岸にむかった。

船上の二人は、一剣、また一剣と、手を休めずに戦いあっている。とはいえ舟のへさきは小さく、英雄が武芸を競う場所ではない。

子飛と剣を交えていたのは、他でもない、文雲龍だった。

あの後、水に落ちた子飛も宝剣も見つけられずに剣仙たちが戻ると、みなは花家に帰って商議した。

そして翌日も手分けして探すことになり、雲龍は西を受け持った。一日探しても、さっぱり見つからなかったが、晩になって、灩澦灘のあたりに、たくさんの漁船が集まっているのを見つけた。注意して見ていると、遠くでひとすじの剣光が、まっすぐ水の中に落ちていくのが見えた。

丁度、雪貞が芙蓉剣を放りだしたところだった。

雲龍は不思議に思ったが、残念ながら泳ぎが得意ではなかったので、飛びこんで探しはしなかった。

やがて雪貞が舟から人を水中に落とすのを見た。岸から遠く、また夜間であったので燕子飛であるとわからなかったが、いくらか似ていると思った。

その後、舟から叫び声があがり、漁師たちが、「賊を捕らえろ!」と騒ぎだしたので、子飛に間違いないと喜んだ。岸辺に伏せて、漁師たちが追ってきたら手助けしようと思っていたら、子飛が水中で仙剣を拾い、漁師を殺し、漁師たちを追って岸に上がってきた。

雲龍は激しく怒り、飛燕出林の勢で子飛の近くまで追い、剣を取って隙をつこうとしたのだが、子飛は素早く、来たと思ったらすぐに跳び、早くも漁船に跳び乗っていた。

雲龍はあせったが、水面の上を走る技など習得していないので、子飛と同じようにひと跳びして、舟へと飛び乗り、話もせずに剣をふるって斬りつけた。数度やりとりする間に頭巾をそがれ、服を切られた。

やりあって息もあがり、命も危ないかと思われた時、雪貞が舟を動かしはじめた。舟が上下し、しっかり立っていられない。がんばって、さらに四、五合剣を合わせ、わざと斬りつけて隙を作り、岸へと跳び移った。だが、少し力があまり、ボコッという音とともに、小さな漁船が沈みはじめた。

雪貞と陳実が、同時に水に飛びこむ。子飛も水に落ちる。雲龍は地面を踏んでふりむき、漁船が沈んでいくのを見た。雪貞と陳実に何かあってはと心が痛み、岸の上であたりにむかって大声で叫ぶ。

「助けてくれ!」

漁師たちはすでにいなくなっており、答える者はない。雲龍は高い波を見てじたばたするばかりで、何もできない。

しばらくすると、砂地から三、四丈ほどのところに波紋が浮かび、しだいに近づいてきた。子飛かと疑い、あわてて剣を取り、戦いに備える。

岸に近づくと、一人の人が這い出てきた。陳実だ。その後からは雪貞が軽々と波をかき分けて現れ、びしょ濡れのまま岸に泳ぎあがる。雲龍は喜び、いそいで陳実に話しかけた。

「ご老人、ご無事でしたか?」

耳の遠い陳実には聞こえなかったようで、代わりに雪貞が答える。

「ありがとうございます。私たちは漁師で、泳ぎ慣れていますから、問題ありません。ところで、あなた様のお名前は？　お力添えに深く感謝します」

「文雲龍と申します。裘善師匠の命により、山陰県の捕吏・花信の娘の珊珊を助け、暴徒を除き落ち着いて暮らせるようにするため、賊の燕子飛を捕らえにまいりました。水上で捕らえられず、慚愧に堪えません。賊はどうなりましたか？」

ようやく聞こえたようで、陳実が服をしぼりながら雲龍を観察し、返事をする。

「あなた様でしたか。あの悪賊めは舟が沈む時に水に転げ落ち、行方がわからなくなりました。このあたりはそう水が深くもないですし、賊は泳げるようですから、死んではいないと思います。もう明るいのに、またこの岸に上がってこないところを見ると、別のところに泳いでいったに違いありません。老いぼれめは昨日、似合わない憐れみなど起こしまして、誤って悪人を助けてしまいました。それが災いの元。まったく、善行というのは積みにくいものですな」

「これまでのことを知らなければ、昨日誤って助けたのも無理はありませんが、今夜、お嬢さんが再び水に落としたのは？」

雪貞は真っ赤になって、うつむいて何も言わない。陳実がひととおり説明し、

「かわいそうに、この老いぼれのたった一人の孫娘は、あの悪賊の恨みを買ってしまいました。昼はいいですが、晩になったら、やつはきっと報復に来ます。お助け願えますものか？」

雲龍はこれを聞くと、しばらくためらってから、口を開いた。

「ご老人、ご安心下さい。すぐに帰って師匠に知らせて参ります。やつを捕らえましょう。今晩、ご老人とお孫さんに、きっと誰かがご一緒します。ただ、申し訳ないことに、大切な舟を沈めてしまいました、どうしたものか」

「大丈夫です。この灩滪灘のあたりには二百八十六隻の漁船があって、大きいのも小さいのも、古いのも新しいのもありますが、すべて親戚や古なじみです。今夜は少し大きめの船に泊めてもらって、あなた様のお師匠様がたをお待ちしましょう。

あの沈んでしまった小舟は、しばらくしたら、漁師仲間たちが引き上げて修理して帰してくれるでしょうから、あなた様はお気になさらないで下さい」

「そうでしたか、それはすばらしい。それと、お嬢さんは濡れた服を着がえて、冷えて体を壊さないようになさって下さい」

そう言いながら、ふところから二錠の銀子を取り出して陳実に渡し、服を買い、残りは船の修理代にするように言った。また、夜になったら、乗りこんだ船のへさきに小さな提灯をともして、見つけやすくしておいてほしいと頼んだ。

陳実は銀子を受け取り、雪貞ともども感激して、何度も何度も礼を言った。

「ではこのあたりで失礼します」

文雲龍は二人と別れ、飛ぶように花家に帰った。

第十九章　誓いの結末

　文雲龍が花家に帰り着いた時、日はまだ高く、武剛だけが門を守っていた。虬髯公たちは燕子飛を探しに出て、まだ帰っていないという。しばらく待っていると、一人、また一人と帰ってきた。

　雲龍は、燕子飛と偶然出会った話をひととおり話し、今夜、みなで灩澦灘に行って、力を合わせて捕らえてくれるように頼んだ。

　黄衫客が唇を噛む。

「文徒弟の話によれば、昨晩、剣を合わせ、極めて危うかったとのこと。賊は利剣を手にしている。今晩みなで行くのはもちろんだが、漁船が大きかったとしても、こうも大人数では乗りこんで動けなかろう。誰が乗りこむかだが、貧道と虬道兄、空空道兄、聶道姑、紅道姑なら安心だろう。

　おまえたち四人は花さんと陸地の上で手助けしてくれ。水上では賊の相手ができまい。間違いがあっては困る、昨夜のようにだ。幸いにも助かって少々のことですんだが、そうでなければ考えたくもないことになっていた。想像するだけで身震いがする。

道兄がた、道姑がた、良い策を考えて、まず剣を取り除いてから、力を合わせて捕らえるのがいいだろう。ご高見をうかがいたい」

虬髯公が言う。

「そもそも、空空道兄が誤って吐納を伝えたのが原因だ。今、わしら五人の剣の腕は、あやつとそう変わらない。誰にあの剣を回収できる。まったく面倒なことだ」

空空児は、またも虬髯公が責任の話を持ち出したので、何も言えず、しばらくぼんやりしていた。と、ふと思いつくところがあった。

(この五花剣は公孫大娘殿が煉成したものではないか。下山する時に大娘殿に術の使い方はたずねたが、術の解き方があるかどうかについては、たずねなかった。もしかすると、他に抑制する方法があるのかもしれないが、どうだろうか。飛雲山に行って公孫大娘殿に聞いてくればいいのではないか?)

そこで虬髯公に答えた。

「虬道兄は何度も、責任を取れと言うが、まったくそのとおりだ。こうなって、俺も十分に後悔している。

俺の考えだ。この五花剣はもともと公孫道姑のものだ。道姑がこの剣を煉った以上、剣を破る方法がないわけがない。俺を飛雲山に行かせてくれ。道姑に下山して仙剣を回収してもらって、ともにあの悪党を倒そう。道兄がた、道姑がた、どうだろうか?」

黄衫客はこれを聞くと、手をたたいた。

「空空道兄の話はもっともだ。なぜ貧道たちは、この剣の主人を呼ぼうと思いつかなかったのだろう。公孫道姑が煉った以上、道姑であれば必ず回収する妙法をご存知のはずだ。道兄はすぐに行って、早く道姑に下山してもらってくれ」

聶陰娘が言う。

「そうはいっても、飛雲山は下界からはるか遠くです。空空道兄が行っても、少なくとも四、五日はかかるでしょう。賊はすでに陳雪貞を仇と決めて、四、五日もたたずに、夜に報復しに来るでしょう。助けないわけにまいりません。計画を立てて進めましょう」

紅線が言う。

「不才ながら、灩澦灘に行きたいと思います」

黄衫客が言う。

「空空道兄が飛雲山にむかうとして、我々がここにいてもしかたなかろう。紅道姑は聶道姑と一緒に灩澦灘に行き、陳実の漁船を見つけて、しばらく雪貞のそばについていてくれ。我々も、そっと砂地のあたりを見まわって守る。もし賊が来て捕らえられれば、そこで大娘に仙剣を回収していただく。大娘の手を煩わせなくてよければ、なおさらよい。もし捕らえられなかったなら、大娘の到着を待ってからでも遅くはない」

空空児が言う。

「黄道兄の手配は完璧だ。俺はすぐ飛雲山に行く」

そして仙侠たちと別れて、剣光に乗り、昼に夜を継いで、まっしぐらに飛雲山へとむかった。


夜になって、黄衫客たちは灩澦灘に到着し、あたりを探して陳実の漁船を見つけた。百隻以上の船があったが、文雲龍との約束どおり、へさきに提灯がつけてあるのはその一隻だけだったので、すぐにわかった。やや古い大きな船で、岸から遠くに泊めてある。

文雲龍、紅線、聶陰娘が乗りこんだ時、雪貞はまだ眠っておらず、一人、灯火の下で網を繕い、明日の漁に備えていた。

雪貞は、空中から三人がおりてきたのを見て驚き、船室に隠れてそっとたずねる。

「どなたですか？」

文雲龍が答えた。

「陳さん、驚かないで。文雲龍です。聶道姑、紅道姑が一緒です。お嬢さんとお爺さんの命を守りに来ました」

雪貞は、望外のことに喜んで、あわてて陳実を起こし、一緒にへさきに連れてきた。挨拶をかわした後、紅線と聶陰娘が船室に招かれる。陳実は雲龍とともにへさきに座る。

雲龍は顔をあげて船を見まわす。この漁船は、昨夜沈没した小さな舟よりひとまわり大きく、船室には、四、五人が入れそうだ。へさきから、むしろや囲いをはずせば、さらに手足を動かしやすくなりそうだ。そこで陳実にむしろを巻き去ってもらい、戦う準備をする。

支度が調うと、昨日の小舟のことなどを、陳実とあれこれ話した。小舟は引き上げられて修理にかかっており、たいしたことがなかったので、二、三日あればまた使えるという。

雲龍は、陳実に、適当な時間になったら船室で休むように言い、ここには雪貞がいるし、自分では燕子飛の相手になれないので、船には泊まらず、聶陰娘と紅線が残ることなどを説明した。

そして別れを告げて岸に戻り、虬髯公たちを探し、ひそかに砂地のあたりを行き来して見まわった。

だが、その夜、燕子飛はまだ、雪貞たちの消息をつかんでいなかった。

第二夜、燕子飛はようやく雪貞たちがいる船をさぐり当てた。三更すぎに船に着いて手を下そうとしたが、紅線と聶陰娘にはばまれ、船上でしばらく戦ったが、勝てないと見て、泳いで逃げた。

第三夜、子飛は雷公鑿で船底に穴を開けて沈没させようとした。だが、紅線に、鑿で打つカンカンという音を聞き取られてしまった。紅線が水の中を見に来たので、子飛は驚いて逃げた。

第四夜は、砂地から、ひそかに剣を飛ばし、雪貞や船に乗っている人の命をねらおうとした。

だが、剣光を起こしたのを虬髯公と黄衫客が見つけて、それぞれの剣を飛ばして抵抗した。雷一鳴、文雲龍、白素雲、薛飛霞、花珊珊ら多数が助けて捕らえようとする。このとき珊珊が使った武器は、文雲龍が薛飛霞に結納品として渡した蟠龍宝剣だ。これも以前使っていた倭刀同様、舞い動かす時に輝きが目を射る。子飛は、珊珊まで仙剣で身を守っているのを不思議に思った。

結局、砂地で、半夜混戦した末、衆寡敵せずと悟り、剣遁に乗って逃げた。黄衫客たちは追わず、燕子飛を好きにさせた。追いかけて遠くまで逃げられれば、かえって手間がかかるからだ。

光陰矢の如し。七日の間、燕子飛は毎日のように、仇を求めてやってきた。百度だってあきらめそうにない勢いだ。空空児はまだ帰ってこない。仙侠たちはみな焦燥に駆られた。

空空児はといえば、剣光に乗り、まっしぐらに飛雲山に駆けつけ、公孫大娘に叩頭した。誤って徒弟とした燕子飛が悪事を繰り返し、責任を痛感していると話し、それから仙剣が強力で仙侠たちでは力不足なため、大娘に下山してほしいと訴えた。公孫大娘が言う。

「最初に剣仙のみなさまが剣をお取りになる時、悪人に誤って授けないようにと、何度もお話ししましたね。最も力の強い芙蓉剣であればなおさら、こんなことになるのがわかっていたからです。

芙蓉剣は、鉄でも鋼でもなく、破壊するのは難しいのです。ただ、幸いわたくしは今、霜鍔丸《そうがくがん》を煉っているところです。できあがるまでに三百六十一日かかるところ、すでに三百五十八日煉って、あと三日で完成します。この剣丸は百花の上におりた霜を集めて液体にし、鉛汞を加えて鍛煉して作ります。

五花剣は、花が散る時の最初の一枚の花びらのしずくから作り、その粛殺の気を取り出したもの、芙蓉剣も同じです。百花は霜にさらされればしおれますから、霜鍔丸が五花剣を破るのは、天の相克の理にかなっています。燕子飛がすでに仙剣をたのんで好き勝手をしている以上、下山して、剣仙のみなさまとともに世のために害を除くしかありません。三日お待ちいただいて、それから、ご一緒に参ります」

空空児は公孫大娘が恨み言ひとつ言わずに応じてくれたので感激し、何度も承諾して下がった。そして、あちこちに知らせ、昆侖摩勒《こんろんまろく》、古押衙《こおうが》、精精児《せいせいじ》、荊十三娘《けいじゅうさんじょう》の四人の剣仙にも、一緒に下山してくれと頼んだ。四人も異口同音に行きたいと願った。

三日が過ぎて、四日目。公孫大娘は剣を完成させ、空空児や古押衙たち剣仙を招き、山頂に机を置いて香をたき、拝んだ後、試しに使用した。

ただ動いたかと思った時には、山じゅうの草木がまっすぐにゆれなびき、剣の起こす風が吹きすぎると、はるか遠くのたくさんの葉が落ちてきた。刃の鋭さは想像がつかない。剣仙たちは口々に賞賛した。

大娘は、とても満足し、剣を舞わせた後、手でひと招きして、「止まれ！」と叫んだ。剣が飛んできて手の中に収まり、くるくると回転して一粒の剣丸に変化した。竜眼ほどの大きさで、動かそうとしても動かない。大娘は剣丸を口の中に納める。

空空児が言う。

「道姑、お疲れ様です。苦労を惜しまずこの利剣を煉りあげられましたね。まことにこれこそ、世界で一番、世に並びないもの。われらの紫電その他の剣など、足元にも及びません。さて、いつ下山なさいますか？」

「燕子飛が悪事を重ねるのを許してはおけません。先に申しましたように、三日お待ちいただいて剣が完成した以上、今日にでも下山致しましょう」

「それがいい。道兄がた、道姑がた、ご一緒していただけることに心より感謝致します」

空空児は、剣仙たち一人一人に頓首した。仙人たちも礼を返し、口々に言う。

「暴力を振るう者を除いておだやかに暮らせるようにするのは、われらが当然すべきこと。礼には及ばぬ。すぐに参ろう」

そして、公孫大娘は弟子の李十二娘と侍女の英英に洞府を守るように言いつけ、空空児ら六人の剣仙は、それぞれ剣光に乗り、ただちに下界の山陰にむかった。

何事もなく進み、一行は、三日足らずで山陰に到着した。

空空児が花家に連れて行き、武剛から、その後のことを聞く。

武剛は、燕子飛が陳雪貞の船に仇を討ちに来て、黄衫客らに撃退されたことなどを話し、さらに続けた。

「一昨日と昨日は姿を見せず、どこへ行ったのかわからないそうです。

知県様は逮捕の期限を延ばしに延ばし、幸いこの事件の難しさをよくご存知の心正しいお方ですので、今のところ罰は受けておりませんが、昨日、五度目に延長する時、花家のお嬢さんを呼んで、面とむかって、『これが最後の延長だ』と、きつく諭されたそうです。

花お嬢さんは知県様に、剣侠の方々が捕らえるのを手伝って下さっていることを報告していましたが、方知県様は、はじめは信じなかったそうです。ところが、灎澦灘で燕子飛が漁師を殺害した事件を検分にむかわれた時、漁師たちが異口同音に義士の文雲龍が陳実の漁船を助け、子飛が水に落ちて姿を消したことや、文雲龍が剣侠の裘善の徒弟で、翌日からは多数の剣侠が陳実の船を守って燕子飛を捕らえようとしていることなどを話したことから、お信じになりました。

そして、名を隠した剣仙の方々や剣侠がたの働きを深く敬い、花お嬢さんを助けて燕子飛を捕らえてほしいと、親しく助力を願い、報奨を約束されたとか。

ただ、あの賊がこの二日姿を見せないため、黄道長と文、雷、白、薛の四人の剣侠と花お嬢さんが手分けして灎澦灘のまわりを探しています。

道長はいいところにお帰りです。仙侠がたは夕方には戻られるので、商議して事を進められるでしょう」

公孫大娘たちは客間で少し休んだ。午後になると、虬髯公たちが前後して戻り、それぞれ挨拶をかわした。文、雷、白、薛の四人も、一人一人に叩頭する。

仙侠たちはこれまでのことを知らせあい、下山に礼を言うなどした。

頃合いになると、公孫大娘がたずねた。

「ところで、燕子飛は現在、どこにいるのでしょうか。今晩すぐにも力を合わせて捕らえましょう」

文雲龍が言う。

「弟子の聞いたところによりますと、現在は灩澦灘から東に三里ほどの潮神廟《ちょうしん》にいるようです。この二、三日、なぜ現れなかったのかまではわかりませんでした」

黄衫客がため息をつく。

「あの悪党のことだ。近くにいながら、二、三日姿を見せなかったのは、きっと何か計略をたくらんでいるからだろう。何を考えているか想像もつかぬ。

仙侠がたが多数そろったのだ、今夜、行って捕らえようではないか。半分が捕らえに行き、半分が陳雪貞の船を守る。失敗のないよう。特にやつの悪計にかからないよう十分に注意していただきたい」

公孫大娘が同意し、すぐに商議して、虬髯公、黄衫客、雷一鳴、白素雲、薛飛霞、花珊珊が砂地で身を隠し、紅線、聶陰娘が以前のように船を守り、公孫大娘、空空児、古押衙、崑崙摩勒、精精児、荊十三娘、文雲龍が潮神廟にむかい、武剛は捕吏たちを率いてあちこちを調べて助けることになった。

　手配が決まり、黄昏になると、みなはそれぞれ出発した。

　燕子飛は、数度、陳雪貞の命をねらったが、その都度、剣侠たちにはばまれたので腹を立て、敵たちを一網打尽にできないかと考えた。そして、みなの多くが花珊珊の家に住んでいるのを知り、無慈悲な計略を思いついた。

　子飛は、苦労もいとわずに深山に分け入り、たくさんの毒草を探して住まいにしている潮神廟に帰り、二日間水にひたした。三日目、搗《つ》いて毒汁を作りあげた。暗い中、花家にしのびこみ、水がめや水桶に注ぎ込むのだ。もし飲めば、毒が心肺にまわり、数日のうちに死に絶えるだろう。さらに、山陰県の県城にある役所から火矢を盗み出し、陳雪貞の漁船を焼いてしまうことにした。水の上で火事になれば、逃げ場がない。陳実、陳雪貞は一緒に焼け死に、恨みを晴らすことができるだろう。こういった手はずを調えていたので、この二日、子飛は灩澦灘にむかわなかったのだ。

　公孫大娘たちが、三手に分かれて燕子飛を捕らえにむかった頃、子飛は火矢を隠し、仙剣を背負い、腰に毒草の汁が入った瓶を下げて、潮神廟を出た。今夜、決行するつもりである。

潮神廟から花珊珊の家に行くには、灩澦灘を通る。子飛は砂地の端からながめ、陳雪貞の船の上に灯火がともっているのを見た。まだ眠っていないようだ。

子飛は矢を探り出し、船の柵めがけて、ひょうっと射た。むしろに命中し、仕掛けが作動して、たちまち炎があがる。次の矢を、船室めがけて射る。これも命中した。さらに第三の矢を射ようとした時、船体がゆれたかと思うと、二人の女が煙の中から現れた。紅線と聶陰娘だ。一人が前、一人が後ろで、各々仙剣を動かし、船の柵を切り倒し、水中に落とす。たちまち火は消えて煙もなくなった。子飛はひどく腹を立て、聶陰娘めがけて矢を放つ。陰娘は、悠々と剣で迎え、逆に子飛のところへと打ち返してきた。矢は火だるまになっている。幸いすばやくよけたが、あやうく鬢や髪が焼けるところだった。

子飛は情勢不利と見ると、今晩も失敗だと、あわてて背負った芙蓉剣を抜いて手にし、何度か揺り動かして、剣光を起こして乗り、飛ぶように逃げた。紅線と陰娘も剣光に乗って追う。たいして進まないうちに、前方の砂地のあたりに剣光が次々に現れた。虬髯公と黄衫客が、雷一鳴、白素雲、薛飛霞、花珊珊を率いて道をはばんでいる。

珊珊が剣を手に、真っ先に飛び出し、子飛の近くまで来ると、一丈あまりも高く跳び、大声で叫んだ。

「悪賊、今夜こそ逃がさない！」

子飛の胸めがけて斬りつける。子飛はそなえていなかったので、あわてて身を傾けて避けた。カツンという音とともに、丁度、腰に下げた瓶に当たった。瓶がみじんに砕け、毒草の汁が珊珊の頭や顔に飛び散る。珊珊は、中身を知らず、「しまった！」と悲鳴をあげて地面に転がった。幸い素雲が支えたので怪我はなかったが、頭や顔に無数の水疱ができ、ひどく腫れて痛む。

虬髯公たちは珊珊が傷を負ったのを見て、それぞれ仙剣で子飛に打ちかかろうとする。子飛はあえて相手をせず、芙蓉剣をわざと何度も光らせながら、来た方へ逃げようとする。八、九里ほどの遠くに、無数の剣光が天に立ちのぼっているのが見えた。子飛はそっと考える。

（これはまた変だ。前方の、潮神廟からそう遠くないところにいる人たちは、敵か？　先ほど砂地のあたりにたくさんいたが、そういえば空空師匠の姿はなかったな。きっと、師匠と弟子のよしみを思って、もう山に帰ったのだろう。だからここ数日見ていないのだ。とすると、ここにいるのは誰だ？）

考えながら、飛ぶように進む。剣光が近づいてきたので、目をこらすと、先頭にいるのは師匠の空空児であった。後ろには、道士の格好をした二人、商人の姿が一人、書生が一人、道姑が一人、舞を舞う衣装の人が一人。書生姿のは文雲龍だ。陳雪貞の船で一度手を交えたが、並の腕だった。他は見たことがない。来者は善からず、善者は来たらず、ということらしい。いくらか焦りを覚えた。

空空児の前に近づくと、無理に進もうとせず、ただ声を張りあげて、

「お師匠様、お助け下さい。数カ月、師匠と弟子として過ごしたお気持ちを思い出して、逃がしていただければ、以後は改心し過ちを改め、二度と非道は致しません」

空空児はこれを聞いて冷笑した。

「燕子飛、後悔しても遅い。俺が最初に剣術を教える時、何と言いつけた？　訓誨を聞かず、教えを壊し、色や財を貪り、人を傷つけ楽しんで殺す。してきた悪事は、死んでも償いきれぬ。なぜまだ生きていられるなどと思った？」

そう言うと、燕子飛の頭めがけて斬りつける。子飛は空空児が情を絶ったとわかると、進むことも逃げることもできなくなり、やむなく、手の剣訣を収めて、地面におりた。

「お師匠様に情けがないならば、弟子ももうこれきりにします」

パッと剣を空中に飛ばし、まっすぐ空空児へとむかわせる。

怒った精精児、崑崙摩勒、荊十三娘が、それぞれ仙剣を飛ばし、再び子飛を相手にする。空空児も紫電剣を飛ばす。後ろから虬髯公、黄衫客、紅線、聶陰娘も追いつき、それぞれ剣を飛ばして、子飛にむかわせる。

こうして九本の仙剣と芙蓉剣が、ひとつの場所に集まった。芙蓉剣はしなやかにくるくると動きまわり、まさに生きている龍か虎のように、九本の剣を相手に戦い、わずかな乱れもない。

公孫大娘は、仙人たちが剣を飛ばした後も、芙蓉剣の力を見ようとして、手を動かさなかった。やがて力を見極めると、かすかに笑って紅の口を大きく開き、霜鍔丸を吐き出した。

ひとすじの光が現れる。純白の絹とも澄みきった川の水とも思える光は、たくさんの剣の中に、まっすぐに飛びこんだ。仙人たちはこれを見て、自分の剣が傷つけられるのを恐れ、決めてあったわけでもないのに同じように左手で招き、いそいで自分の剣を回収した。

燕子飛は、舞衣装をつけた婦人が口からひとすじの光を吐き出したのを見ても、まだ、それが剣だとわからなかった。さらに空空児たちの多くが仙剣を収めるのを見ても、理由がわからなかったが、自分も芙蓉剣を回収しようと思った。

だが、その白い光が剣の近くを飛ぶと、ただ、ヒュッという音がしただけで、芙蓉剣はくるりと丸まってしまった。

子飛はひどく驚き、「ああっ！」と、叫び声をあげた。

あわてて手をあげ、剣をめちゃくちゃに手招きする。だが、剣は自分では飛び戻らず、ただ空中でくるくるとまわっているばかりだ。

子飛は、目を見開き、口をぱくぱくさせて、大声をあげる。

「どこの妖婦だ、俺の仙剣を破っただと！」

飛燕出林の勢で、大娘の近くに飛びより、こぶしで殴ろうとする。大娘が叱りつける。

「おやめなさい！」

小さな足でひと蹴りする。まごうことない子飛の腕の上に命中した。手全体がしびれたかと思うと、動かせなくなった。

大娘は、ゆっくりと手を持ちあげ、霜鍔丸をひと招きし、ひと声かける。

「近う！」

霜鍔丸は芙蓉剣を吸い付け、一緒に手の中に飛びこむ。

子飛は、目の前で自分の剣が回収されたのを見て、命がけで取り返そうと、怒りのままに一歩前に踏み出して、手の痛みをこらえながら、大娘の胸にむけて拳を打ちつけた。黒虎偷心という強力な技だ。大娘は見ても受けず、ひと跳ねして、相手の拳に宙を切らせた。そして勢いに乗って霜鍔丸を飛ばすと、冷たい光が凜凜と、子飛へと走った。

空空児、聶陰娘ら九人の剣仙は、公孫大娘が芙蓉剣を回収したのを見て、自分たちも手に仙剣を持って取り囲み、入り乱れて殺しにかかった。

燕子飛はこのとき、天にも地にも逃げ場をなくし、ただ高く跳ぶ技量を使ってなんとか剣の林から生きのびようと思ったが、どうにもならない。

霜鍔丸がすでに飛んできている。あわてて逃げようとしても間に合わず、子飛は、くるくると飛びまわる霜鍔丸にまわりを取りまかれて動けなくなった。

やがて、カシュッという音とともに、胸の前から後ろへと刺し貫かれて、地に倒れた。血がほとばしる。剣仙たちの仙剣がいっせいに振りおろされて、みじんに切りきざまれる。かつての、「もし誓いを守らなかった時は、乱剣の下で死にますように」という重い誓いのとおりになったのである。

公孫大娘が空にむかって頓首した。

「善哉、善哉！　人生において最も慎まねばならないものは財と色。燕子飛は、抜きん出てすぐれた力を持っており、剣仙より剣術を伝えられました。にもかかわらず道を得られず仙人となることができず、今日ここで殺されることとなったのです。これはすべて自らが作り、自らが受けたもの、嘆かわしい、嘆かわしい」

剣仙たちの中に、深くため息をつかない者はなかった。

空空児は、かつて子飛を徒弟としており、再び師弟の情を動かされ、大粒の涙をこぼさずにいられなかった。黄衫客ら九人の剣仙たちや、文雲龍たち四人の剣侠たちが、みなでなぐさめる。

空空児は、黄衫客たち多くが門弟を得たのを見て、はじめは五人一緒に下山したのに、自分一人だけが誤って道を伝え、悲惨な結末となったことを思い、何を話せばいいかわからず、恥ずかしく恨めしく、ひと言も言葉が出なかった。

武剛たち捕吏は、燕子飛がすでに誅されたと聞いて、とても喜び、一人一人を取り囲み、叩頭して拝んだ。

「仙侠様がたの神威により、大きな害が除かれました。われらは深い恩義を受け、深く深く感謝致します。どうかわれわれや花お嬢さんとともに役所に赴き、知県様からもご挨拶をお受け下さい」

ようやく花珊珊の傷に気づいて、黄衫客が治療した後、断りきれなかった虬髯公らが花珊珊とともに役所に行き、方知県と面会した。

方知県は非常に喜び、さらに柳葉村の柳青の事件で燕子飛と戦った縮れ髯の老人が虬髯公だとわかると、ますます敬意を表した。そして、燕子飛を捕らえた時のことをたずね、賊の討伐への報酬として銀千両を与えた。仙侠たちは受け取ろうとしなかったが、方知県が重ねて申し出るので、虬髯公は気持ちとして受け取り、五百両を武剛たち捕吏に、五百両を珊珊に分けようとした。

ところが、花珊珊は涙を流し、跪いて、

「これはいただけません。父を失い、何の望みもなくなったところ、幸い仇に報いることができました。争いの元となる銀子は欲しくありません。これは灩澦灘の陳実さんたちや被害にあった漁師のみなさんに差し上げて下さい。

そして、かなうことなら、寄る辺のなくなったこの身を、もし受け入れていただけるなら、空空仙長に従わせていただければ幸いでございます」

何度も何度も叩頭した。

これを聞いて虬髯公はハハハと大声で笑い、

「見上げた志ではないか。俺の考えでは、願いどおりにしてもらえると思うぞ。道兄がた、道姑がた、どう思われる？」

空空児は門徒を得られなかったため意気消沈していたので、花珊珊の願いに、ことのほか喜んだ。他のみなも珊珊の勇気を好ましく思っていたので同意し、花珊珊は空空児に叩頭し、師匠とした。

方知県は、燕子飛の大事件も解決したので、役目をおりて師匠について行きたいという花珊珊の願いを受け入れた。

すべてが解決すると、剣仙たちは五人の門徒を連れて、かかわった人々に別れを告げ、太元境のそれぞれの仙山へと帰っていった。

あの青い芙蓉剣は、公孫大娘が霜鍔丸を使った時に刃がわずかに傷を受けたが、すぐに大娘に煉り直された。そして、後に仙山に机を置いて香をたき、空空児から花珊珊へと伝えられた。


〈完〉

訳者後書き

この本は、中国の清の時代、光緒二十七年（一九〇一）に刊行された全三十回の章回小説『仙侠五花剣』を原著とし、現代風に編訳したものです。

唐代伝奇に出てきた剣侠が、剣の道をきわめて「剣仙」になり、これという人物に仙剣を授けて自分たちの技を伝え、弱きを助け強きをくじく義侠の行いをさせることにする。

この剣こそが公孫大娘が花のしずくから煉り上げた、青、赤、白、黒、黄色の五本の神剣で、たぐいまれな威力を持っている。

この設定が、百数十年も前のものだということに驚かされます。

原著の作者である海上剣痴は、本名を孫家振、字を玉声という上海の人で、海上漱石生、警夢痴仙など、さまざまなペンネームを使い、小説、随筆、評論などを多数、書きました。『海上繁華夢』、『如此官場』などが代表作ですが、日本ではほとんど知られていません。

『仙侠五花剣』は、自身が編集していた新聞『笑林報』に連載した小説を刊行したもので、文字部分の印刷に鉛活字が使われていました。好評を博し、舞台化などもされましたが、海賊版に苦しみ、海賊版を買わないでほしいと、『笑林報』で注意をうながすなどしています。

また、惜花吟主の名が冠された同名の全四十回の章回小説も存在していますが、登場人物も内容も異なります。

当時の小説は、エンターテインメントとして扱われることが多く、ごく一部の作品以外は、文学として研究対象になることはありませんでした。

編訳に当たっては、章立ての変更など、読みやすさ、理解しやすさを考慮した編集を加えてあります。原著では、十人の剣仙が集まって話し合いをするところから始まり、あくまでも、剣仙たちが人界に下って弟子を取る物語ですが、本書では、人間が剣仙に助けられて弟子になるというように、重点を変えてあります。ご了承下さい。

また、作中の時代は、清代の人が想像した宋代ですので、実際の年代等を考えると奇妙に感じられる部分が多々ありますし、地理も実際とは位置関係がおかしいなどしますが、概ね、そのままにしてあります。

難しく考えず、読み物として気軽に楽しんでいただければ幸いです。

二〇二〇年七月

八木原一恵

■原著者：海上剣痴…本名は孫家振（1864-1939)、字は玉声。中国清代の作家・編集者。上海の人。海上漱石生、警夢痴仙などの筆名を使い、多くの随筆・評論や小説を書いた。『海上繁華夢』、『如此官場』、『退醒廬筆記』等、作品多数。

■翻訳：八木原一恵…中国古典神怪小説愛好家、ファンタジー作家。翻訳書『封神演義』（集英社文庫）、『封神演義Kindle版』（翠琥出版）、『狐狸縁全伝』（翠琥出版）、『混元盒五毒全伝』（翠琥出版）、著書『中国の暮らしと文化を知るための40章』（共著・明石書店）、ファンタジー短編集『妖がささやく』（共著・翠琥出版）他。

■イラスト：滝口琳々…姉が原作、妹が作画担当の姉妹漫画家。神奈川県横浜市出身、在住。中国時代劇を題材とした作品を発表している。代表作『北宋風雲伝』、『新☆再生縁』。

◇本書は、中国清代の古典小説『仙侠五花剣』(全三十回)を日本語に編訳したものです。

仙侠五花剣

神怪小説シリーズ

2022年3月15日　初版第1刷発行

原著	海上剣痴
編訳	八木原一恵
イラスト	滝口琳々
発行者	翠琥出版　島一恵 東京都文京区向丘1-7-21 http://suikobook.com
印刷・製本	東海電子印刷株式会社
ISBN	978-4-907463-12-0